PROVIDENCE CANYON

CORINNE COTEREAU

PROVIDENCE CANYON

roman

ALBIN MICHEL

Pour ma mère. Pour Éric, sur la route.

« Si vous parlez à un homme dans une langue qu'il comprend, vous parlez à sa tête. Si vous lui parlez dans sa langue, cela lui va droit au cœur. »

Nelson Mandela

1. Paul Carter, prophète en sa Californie

En ce mois de janvier 2020, les résidents du camping n'ont plus aucun doute : l'homme qui descend du pick-up est un prophète.

Il conduit un puissant Ford F-150 flambant neuf, modèle Raptor noir satellite, roues arrière jumelées. Sa caravane modèle Outback Warrior – avec lit king size, cheminée à gaz, sofa en cuir blanc, lustres design –, garée du côté nord du Dry River Café & Resort donne envie d'y croire. De se fier aux signes prémonitoires.

Paul Carter, contrairement aux autres résidents, vit à Dry River pour des raisons professionnelles. Ce qui lui confère une certaine autorité naturelle. On se tait pour l'écouter. On lui cède son tabouret au bar. On le rince de whisky (tournée de la patronne). On se plie en quatre pour contenter Monsieur, lorsque parfois en fin de journée il les honore de sa présence. Parce que M. Paul Carter – baraque de chantier sur deux pattes, sourcils en corniche et broussaille, joues lisses arrosées d'after-shave, casquette des Padres vissée en permanence sur le crâne – va apporter la prospérité au Resort. Rien que ça.

Le jour de son arrivée, J-B (entendez Djé-Biie) était occupé à ressusciter le juke-box. Il avait levé la tête quand un grondement de moteur avait fait trembler les vitres de l'établissement. Au bruit métallique annonciateur de spectacle, il s'était approché de la fenêtre. Tiens, du beau monde ! avait-il pensé. Paul manœuvrait devant le café pour se garer. À cette heure dorée, des particules de poussière recouvraient la scène d'un nuage couleur safran.

Son palace roulant devait occuper facilement huit places de parking. Paul avait compris, dès le premier coup d'œil à la façade, qu'il n'allait pas entrer dans un cinq étoiles. Content de lui, il avait poussé les portes pour se présenter et demander un emplacement pour sa caravane. Ça arrivait parfois, mais ces dernières années, les visiteurs se faisaient plutôt rares.

– Bonjour… Paul Carter… Je suis ici pour le chantier.

Annie, derrière le bar, se versait un énième café. La voix plutôt ferme de l'inconnu ne l'avait pas impressionnée. Le motif de sa visite un peu plus. Elle s'était juste dit que c'était bien le premier à avoir une raison valable de s'arrêter ici. Le juke-box qui venait de s'allumer et les rubans lumineux intégrés au comptoir formaient un halo autour de sa silhouette. Mais Annie n'espérait pas de miracle.

– Tu t'en sors, J-B ? Il s'allume, mais après, plus rien…

C'est seulement alors qu'elle avait pris la peine d'adresser la parole au nouveau venu.

– Qu'est-ce que je peux faire pour toi, *handsome* ?

Elle l'avait gratifié d'un petit mot doux, comme à la plupart des Homo sapiens qui poussaient la porte de son établissement. La carrure de Paul avait suffi à le faire basculer dans la catégorie des hommes séduisants. Il sortait du lot.

C'était un dimanche en fin d'après-midi. En moins d'une heure, tous les valides un peu curieux s'étaient pointés au bar. D'abord pour examiner la bête sur le parking – un gros veau qui devait consommer un gallon aux 12 miles –, puis le spécimen qui la chevauchait. En tout, une bonne quinzaine d'âmes, record de fréquentation depuis de longues années, buvaient ses paroles.

J-B, comme toujours à l'écart des clients, l'avait écouté pérorer. À peine arrivé, il avait déjà sa cour, celui-là…

Avec son sourire de *winner* et ses belles lèvres charnues, il avait des allures de l'ancien président Jimmy Carter au sommet de sa carrière diplomatique. Jean propre, chemise blanche aux manches retroussées, bottes neuves encore craquantes, Paul dénotait avec le reste des clients ; il l'avait bien compris et il en jouait. Avant de se tourner vers les piliers de comptoir, il avait posé sa bière pour plus de crédibilité. Face à l'arc de cercle qui s'était formé devant lui, et avec la même solennité qu'un Martin Luther King à la tribune, il leur avait raconté la dernière lubie de son patron. Un milliardaire californien grâce à qui le rêve se concrétiserait.

– *He had a dream*, le PDG de la West Ocean Railway Corporation…

Ce rêve consistait à faire du neuf avec du vieux, pour le dire simplement. Enfin, c'était l'analyse qu'en avait faite J-B.

Ted Huntington, le fameux PDG qui bouffait des billets verts à chaque repas, avait décidé de financer la réouverture de la ligne de chemin de fer reliant San Diego à Yuma. Une idée vieille comme le monde, régulièrement envisagée puis abandonnée en raison des coûts pharaoniques d'une telle entreprise.

Silence monacal dans l'assemblée. La nouvelle avait été accueillie avec désappointement. Tous devaient se dire comme J-B : pour aller de San Diego, Californie, à Yuma, Arizona, y a une autoroute, vieux ! En trois heures c'est plié. Tu parles d'un rêve.

Paul, de sa voix dégoulinante d'optimisme, leur avait envoyé du lourd, de l'épique, du précis, de l'historique, du grandiose ; tout ce qu'il avait en magasin :

– L'important, pour Huntington, ce n'est pas la destination, mais le voyage. Et quel voyage ! Deux cent quarante-huit kilomètres de rails qui déjouent les pièges de la nature à travers les prodigieuses gorges de Jacinto et ses nombreux canyons. Cinquante-sept ponts et vingt et un tunnels. Vous imaginez ! Tout ça créé à la sueur du front de nos ancêtres en 1919.

Les moulinets de ses bras témoignaient de son excitation.

– Ce pont en bois en particulier, qui enjambe Providence Canyon. Sur chevalets, nom de Dieu ! Un bijou architectural oublié. Le pont à tréteaux courbé le plus long du monde : deux cent vingt-neuf mètres sur soixante mètres de haut : un mystère complet. Combien d'entre vous le connaissent, ce pont ?

Pas de réponse. Il fallait être bon marcheur pour avoir le privilège de le voir de ses propres yeux, ce pont. J-B, qui l'avait arpenté plus d'une fois, ne voulait surtout pas en rajouter. Mieux valait attendre et voir comment tout ça allait tourner…

– Il est resté dans son écrin depuis la fin de l'exploitation de la ligne en 1984. Intact après cent un ans puisqu'aucune route n'y conduit. Vous imaginez !

Interruption pour s'humidifier la glotte.

Paul, sourire chevalin, en avait profité pour examiner son public. Tous le fixaient comme s'il s'agissait d'un explorateur envoyé par la cour du roi pour mettre au jour les joyaux d'une civilisation oubliée. Le public appréciait visiblement la prestation de l'acteur. Mais bon… Dan, l'écumeur de mousses et de ragots, mâchonnait son cure-dents. Andy, dépanneur en mécanique et accessoirement en fentanyl, se grignotait le doigt. La routine, quoi. Quant aux autres clients, ils bâillaient leur journée, la bouche grande ouverte.

Pour J-B, par contre, ça sentait de plus en plus l'après-rasage et les emmerdements. Il avait sorti la tête de son juke-box.

Paul avait repris, dogmatique, regardant son public droit dans les yeux :

– Ce pont, c'est une chance exceptionnelle pour la région. Faut pas passer à côté ! Réhabiliter cette voie, c'est célébrer le temps de la conquête de l'Ouest et les beautés du désert d'Anza-Borrego. Tout ça à un jet de pierre de San Diego. Vous vous rendez compte ? L'été 2020, San Diego connaîtra enfin l'affluence touristique qu'elle mérite. Et tout ça grâce à Ted Huntington. Ils vont en crever de jalousie, ceux de L.A, c'est moi qui vous le dis !

« Célébrer la conquête de l'Ouest. » Évidemment, dis comme ça, ça avait de la gueule. En revanche, le combat entre Los Angeles, la ville du cinoche, et la « *finest city* » San Diego, tout le monde s'en foutait à Dry River Resort. On se demandait surtout comment il comptait s'y prendre pour attirer le chaland, le Ted Huntington. Jusqu'à présent, ce coin paumé ravitaillé par les corbeaux ne faisait rêver que les chasseurs de fantômes. La ville avoisinante cochait tous les critères pour les amateurs de *ghost towns*. Il allait en falloir du narratif et du doré pour attirer les touristes sur des rails oubliés de tous. Tout ça pour avancer sur un vieux machin branlant qui ne menait nulle part.

Après une description minutieuse des prestations prévues : wagons cossus du 19e siècle, sièges Pullman rotatifs, champagne, petits-fours, langoustes… tous commençaient à ressentir les effets des bulles.

– Et comment s'appelle la ville la plus proche de ce fameux pont ? Celle qui va directement profiter des retombées économiques du projet ?

Touché ! Comment s'appelle cette ville, peuplée de morts-vivants ? Qui prononce encore son nom aujourd'hui ? Mis à part les juges qui y expédient des prédateurs sexuels à leur sortie de prison…

La tactique de Paul Carter consistant à impliquer l'auditoire avait porté ses fruits. Tous avaient murmuré un timide « Morena ».

– Morena, oui ! avait dit Carter. Réouverture de la gare. Cent cinquante emplois créés sur place. Rafraîchissement de l'unique hôtel, réouverture des bains de sources chaudes, lifting des façades, restauration des trottoirs en bois à la mode 1900, construction d'un casino l'année prochaine… Un gigantesque panneau métallique placé au-dessus de la route avec de jolis pieds en fer forgé annoncera la couleur. Vous imaginez ? Le jackpot, je vous dis ! Le mégajackpot !

Paul avait alors dessiné dans l'air un panneau imaginaire et faisait mine d'y écrire l'annonce de bonne fortune.

– Bienvenue à Morena Hot Springs – Porte d'entrée du pont à chevalets le plus long du monde. Vous imaginez ? Le pont LE PLUS LONG DU MONDE ! Fantastique, n'est-ce pas ?

Annie McGuire, reine mère d'un royaume en déconfiture, avait cessé d'essuyer ses verres. Jusque-là, elle s'était refusée à écouter les rumeurs. Le lancement des travaux à Morena n'avait pas suffi à la convaincre, et cette soudaine attractivité ne lui disait rien de bon. Elle préférait douter. Un pessimiste n'est jamais déçu – une maxime un peu désespérée qu'elle avait fait sienne depuis longtemps.

Paul, qui reniflait toujours un fond d'incrédulité, en avait remis une couche :

– Les travaux ont débuté. Tout va changer pour vous ! Du boulot, y en aura. Des commerces aussi. Vous voyez ce que je veux dire ?

Annie avait caressé son casque blond permanenté, figé par la laque depuis 1985 ; pour s'occuper les mains et en réponse à son inconscient qui lui chuchotait : « Ma fille, ton heure de gloire approche. » Son père n'avait jamais cessé d'y croire, lui. « *You'll see* », il lui disait tout le temps. « *You'll see.* »

Dan avait cherché un coin de chemise propre pour essuyer ses yeux humides. Même Andy semblait avoir été sensible à tant de lyrisme. Il avait caressé le « *You are my rock, Mommy* » tatoué sur son bras droit. Les autres, du facho au gaucho, avaient lancé des « *Yes !* » avec la même exaltation qu'un goinfre devant un menu *all you can eat*.

– Ce pont va connaître une renommée MONDIALE, tout comme le camping ; le seul des environs, je vous rappelle !

Dan avait lâché sa bière, bien décidé à partager ses interrogations. Un sonore « Comme le Golden Gate ? » était sorti spontanément de sa bouche. « Ou comme la tour Eiffel ? » avait-il enchaîné, cherchant du regard l'approbation de son cher et unique ami français, J-B. Une amitié en courant continu.

– Comme le Golden Gate et la tour Eiffel, avait repris Carter en fixant Dan, puis le type discret caché dans l'ombre vers qui la salle s'était tournée avec un *oh !* de stupeur.

Pour marquer le coup, Paul avait alors planté ses yeux dans ceux d'Annie pour mieux la convaincre :

– Mes amis, je peux vous l'assurer, 2020 va être inoubliable ! Je propose de porter un toast au Dry River Café & Resort !!!

Bière levée, il avait remporté l'approbation de tous. Son rire en morse – aux expirations saccadées et bruyantes, alternant sons aigus et sons graves – l'avait rendu immédiatement populaire.

Carter, le prophète annonciateur de bonnes nouvelles, les deux pouces glissés dans sa ceinture, le torse bombé, s'était fait plus d'amis en une soirée que J-B durant toutes ses années au camping. « *My friends !* », il savait y faire le Paul pour charmer l'assistance. Le disque qu'il leur avait passé semblait déjà être un succès. «*Dreams and Community*», les deux mots qui aux États-Unis donnent accès direct aux cœurs, aux portefeuilles et même aux coffres-forts. Du grand art, J-B avait dû le reconnaître.

«Vous imaginez ?» J-B voit très bien, lui, comment tout ça finira. Il faut qu'il s'y résolve. Mais ça ne lui convient pas. À cause de Paul Carter, conducteur de travaux chargé de la réouverture de la ligne, une page va se tourner.

À l'été 2020, sous un soleil de plomb, des centaines de personnes en short, saisies par le contraste avec l'air climatisé des voitures au toit panoramique, vont déferler sur un belvédère construit de l'autre côté du pont. Certains, une minorité, vont s'avancer sur les sentiers poussiéreux dans l'espoir d'apercevoir un mouton Bighorn, un serpent à sonnette ou un coyote. Un million de visiteurs au bas mot la première année. Ce qui va engendrer forcément une hausse de fréquentation de son cul de basse-fosse préféré, une mise aux normes du camping entraînant une pollution lumineuse due aux lampadaires, sonore à cause des climatiseurs, sans parler du trafic sur l'asphalte. Cette expérience immédiate du désert «*all inclusive*» va le contraindre à partager son paradis. Or, ce monde plus riche, plus connecté, plus sécuritaire, plus confortable, il le refuse. S'il vit à l'écart, c'est bien pour échapper à tout ce foutoir.

Pas question de côtoyer la figure de proue de cette future armada de touristes. Il évite Carter depuis son arrivée. Un cadeau empoisonné, son histoire de chantier.

Ma très chère Stéphanie,

« Quand on ose, on se trompe souvent. Quand on n'ose pas, on se trompe toujours. » Souvenez-vous de cette phrase de Romain Rolland.

Peut-être que ce carnet de route vous servira de boussole.

Vous allez nous manquer, à Marceline et moi.

Merci pour cette année singulière que vous avez passée cloîtrée chez nous à nous faire la lecture. Votre présence tous les week-ends et votre voix juvénile ont lézardé les murs de ma chambre. Je vous accompagne en pensée et plus encore. C'est comme si j'avais à nouveau vingt ans.

Bon vent !

Affectueusement,

Marcel

Feuille de route numéro 1

Cher Monsieur Marcel,

Je viens d'ouvrir votre paquet mystère ; comme je voulais garder la surprise le plus longtemps possible, il était dans mon sac à dos, j'ai donc profité du décollage pour m'occuper les mains.

Merci pour ce sublime compagnon de voyage auquel je ne m'attendais pas du tout. Je pariais pour un livre, certes, une édition rare, peut-être, dans tous les cas, des mots confidents sur lesquels j'aurai pu m'appuyer. Au lieu de cela, vous semblez me dire : « À votre tour, Stéphanie, de vous exprimer. » C'est la première fois que l'on m'offre un tel présent, l'épaisseur et la blancheur de ses pages m'intimident, je ne peux m'empêcher de l'effleurer, de le sentir aussi. Il me semble reconnaître cette odeur fraîche d'eau de Cologne à la lavande posée sur votre table de chevet.

J'avais prévu un simple cahier d'écolier pour consigner mes sentiments, mais grâce à vous l'exercice devient une gageure et je vais tenter de relever le défi. Après tout, je n'ai rien à perdre, je vais donc m'autoriser à rédiger des feuilles de route pour vous faire voyager.

Si vous lisez ceci, c'est que j'ai pensé que, malgré ses fai-

blesses, mon manuscrit vous divertirait, vous ferait sourire, vous emporterait loin pour tromper l'ennui de votre quotidien. Alors, j'aurai réussi mon pari.

Vous serez allongé dans votre chambre-bibliothèque, chemise beige et pantalon de serge, la tête et le dos calés par trois oreillers, et votre nouvelle « âme de compagnie » prendra plaisir à observer à la dérobée ce que la lecture à voix haute provoque sur votre « hémicorps », comme vous disiez. Elle comprendra bien vite que cette chorégraphie qu'exécute votre main valide sur le lit symbolise la joie, la petite musique des mots qui vous porte au-delà. Son regard s'attardera d'abord sur ces chaussures italiennes que vous tenez à enfiler lorsque vous « recevez » et, au fil des jours, elle remarquera un détail, puis un autre. Puisque je suis loin maintenant, je peux vous l'avouer, c'est votre nez cabossé par vos lunettes qui m'a fascinée. « Je suis la vieille bête enfermée et vous êtes la jeune belle en liberté », plaisantiez-vous…

Une fois rentrée en France, je passerai la moitié de ma vie dans un RER, l'autre sur les bancs d'une faculté de droit, et je me féliciterai d'avoir rêvé d'autres choses ; et c'est en partie grâce à vous si j'ai osé.

Pour le moment, je suis installée siège 23A, côté hublot, à bord d'un Boeing 747, et je serre fort ma carte d'embarquement vers l'inconnu. Comme vous aviez raison de relativiser le bac, lors de nos conversations, ce diplôme n'est pas tout dans une vie, seul compte ce que l'on fait de cette dernière. Je vous entends encore me dire : « Ne vous sous-estimez pas, ma petite Stéphanie, on peut toujours prendre son destin en main pour exister plus intensément. »

J'ai récité mentalement mon poème fétiche au moment du décollage : Tu es plus belle que le ciel et la mer, quand on aime il faut partir… Quand on aime, il faut partir, OUI ! Mais c'en est fini de l'évasion mentale, votre « petite oie blanche » s'envole, Monsieur Marcel, comme l'a fait Blaise Cendrars avant moi. Plus de conditionnel, plus de « si », je conjugue ma vie au présent, à mon tour de vagabonder. Quel privilège de poser ce regard d'aigle sur ses semblables, et en même temps, comme c'est impressionnant.

Mon appréhension s'est évanouie à l'extinction du signal de sécurité dans la cabine. Mon voisin, un monsieur corpulent, en a profité pour détacher sa ceinture puis a commandé du « tchampaigne » à la première hôtesse qui s'est présentée. Comme c'est gratuit, j'en ai demandé aussi et j'ai secrètement porté un toast à ma mère, à mes grands frères, à mon amie Fati, à vous également. Je l'ai descendu cul sec, tandis que lui y a ajouté du vin rouge. Que c'est bon de quitter ses eaux territoriales, son port d'attache, salut la compagnie ! Je quitte tout ce qui me retient, m'enfonce, me pèse, m'alourdit, sur mon fauteuil volant j'ai l'impression d'entrer en contact physique avec la liberté, ce merveilleux bonheur me donne envie de crier « à votre santé, Monsieur Marcel ! » Car l'aventure m'appelle, moi, Stéphanie Bertillot, la première Bertillot à déployer ses ailes en direction d'un autre continent.

2. Le grand J-B, petit scarabée

Son existence choisie ? Une ligne droite infinie. Sans projet, sans avenir ni désir. Sans pression, sans choix ni responsabilités. Sans abonnement au gaz, à l'électricité, au câble, sans assurance, sans fiche de paye, sans téléphone connecté ni carte de crédit. Juste une carte de débit sur un petit magot hérité et épargné. Une vie de solitaire au milieu des autres. Avec pour seule balise dans son histoire Dry River. Dry River comme point de repère. Port d'attache sur une mer asséchée. J-B a posé l'ancre sur du sable, pour garder toujours pied.

Combien d'années à se faire appeler J-B au lieu de Jean-Baptiste ? Il n'en a plus aucune idée. Il traîne son accent de Frenchy, mais jamais ses papiers. Tous les dix ans, le chiffre 8 lui rappelle qu'il doit renouveler sa Green Card. Un papelard à envoyer ; quant au reste…

Chaque matin, J-B referme la porte de son mobil-home sans la verrouiller, ses patins à roulettes en cuir moutarde à la main. Bermuda, quelle que soit la température, bob rouge sur la tête, il traverse le camping pieds nus – chaussettes et pull l'hiver – pour gagner l'unique route à des miles à la ronde.

Silhouette amaigrie, visage à la peau cuite, yeux gris

comme deux clous enfoncés dans les orbites. Une statue dépourvue de muscles zygomatiques. Pas le genre boute-en-train, le J-B.

Sur la terrasse en planches du Dry River Café, il pose quotidiennement son fessier de danseur étoile pour s'équiper. « *Hi J-B !* » lui lance Annie en ouvrant grand les portes du café pour aérer. Voix de petite fille dans un corps de grand-mère. Un « *How are you, honey ?* » rapplique à coup sûr derrière, et sa journée commence.

Il est son pot de miel. La seule marque d'affection sincère qu'il reçoit, de la part d'une septuagénaire. Lui n'est pas prêt à en donner. Un seul être lui manque et tout s'est dépeuplé. Plus de place pour les vivants dans son cœur nécropole. Il préfère esquiver. Bâillonne ses émotions en un clignement de paupières. Respire profondément sur ses souvenirs. Refoule les instantanés qui surgissent à cause de cette traîtresse de mémoire olfactive. Les odeurs de pin des Vosges pour allumer l'insert, de cambouis, de graisse – celle de l'établi de son grand-père. Le bon comme le moins bon est cautérisé. Pas question d'être nostalgique, de se risquer au débordement. La digue ne doit pas céder.

Une fois chaussé, il déploie son corps efflanqué. Avale sa dose de béton. Vingt à trente kilomètres en pas chassé au ralenti, une jambe fléchie, l'autre levée derrière lui. Tout en souplesse. Mains tendues vers le ciel, doigts écartés comme des épines. Le soleil, l'air clair, le vent qui embrasse la peau et coule entre les doigts. On dirait un Joshua tree qui tente de rattraper son ombre.

Il savoure l'odeur de fumée dégagée par les arbustes créosotes. Renifle la température. Et guette les autres créatures affranchies comme lui. Le couple de coyotes qui trottine parfois au niveau du faux plat, le serpent qui finit sa nuit sur le macadam, le lapin qui détale, le lézard sur son rocher.

Seul bipède sur la Highway, sa pomme, et le bruit de ses patins qui raient l'asphalte. Avec, de temps en temps, un coup de klaxon d'encouragement – c'est vrai que le camion d'Amazon Prime passe plus souvent. Une légère turbulence qui ne l'empêche pas de planer. Il est libre, J-B.

Pour Annie, c'est un chercheur d'air en inertie qui glisse vers l'horizon. Pour les autres résidents du camping, c'est un loser hors pair en sursis qui file vers son oraison.

L'après-midi, il façonne des têtes en terre, qu'il évide avec minutie. Ses mains adroites parlent pour lui. Parfois, des interactions humaines qu'il apprécie à petites doses : le pot de miel doit participer, rendre service. La clé de 12 qu'il a reçue dans son berceau le rend très compétent. À trois ans il désossait son premier camion de pompier. À cinq ans, allongé sur un chariot de mécanicien, il glissait sous les châssis de voitures en compagnie de son grand-père mécano en préretraite. Comme la mécanique permet moins de faire le tour du monde que la cuisine, il a aussi appris à jouer de la spatule. Mais à Dry River, ses compétences en matière de gastronomie, Annie n'en a cure, mais encense sa débrouillardise. Toujours capable de réanimer un moteur, guérir une tuyauterie. Un docteur de la mécanique qu'elle ne cesse de complimenter : « *You are soooo gifted, honey !* » D'ailleurs, le loyer de son petit pied-à-terre, qu'il a refait à neuf, a été fixé en conséquence.

Pas le genre à s'arrêter pour des *small talks*. De toute façon, qui est vraiment sincère lorsqu'il répond à la question « comment vas-tu ? ». « Je vais bien, merci », marmonne-t-il le regard fuyant. Sa brouette remplie d'outils cahote sur la route. Il fréquente la laverie aux heures creuses, généralement un bouquin dans les mains, ce qui achève de décourager tout échange. Si vous le croisez au bar, c'est qu'il y bricole. Contraint mais pas forcé, le J-B.

« *Where is home ?* » lui demande-t-on parfois à cause de son accent. Cet endroit où tu es aimé, respecté, entouré de tes semblables, famille, amis. Ce refuge, ce sanctuaire, où tu te sens à ta place. Il est où pour toi, J-B ? Questionnement indirect sur ses origines auquel il répond, stoïque, pour clore tout débat : « *Home is where you hang your hat.* » Un proverbe qui ne laisse pas de place à la nostalgie ou au sentimentalisme. Son chez lui c'est ici, à Dry River, l'endroit où il a décidé d'accrocher son chapeau au mur.

C'est un immigré, J-B. Pas un de ces expats parachutés sur les coussins dorés d'une gentilhommière avec masseuse, prof de cocktails particulier, et qui gagne son argent de poche dans une filiale française. Non, lui a débarqué avec sa bite, son couteau et sa moitié de soleil. Sa Jo.

Il lui reste une valise. Le genre grand modèle à roulettes qu'on bourre jusqu'au poids autorisé pour partir en avion. Il l'a coincée sous son lit. Ça passait juste. À l'intérieur, des photos aux couleurs délavées, quelques livres cornés, annotés de sa main à elle, et ses patins. Les patins bleus de sa Jo.

À eux deux ils balançaient des boules de feu. Et puis la vie s'est chargée de rabattre ses ambitions et ses rêves. Depuis, il a décidé de passer entre les gouttes. Comme dans cette chanson de Stephan Eicher, qu'ils écoutaient ensemble sur l'autoradio lors de leurs virées vers l'est. « On ne refait pas sa vie, on continue seulement. » Patiner l'aide à « tirer sa journée », comme elle lui disait. Une phrase qu'elle avait piquée à Beckett. Il lit aussi, surtout pendant les heures trop chaudes lorsque le soleil plante ses aiguilles dans la peau.

Pas de voiture. Comme un *tumbleweed*, ce buisson sec qui traverse les étendues sauvages au gré du vent, il s'est écrasé là, à pied. Le bar-restaurant du Dry River Café & Resort a fait obstacle. Comme il n'est pas très causant, seule Annie sait pourquoi et comment.

Ce matin-là, sa langue maternelle – cadenassée dans sa boîte crânienne, étiquetée « mauvais souvenirs » – a refait surface. En cause, ce qui à première vue lui paraît être une bible. Dans l'encadrement de la porte de son mobil-home, il bâille de contentement devant son oasis colorée. Le dégradé de vert rehausse les tons d'argile rouge, blanche ou jaune de ses créations. Feuillage du gros acacia, plantes grasses, ribambelle de têtes en céramique accrochées sur des palettes verticales. Au sol, sur une planche maculée de barbotine, son coin atelier bien rangé. Mirettes, ébauchoirs, couteaux rassemblés dans un verre. Et sur la caisse en bois qui sert de table basse, un bouquin noir. Comme tombé de son arbre.

Il se passe la main dans les cheveux pour les démêler un peu. Puis rentre se chercher un bol de céréales, perplexe.

On est loin de la messe dominicale à Dry River. Alcool, drogue, jeu, écran, malbouffe chacun s'appuie sur une béquille pour traverser la vie sans aide de la religion. Le péché capital, celui de faire suer son voisin, est réprimé par une descente de shérif. Comme Annie a la gâchette téléphonique facile, on lave son linge sale en famille.

Une bible ? Qui peut sérieusement penser que je recherche l'aide de ce Dieu-là ? pense-t-il. Peut-être un cadeau de sa voisine de gauche, qui fait des ménages au Desert View Motel et dans l'unique Airbnb des environs. Elle a pu la prendre dans le tiroir d'une table de nuit. Il va encore avoir droit à une explication de texte, comme la fois où elle lui a apporté de l'ail de son jardin. L'ail et ses vertus miraculeuses antitout : antiseptiques, anti-inflammatoires, antibactériennes, antibiotiques, antifongiques, antivirales… Il sait déjà tout ça.

Une fois installé dehors, il attrape avec curiosité ce mystérieux carnet. Pas de « *Holy Bible* » inscrit dessus, le voilà rassuré. Couverture rigide en cuir et pages jaunies. Écriture ronde au stylo-bille bleu. Des petits ronds sur les i, des aquarelles malhabiles. Ce carnet lui parle d'un monde à la fois familier et inconnu. Un murmure qu'il est seul à entendre.

Scotché à son canapé, le carnet dans les mains, il sent une vague poisseuse et mélancolique forcer le barrage. Charrier à ses pieds les débris de son adolescence : le papier peint à grosses fleurs orange, la petite cuisine étroite comme un couloir, ses fesses posées sur la machine à laver, ses pieds sur le meuble bas à tiroirs juste en face. La fenêtre entrouverte, dans l'ombre de l'immeuble d'en face, la crasse noire sur le rebord, les bruits de klaxon, les odeurs de gaz d'échappement et des crottes du chien du voisin. Il se revoit, les dents serrées, tous les muscles tendus en attendant d'avoir l'âge, le cran, la témérité de se révolter. Sa grand-mère qui criait à travers son walkman « Ferme cette fenêtre, Jean-Baptiste, j'veux pas chauffer le quartier ! » et qui partait en maugréant : « Un raté comme son père. » Son grand-père, vieux soiffard, qui fuyait sa vie à la cave. Les bouteilles d'alcool dont il rétablissait le niveau avec de l'eau.

Perdu dans sa jungle de plantes arides comme dans ses pensées, il ne perçoit plus rien. Ni le tapageur concert du geai bleu, ni les zébrures de soleil sur sa peau, ni l'air sec et doux du désert en hiver.

Des heures entières moulé dans son vieux canapé de plein air. À la dérive. Comme parti dans une autre réalité. Celle de cette Stéphanie. Une étrangère, mais pas tout à fait. Une montagne de sérénité (d'un mètre quatre-vingt-dix) qui s'affaisse. Maître J-B, enterré vivant volontaire dans le désert, disciple du « ici et maintenant » a basculé dans l'émotionnel. Lui qui depuis des années se contente d'être, redevient perméable au monde.

Il désire, il espère. Et ça le fait chavirer.

Feuille de route numéro 2

Cher Monsieur Marcel,

Par quoi commencer ? Ma réalité est tellement bouleversée... D'abord, par mon arrivée dans cet essaim bourdonnant que l'on appelle LES ANGES *et où mon ange gardien était absent ; il patientait à l'arrivée d'un autre vol, dans un autre terminal. J'aurais dû me douter qu'il ne comprendrait rien à mon accent au téléphone.*

Cette langue, justement, que je chéris depuis le collège et qui maintenant m'intimide. Les consignes dans le haut-parleur me sont incompréhensibles, le stress me fait douter de mes capacités, comment dit-on bagage ? baggage ou luggage ou bag ou suitcase ? Je me perds dans des considérations sans intérêt puisqu'il suffit de suivre le flot de passagers qui m'emporte et s'agglutine devant des portiques de sécurité. Le regard qui perce, comme celui de l'aigle qui figurait sur l'emblème de l'ambassade américaine à Paris, des individus en uniforme scrutent mon visa, mon visage, mon visa, mon visage, et enfin, après un interrogatoire glacial, Abraham Lincoln posant devant le Capitole m'ouvre les portes de la cité.

Je récupère ma valise et me voilà dehors accueillie par du vert et du bleu, je n'ai jamais vu autant de palmiers, des tiges graciles qui chatouillent le ciel, à croire que « ça pousse comme du chiendent », comme dirait ma mère. L'air est sec, une odeur de pot d'échappement mâtinée d'eucalyptus me pique la gorge. Je me débats au milieu du trafic. Je traîne ma valise d'un point à un autre, erratique comme une mouche qui tourne en rond. Et je finis par trouver une navette puis un autobus pour me conduire à ma destination. Le chauffeur de la navette me propose de monter devant. Je ne comprends pas grand-chose à son babillage, sympathique puisqu'il m'appelle « baby », je dis souvent yes, parfois no pour ne pas attirer l'attention. Cet accent, Monsieur Marcel, comme s'il sortait d'une bouche engourdie.

Cette ville n'en finit pas de s'étendre et j'en saisis tout de suite la démesure à travers ses boulevards de deux fois huit voies. Pour vous faire une idée, je dirais que c'est deux fois la largeur des Champs-Élysées.

Stupéfiant ! Je crois que c'est le bon mot, car je suis dans un état de sidération devant la multitude d'enseignes tapageuses pour divorcer, maigrir, sourire plus blanc, trouver la foi, poursuivre l'un en justice, en regarder un autre à la télévision… Les boulevards aux allures de parking sont assiégés par les voitures, les banlieues sans vie pendant presque trois heures alternent centres commerciaux et zones résidentielles. Après, je me suis assoupie à cause de la fatigue, mes nerfs ont lâché sur la banquette confortable de l'autocar. Quand j'ai rouvert les yeux, nous étions au milieu des pins sur une route sinueuse qui grimpait dans la forêt.

Me voilà arrivée dans le Ranch, à Big Bear Lake, à l'est de Los Angeles, dans les montagnes de San Bernardino et je suis maintenant installée dans ma nouvelle chambre. J'ai croisé beaucoup de jeunes, ce qui m'a donné l'étrange impression de figurer dans une série de télévision, ce premier contact avec « l'American way of life » n'est pas si déstabilisant, je ne suis jamais sortie de France, pourtant tout m'est familier, mais cela n'enlève rien à mes craintes.

Seule à l'aéroport, pendant ce moment de flottement où j'ai pris conscience que personne ne m'attendait, je me suis revue devant mon école primaire… Je venais d'arriver en cours d'année et mon beau-père numéro 1 avait tout bonnement oublié de venir me chercher. La cour s'était vidée, j'avais dû patienter près des grilles fermées et attendre que l'on pense à moi, l'idée de demander de l'aide me terrorisait et je m'étais sentie abandonnée, au bout du monde, dans une ville que je ne connaissais pas. En début de soirée, la directrice m'avait aperçue et après avoir tenté plusieurs fois de joindre ma mère sans résultat (qui dormait, épuisée à cause de sa chimiothérapie), elle avait fait les vingt kilomètres pour me reconduire chez moi.

Tout cela pour vous dire que seule à l'aéroport, je suis allée reprendre mes esprits dans un coin et j'ai fait comme vous me l'aviez conseillé, j'ai convoqué un souvenir heureux, un endroit protecteur, et c'est votre chambre-bibliothèque qui m'est apparue. Je crois que j'aimerais bien à nouveau m'y réfugier. Je fais une piètre exploratrice, en fait. Je crois que j'ai peur, Monsieur Marcel.

Sinon ma nouvelle chambre a un grand bureau avec deux chaises, deux fauteuils, deux lits superposés, une armoire qu'il va falloir partager avec une inconnue.

Je vous laisse, on frappe ; comme je suis arrivée tard, on doit m'apporter à dîner.

3. Family business standing for quality since 1946

Derrière le bar, une inscription gravée dans le bois informe le client de ce qu'il est en droit d'attendre. Sauf que John et Linda McGuire ne sont plus là pour en répondre. Leur fille Annie assure la relève, avec un niveau d'exigence bien à elle.

Issus de la classe moyenne de l'Oklahoma, les McGuire avaient plié bagage un matin, avec caravane et bambins. Pleins gaz vers un avenir meilleur, en Californie. Comme une bonne partie du pays après la guerre. Sur la route, douze miles avant la ville de Morena, une station-service au pied des montagnes proposait des jeux pour enfants. Cet arrêt fortuit, pour dégourdir les gambettes, allait bouleverser leur trajectoire de vie. Ils avaient jeté l'ancre. Investi dans ce paradis de sable. Dix acres au sud du parc d'Anza-Borrego. Éolienne de pompage avec ailettes en métal flambant neuves. Les arguments du vendeur et surtout sa voix rocailleuse, comme empreinte de secrets ancestraux, les avaient rassurés.

– L'eau n'est qu'à un mètre ! C'est de l'or noir qui coule sous vos pieds.

Il les avait promenés sur la propriété. Mains dans les poches, démarche assurée. Puis il s'était planté devant plusieurs rochers.

– Vous savez ce que c'est ça, les enfants ?

– Une grosse pierre avec un trou, avait répondu l'aîné.

– Exact ! Et ce trou, ce sont les Amérindiens qui l'ont façonné. Il y avait une rivière ici avant. La tribu des Kumeyaay chassait et cueillait dans la région. Sur cette pierre, ils broyaient des graines de maïs pour en faire de la farine, des graines de pignon aussi… Bref, cette rivière est toujours là. Suffit de creuser un peu.

Elle n'était pas si *dry* que ça, la *river*. « Comme du pétrole, je vous dis, *you'll see.* » John en était persuadé, les dollars pousseraient, suffirait d'arroser. Annie, la dernière de la fratrie, était née un an plus tard.

John, à l'âme de navigateur, avait augmenté la voilure. *Diner* clinquant avec son sol en damier, café à volonté, milk-shake aux dattes, spécialités empruntées à la vallée voisine, bowling en extérieur, terrain de camping aménagé. Dans les années 50, ça accostait dix mois par an à Dry River. Un défilé de modèles de voitures devenues mythiques : Corvette, Impala, Thunderbird… Des autobus Greyhound en provenance de Chicago. Des caravanes Airstream, gros scarabées métalliques sortis tout droit de lignes d'assemblage côtoyaient des modèles préfabriqués à monter soi-même. Il ne manquait que les toilettes dans les premiers camping-cars. Le rêve américain avait toujours eu des roues. Le chariot bâché avait juste un peu évolué. L'été, la chaleur insolente décourageait les visiteurs. Le camping redevenait fréquentable en septembre. Surtout les emplacements à l'ombre des pins pignons, des acacias greggii plantés et irrigués par John.

Puis il y eut moins de passage sur leur voie navigable. Le monde suivait le sens du progrès, jetant à peine un œil aux panneaux publicitaires installés sur la nouvelle autoroute. John, l'insubmersible, avait reconstruit après le passage de l'ouragan Kathleen. « *You'll see.* » Il y croyait encore. Un nouveau bâtiment était sorti de terre. Du bleu et du blanc, les couleurs du drapeau de l'Oklahoma. Avec une piscine et des mobil-homes, pour être au goût du jour. Pour replacer Dry River sur la carte. Une folie à remplir et entretenir, ce bassin bleu, vide de clients. D'autant que la rivière souterraine fichait tranquillement le camp vers les Chinois.

Les parents McGuire n'ont pas dépassé le siècle. Le carré de gravier et de sable, sans allée goudronnée, sans places proprement délimitées, sans chalets tout confort climatisés, s'est laissé distancer par les campings 2.0. Un naufrage en silence, à peine retenu par un fil, celui de la fibre optique. Le seul point positif dans les commentaires des clients sur Internet. Parfois on y salue l'accueil de la patronne. Les jours où elle est bien lunée.

À une certaine époque, l'Amérindien suivait la trace des animaux pour trouver de l'eau. Aujourd'hui l'homme défonce la croûte terrestre jusqu'à la première nappe. Puits de forage avec pompe solaire. En 2020, le précieux trésor sur lequel est assis Dry River se planque à presque deux cents mètres sous terre. On s'adapte à la sécheresse, ça durera ce que ça durera, comme le dit Dan avec philosophie.

Le terrain forme un rectangle divisé en deux parts égales. Comme un domino, avec six points d'ombre de chaque côté pour l'équité. Dans les faits, les nordistes sont des dilettantes. Avec une vie de rechange plus glamour ailleurs, comme Paul. Des touristes, des oiseaux de passage, des apprentis campeurs, altermondialistes d'opérette, des *snow birds*, ces retraités canadiens qui passent l'hiver au chaud… Des *week-ends warriors* aussi, qui, le vendredi soir, fuient la ville en troupeau, pour satisfaire ce besoin naturel de jouer en plein air. Ils montent à l'assaut des pistes de terre, des lits de rivières asséchées dans leurs quatre roues motrices. Équipés comme des soldats prêts pour l'Irak, ils s'inventent des ennemis au détour de falaises imprenables. Le dimanche soir, feu de camp éteint, canettes de bière écrasées, la guerre est terminée. Une longue file de véhicules récréatifs rentrent poussivement sur la Highway 8 en direction de San Diego. Motos et quads sur le plateau arrière des pick-up, caravanes poussiéreuses, les guerriers du week-end regagnent leurs pénates.

Paul réintégrera son appartement climatisé de San Diego, heureux de fuir cet enfer sur terre en juillet et en août. Juste à temps pour assister à la saison de base-ball et encourager les Padres. Mais avant cela, il aura tout le loisir de pratiquer son activité préférée, à savoir brûler du pétrole. Célébrer ses valeurs masculines le week-end. Faire rugir les moteurs de ses jouets dernier cri. Bref, contrôler des machines, son autre passion. Jet-ski sur la mer l'été. Quad nerveux dans le désert l'hiver.

Avec ce chantier, il a décroché le gros lot. Faire partie de l'histoire, rafler la mise à la fin des travaux et passer l'hiver sur son terrain de jeu favori. Une vraie bénédiction.

Le soir, fatigué et poussiéreux, il retrouve ses habitudes au Dry River. Et Betty, la voix de sa caravane connectée. « Bonsoir et bienvenue, monsieur Carter ! » Une bonne douche sous la Voie lactée grâce au *sky roof*, une bière au bar lorsque la tentation lui prend de se faire admirer. Parfois un simple plat décongelé de macaronis au fromage devant Netflix. Son matelas king size de plus en plus moelleux. En guise de berceuse, l'aboiement d'un coyote au loin. La fenêtre ouverte sur les odeurs de pin. Les feux de camp qui crépitent longtemps dans la nuit. Tout ce qu'il avait aimé partager, gamin, avec son père. Quand celui-ci prenait le temps.

Il travaille six jours sur sept, selon l'avancée du chantier. Le dimanche c'est bières, discussions animées au comptoir du Dry River et sortie mécanique sur les *dirt roads*, des routes primitives. Une parenthèse dans sa vie de jeune quinquagénaire plombée par deux divorces avec pensions alimentaires, mais libre comme l'air.

En matière de famille il a déjà beaucoup donné. Sa famille parfaite est partie à vau-l'eau l'année des quarante ans de madame, quand elle les a délaissés lui et ses deux enfants pour un vélo.

En apparence, c'était toujours « grande maison, double garage, toit-terrasse avec vue sur la mer ». Seulement, au quotidien, sa fille compensait engueulades de couple et absence de maman en ouvrant régulièrement le frigo. Elle faisait de plus en plus tache de gras sur la photo annuelle des vœux. La tranche de fromage dans un club sandwich, coincée entre un père en colère dévoreur de barbaque, une mère écolo tyrannique suceuse de graines et un frère au QI de salade sous perfusion de jeux vidéo.

Un jour, Nicole, sa femme, n'est pas rentrée. Depuis, un prof de yoga toujours vissé à son deux-roues joue le rôle de père. De sa progéniture, il ne connaît plus que factures et contrariétés. Paul 0 – Divorce 1.

Quatre ans plus tard, il avait remis ça avec Cynthia. Il fallait qu'il possède. Encore un corps sublime, son premier critère de choix. Il avait déclaré sa flamme sur une banderole déployée depuis le sommet d'un manège, dans un parc d'attractions. Bague de fiançailles et mariage clinquant à crédit. Une relation aux relents de bilan comptable. Cette fois il avait réduit la voilure, c'était loft en centre-ville et week-ends sur l'eau quand il le pouvait. Il avait même porté ses skis à Big Bear, mais ça n'avait pas suffi. Un soir plus arrosé que les autres, soleil couchant sur l'herbe de Mission Bay, ils avaient joué au jeu de la bouteille. Action ou vérité ? Le bouchon qui saute sous la pression de la sincérité. Résultat, il n'était pas : « romantique, impliqué dans leur couple, à l'écoute, prêt à travailler sur ses défauts… ». « Et toi tu m'emmerdes avec tes "*good job*, Paul" sans arrêt. Je ne suis pas un de tes putain d'élèves de primaire, *f… you.* »

Il l'avait plantée là, à pleurer sur son joli plaid à quatre cents dollars. Difficile le lendemain de recoller les morceaux. Le juron de trop, la bombe « F » lâchée sous la colère avait réduit en cendres leur relation. Paul 0 – Divorce 2.

Un beau gosse sur le tard, Paul. C'est le travail qui l'a affiné. Déménageur dans l'entreprise de son oncle puis manœuvre grâce à son père dans la construction. Mais dans un coin de sa tête restent toujours gravées les moqueries. Les humiliations avant le bal de promo : « Tu crois sérieusement que je veux sortir avec toi ? » Celles des profs de sport : « Deux tours supplémentaires pour toi, Paul. Tu as bien besoin de courir. » Il a pris sa revanche depuis, en charmant à tout va. Au Dry River, il a la paix. La paix du slip, car personne à séduire. Juste enjôler la vieille Annie et ça c'est facile.

Au sud du camping s'entassent à l'année les attentistes : vétérans du Vietnam, immigrants, travailleurs pauvres, retraités sans le sou. Cette partie affiche presque complet. La plupart ont échoué là par hasard. Revers de fortune, souci de santé sans prise en charge, mauvaise passe temporaire qui se prolonge. Des ensablés. Une armée dissidente oubliée des dogmes de la société de consommation. Des locataires de mobil-homes, des propriétaires de RV et autres caravanes décaties posés sur des chandelles rouillées. Une succession de toits plats et façades en aluminium jauni par les années.

Une sorte de Corée du Nord/Corée du Sud inversée. Une frontière invisible qui délimite les destinées. On se marre beaucoup plus dans le nord que dans le sud, mais comme la soif est universelle, on se croise parfois au bar.

Compte tenu de sa superficie, le terrain propose des emplacements plutôt larges, de quoi prendre ses aises. Pas de règlement intérieur. L'aménagement est disparate, généralement plein à ras bord. Un pot-pourri de créativité. Avec terrasse, auvent de fortune, garage en palettes, cabanon de récup'... une kyrielle de dépendances disjointes et sales, lancées comme des polders pour augmenter l'espace vital. Des voitures d'un autre âge, ancrées devant des clôtures proprettes jusqu'à la maniaquerie ou à la peinture écaillée, complètent le tableau de cette société post-apocalyptique. Avec parfois une bannière étoilée défraîchie plantée ici et là. Malgré tout, on reste fier de son pays.

J-B, lui, vit essentiellement dans sa jungle. Acacia greggii et succulentes géantes s'épanouissent dans son salon. Petite table basse, canapé abandonné, vieux tapis indien sur le sol terreux, ciel bleu cobalt en guise de plafond, coin potager en phénoculture pour ne pas arroser. Il ne possède quasiment rien, mis à part une collection impressionnante de pièces en céramique. Quinze ans qu'il façonne des têtes creuses toujours couchées sur le côté. À l'intérieur, la vie s'enflamme. Des tiges épaisses et charnues se hissent à la place des oreilles. Poilu ou d'aspect cireux, chaque rejeton trouve sa place. Une explosion de verdure sur cette terre asséchée.

C'est sa routine qui le tient debout. L'empêche de se recroqueviller à l'intérieur de ses pensées. Patin à roulettes le matin, pour sniffer sa ligne jaune comme un rail de coke. Ensuite, méditation. Exercices de respiration. Les pieds nus bien plantés au sol, les mains jointes, il récite une prière pour sa Terre Mère : Chère Terre Mère, c'est toi la Terre qui me nourris. C'est toi la Terre qui me donnes de l'énergie... Il s'adresse ensuite à son Ciel Père : Père Ciel, merci pour le soleil qui me donne la vie... Terre et Ciel comme seule filiation.

Barbe clairsemée, cheveux longs gris filasse, il a tout d'un maître à penser, mais reste dans sa bulle. Loin de lui l'idée de faire du prosélytisme proécologie. Il accepte ce monde tel qu'il est. Y vit en marge, sans rien en attendre. Seules les forces telluriques de la Terre le maintiennent en vie. Il se fait petit et humble, le poids d'une plume. Un être de sable, que la moindre goutte d'eau pourrait faire s'écrouler. Enfin c'est ce qu'il se dit. Rideau baissé sur ses rêves, ses ambitions. Fermé pour cause de 15 août. Et ça dure depuis un moment.

Aucune raison de se plaindre, il ne fréquente ni le restaurant ni les sanitaires communs. Quotidiennement, quand il passe devant le café, Annie l'interpelle avec son air bienveillant. Toujours avec discrétion ; qualité essentielle, selon lui, pour diriger un business. Il a trouvé un équilibre auprès de cette communauté bigarrée.

Ce matin-là, il n'est pas allé patiner. La lecture des feuilles de route de Stéphanie a ouvert une porte sur le temps. Provoqué une obsession : obtenir des réponses. Le présent n'a plus d'importance. Le futur encore moins. Les écrits, les cris assourdissants de cette compatriote, comme une multitude de veines, lui insufflent une nouvelle énergie. Elle y parle de rail, de tunnel, de Providence Canyon.

Si quelqu'un peut lui donner quelques clés concernant la provenance de ce carnet, c'est Paul. La pièce rapportée de cette famille qu'il s'est trouvée. Il doit aller le voir.

Feuille de route numéro 3

Cher Monsieur Marcel,

Le paysage environnant m'évoque le sud de la France, ce que j'en connais grâce à Marcel Pagnol. Ça sent le Garlaban. Je crois bien avoir entendu des cigales en sortant des dortoirs ce matin. Pour la température, je suis bien incapable d'établir une comparaison, mais j'ai trouvé ce petit matin frisquet puis cela s'est très vite réchauffé.

Je voudrais vous y voir, faire la classe ici. Vous diriez « remuants, ces petits jeunes », moi je dirais plutôt pétillants. J'ai poussé la porte du bureau réservé au personnel, une entrée en scène sans tambour ni trompette, Tania et son sourire à puissance nucléaire annihilent tout malentendu, mon arrivée est bien espérée et la communauté entière est « excited » à l'idée de faire ma connaissance !

Elle a bien dit « excited »... Je découvre avec bonheur tout l'enthousiasme qu'un mot peut provoquer. On me prodigue une affection quasi immédiate. J'aurais moi aussi tendance, la bonne humeur communicative aidant, à qualifier cette première interaction sociale avec des étrangers de fantastique et incroyable. Je n'ai jamais connu un tel élan de sympathie pour ma personne, certainement pas au lycée ni au collège, peut-être au primaire, lorsque briser mon cochon m'a permis de régaler la classe en confiseries ; populaire durant une semaine, quelle expérience…

Kacey, mon rendez-vous manqué de l'aéroport, m'explique qu'en voiture, normalement, le ranch est à moins de trois heures de Los Angeles, il me félicite pour ma débrouillardise. J'avoue m'être impressionnée… En même temps, à dix-neuf ans, on ne pleurniche pas à côté de sa valise, car on est loin de maman, on se contente d'y penser.

Je vous ai déjà détaillé ma chambre, le dortoir des filles est plutôt vaste, seule ombre au tableau, les douches collectives n'ont pas de porte. Suis-je la seule à être pudique ?

Sharon, ma colocataire, est arrivée ce matin, sa famille l'a déposée en voiture, ce qui lui permet de s'entourer d'une multitude de valises. Les tenues de « Barbie en vacances à Hawaii » débordent maintenant de notre armoire commune. Je me force à refouler mes préjugés, car j'ai toujours détesté les poupées mannequins, mais force est de reconnaître que pour le moment nous n'avons pas grand-chose en commun. Votre carnet, que j'avais laissé sur le bureau, l'a interpellée, elle l'a trouvé « beautiful ». Au vu de mes centres d'intérêt et de la modestie de ma garde-robe, elle doit penser partager la cellule d'une nonne : sœur Marie-Stéphanie ! Pour autant, elle n'a pas l'air de redouter la cohabitation. Moi si, car j'ai grandi avec des mâles. Je prends conscience en la regardant qu'assumer sa féminité n'est pas ce qui me caractérise, mais ça, vous l'aviez remarqué ; je me souviens d'une discussion à propos du complexe de Diane, je ne faisais pas le rapprochement à l'époque.

Ma seule amie fille (Fati), que j'ai rencontrée dans mon dernier lycée, était un vrai garçon manqué, comme moi il faut l'avouer, et j'ai toujours considéré les filles apprêtées comme des appâts de pêche ; le maquillage, le rose, les robes, la dentelle auraient plutôt tendance à me faire détaler.

À la cafétéria le soir, Sharon me chaperonne comme une grande sœur et je m'applique à prendre la même chose qu'elle sur mon plateau-repas, du lait au chocolat comme boisson, une espèce de ragoût noyé de carottes pas cuites et surtout, surtout une part de gâteau bleu azur au cœur rouge vif, à des années-lumière de votre baba au rhum du dimanche après-midi.

Nous devons être une cinquantaine de saisonniers. Le domaine est immense : cinq cents acres d'après la brochure. Aucune idée de ce que cela représente, mais entre les chalets privés disséminés dans la forêt, la partie hôtel, les infrastructures sportives, les bâtiments destinés au personnel, il y a de quoi se perdre.

Nous terminons la soirée dans la salle commune, une pièce qui s'apparente à un gymnase. Tout est plus grand ici, des canapés côtoient une piste de danse et un terrain de basket ; ce gigantisme n'est pas fait pour me rassurer. Peu d'Européens comme moi passent l'été en Californie. On m'a présentée à une Allemande au corps d'athlète, son accent est très compréhensible, mais je n'ai pas l'impression qu'elle croit en l'amitié franco-allemande. Sharon, avec sa personnalité solaire, sympathise aisément, elle me présente comme sa « roommate » (colocataire), ce qui est très gentil de sa part. J'aimerais pouvoir en profiter pour m'intégrer, mais le groupe me broie, me paralyse. Je me concentre sur une immense carte des États-Unis accrochée sur un mur : combien de pas faut-il pour traverser le pays et atteindre New York ? Est-ce que c'est normal de penser à rentrer alors que je viens d'arriver ? Je m'esquive, officiellement pour faire disparaître sous les draps mon décalage horaire. Je suis de moins en moins sûre d'avoir l'étoffe du héros, il va falloir prendre sur soi pour jouer les explorateurs comme Chateaubriand. Vous m'aviez bien prévenue…

4. Keep calm and carry on

Menton relevé, Paul s'approche des premiers résidents qu'il croise. Il fait la roue. Comme une envie de déployer ses plumes colorées. C'est de circonstance. À l'ouest, la silhouette violette des montagnes se détache sur fond de ciel incandescent. Derrière lui, le groupe Imagine Dragons envoie des uppercuts sur les parois de sa caravane, à coups de « *Pain, you made me a believer* ». Une bière à la main, les cheveux encore humides de la douche du soir, poitrine gonflée, il parade.

Le paon raconte en technicolor les tenants et aboutissants de son aventure humaine et professionnelle. Le verbe haut, il lui faut oraliser pour évacuer le stress vécu au cours de ces dernières quarante-huit heures. Se convaincre qu'une fois de plus, il a su gérer. Providence Canyon n'est plus qu'à portée de tunnel. Il marchera sur ce pont record du monde. Retirera sa casquette pour sentir le vent caresser sa tignasse. Il ira jusqu'au bout. *Whatever it takes.*

Un mois plus tôt, son équipe de gros bras mexicains avait quitté la ville de San Diego sur une draisine équipée de puissants moteurs diesel. La plateforme permettait le transport de ses hommes et de leur matériel, d'une grue de manutention, d'une mini-pelle et même d'une nacelle élévatrice. Le bois nécessaire aux étais suivait sur un wagon. Son pick-up assurait la liaison entre chantier et campement. Trapu, œil vif et sourire confiant, Raoul, citoyenneté mexicano-américaine et bilinguisme en bandoulière, officiait comme conducteur de train. Les autres, Hector, Alfredo et Luis, jambes pendantes dans le vide, regardaient défiler le paysage sous un ciel bleu sans demi-mesure. À fumer et rigoler, excités comme des gosses en colonie de vacances.

Il y avait de quoi être détendu. Les cinquante premiers miles avaient été une promenade de santé. La voie s'étirait dans le lointain, contournant les collines, au milieu de vallées d'arbustes et de buissons chétifs. Tantôt intacte, bien propre, comme neuve, tantôt constituée de deux simples traits sur le sol pour marquer la trace d'une civilisation engloutie par la terre ou le sable. Il fallait alors sauter de la draisine, creuser ou donner du balai pour s'enfoncer vers l'est. Le ballast n'avait quasiment pas bougé. Quelques traverses en séquoia semblaient à peine fatiguées. Chaque éclisse était méticuleusement inspectée. Les joints des rails pouvaient en reprendre pour cent ans. Trois cents jours de soleil par an, un climat sec et chaud, donc peu de corrosion. À ce stade, ils jouaient les équipes d'entretien d'un musée, renforçaient leur bronzage, s'aéraient les poumons. L'air sec était tantôt chargé d'une douce odeur de pop-corn au caramel, tantôt d'une senteur de chips au goût bacon. Ça ouvrait l'appétit.

– *Piece of cake, Boss !* concluait chaque soir Raoul.

Car effectivement, c'était du gâteau.

Paul se frottait les mains. Ses pionniers bien nourris, aidés par le progrès, avançaient la fleur au fusil. Une fois rendus trop loin pour faire des allers-retours jusqu'à San Diego, il les avait collés au Desert View. Un motel miteux sur le bord de la Highway 8, avec petit-déjeuner à volonté. Lui avait préféré le confort de sa caravane. Il passait les récupérer le matin.

Ses gars, l'estomac lesté de pancakes presque *homemade* – il fallait soi-même placer la pâte industrielle dans le gaufrier –, plaisantaient à l'arrière du pick-up.

La tâche se compliqua un peu en prenant de l'altitude. Par endroits le sol s'était affaissé. Il fallait lever les rails avec la pelle et empierrer pour remettre à niveau. Les hostilités démarrèrent vraiment à l'apparition des montagnes de Morena et ses pentes couvertes d'énormes cailloux déposés, d'après la légende, par un géant après avoir balayé la surface de la Terre. Lisses et ronds, certains bloquaient le passage comme des billes grises et jaunes sur les rails d'un train électrique miniature.

Puis le ruban métallique avait commencé à serpenter pour se frayer un passage à travers les gorges de Jacinto et enjamber des canyons. Pont après pont. Mille mètres d'altitude en moyenne dans un paysage abrupt. Gazon jauni sans arbre ni ombre, excepté pour les écureuils-antilopes. À flanc de falaise, coincés entre des rochers, quelques cactus et ocotillos épars. Vue du ciel, une chaîne de montagnes cuivrées aux arêtes parfois tranchantes. Au sol, un étouffoir inhospitalier délaissé par l'humain.

Le premier tunnel excavé dans la roche ne laissait rien paraître du passage du temps. Les tonnes de granit bleu étaient comme suspendues en l'air. En lévitation, malgré le poids de la montagne. Les parois alvéolaires de plus en plus sombres s'enfonçaient, fraîches puis froides, formant un antre mystérieux : une porte vers un passé aux odeurs de charbon. Pour d'autres, il avait fallu étayer.

Paul et ses hommes s'avançaient à l'intérieur, à pied. Cathédrale de pierre ou de bois au-dessus de leurs têtes. Silencieux. Ébranlés par la grandeur des lieux, la perfection de l'ouvrage. Ils pouvaient presque imaginer une locomotive à vapeur arriver à leur rencontre, furibarde. C'était comme tirer du sommeil une belle endormie. Ballet de lumière avec les lampes torches. La fraîcheur agréable leur rendait la parole et l'œil professionnel de Paul reprenait du galon. Des études de géologues et d'ingénieurs en génie civil lui avaient mâché le travail. La draisine avançait lentement sur les rails, projecteurs allumés. On y voyait comme en plein jour. Chaque travée, chaque poutre était examinée.

Il faisait déjà chaud pour un mois de janvier. L'absence d'ombre, mis à part au pied d'escarpement ou dans les tunnels, commençait à peser sur le moral des troupes. L'installation des filets anti-éboulements s'avérait laborieuse. Pour accélérer la cadence, deux illégaux s'étaient joints à l'équipe. L'un des deux, plutôt fin mais musclé, faisait preuve de qualités intellectuelles exceptionnelles. Un tatoué et cultivé, qui ne pouvait pas s'empêcher de la ramener. D'où son surnom de Wiki. Pour Wikipédia.

– *Las bigas de soporte no son todas del mismo tamano, es normal ?* (Les pièces de soutènement n'ont pas toutes la même dimension, c'est normal ?)

Mais Wiki, même traduit en anglais, on ne l'écoutait pas…

Paul savait quoi faire et où. Il avait jusque-là consolidé sept passages souterrains avec des poutres en bois, comme l'avaient fait les anciens. Traversé et inspecté trente-six ponts, constitués uniquement de bois car l'amplitude thermique considérable aurait fait se dilater le métal.

Le tronçon le plus technique était à venir. Des tonnes de pierres scellaient entrée et sortie du tunnel numéro 17. À sa sortie se déroulait le fameux pont record du monde.

Il s'agissait d'être prudent, pour ne pas risquer un glissement de falaise. Coups de pioche et frappes chirurgicales avec la mini-pelle, progressivement ses gars s'étaient arrêtés de rigoler, parce que la patience, ce n'était pas leur fort. À la fin de la troisième journée, ils avaient enfin dégagé l'orifice de la galerie souterraine.

– Boss ! On y est ! avait crié Raoul quand le nuage de poussière fut retombé sur des pièces de charpente carbonisées.

Des rapaces griffaient le ciel limpide, virevoltant au-dessus d'eux.

– *Mira el aguila, huele algo*, avait lâché Wiki.

Paul avait signifié à ses gars de reculer. Il préférait assumer les risques d'éboulement seul, non par charité chrétienne, mais pour éviter d'attirer l'attention de la police de l'Immigration en cas de pépin. La Border Patrol, ou la Migra comme l'appelait les Mexicains, était l'ennemi commun. La frontière n'étant qu'à un mile de Morena, elle survolait parfois la zone en hélicoptère.

Lampe frontale allumée, casquette fétiche plaquée sur le nez, il s'était enfoncé dans le noir, en prenant soin de regarder où il mettait les pieds.

Sa lampe torche balayait les parois. Il avait inspecté la charpente à trois pans. Les premiers jambages s'étaient effondrés, causant un sacré éboulis. Les ingénieurs avaient pu déterminer l'épaisseur du bouchon, mais l'état de la voûte à l'intérieur restait un mystère. Une forte odeur de soufre lui brûlait les poumons. Il faudrait étayer avant de poursuivre l'excavation. Mieux valait consolider plutôt que de risquer un autre effondrement.

Il était sur le point de sortir quand, au sol, une forme avait attiré son regard. Un édredon couvert de poussière ou…

Un sonore *fuck* de surprise était sorti spontanément de sa bouche. Il en avait laissé tomber sa casquette. La couverture avait des pieds !

– Ça va, Boss ? s'était inquiété Raoul en passant la tête dans l'entrée sombre.

– Ça va, ça va. J'arrive. Ne bouge pas, c'est dangereux.

D'autres *fuck* métalliques, plus discrets ceux-là, résonnèrent dans le noir. Il avait manqué de se prendre les pieds dans les rails. Une fois dehors, il se frotta le pantalon, retira son casque de sécurité. Une poussière noire marquait les ailes de son nez. Au moins cent trente battements par minute. Son cœur tambourinait. Il fallait retrouver une contenance. Et surtout renvoyer les gars dans leur chambre de motel.

Paul alla chercher sa gourde qu'il avait laissée près d'un rocher.

– Bon, la journée a été dure, on remballe, les gars. On va dire que le week-end commence plus tôt, avait-il dit mollement, tout en ajoutant : Et c'est jour de paie.

L'eau lui avait redonné des couleurs. Il avait fait mine de trinquer.

L'annonce avait déclenché commentaires et plaisanteries, peut-être salaces, il n'avait pas compris. Paul n'avait pas le cœur à rire. Une phrase que son père lui servait pour calmer ses ardeurs entrepreneuriales lui était revenue en mémoire : « Il est urgent de ne rien faire. » La nuit lui porterait conseil.

Des litres d'alcool pour noyer le souvenir de cette nuit fatidique. Paul braille maintenant de plaisir devant le petit attroupement qui s'est formé. « Et la traversée du pont, c'est pour quand ? », « Et comment ça avance, le chantier ? »

Du coin de l'œil, il l'aperçoit. La silhouette de ce type pas banal, qui contrairement à tous l'ignore superbement. J-B remonte l'allée d'un pas décidé. Son instinct de chasseur lui commande d'aller à sa rencontre. Car Paul est du genre à affronter les tornades et les cinglés en chaussettes dépareillées.

Il prend prétexte que le son de sa chaîne stéréo est trop fort pour s'écarter de l'attroupement. Laisse échapper un petit rire sec en pensant à sa méthode de gestion de conflit. Elle a fait ses preuves : l'attaque en guise de défense.

– Salut le Frenchy, qu'est-ce que je peux faire pour toi ?

Feuille de route numéro 4

Cher Monsieur Marcel,

Par un heureux hasard, j'ai été affectée à l'équipe « housekeeping », que l'on pourrait traduire par « entretien ménager ». Changer les draps, récurer les toilettes – des tâches ingrates certes, mais idéales pour se dissimuler et s'adapter au milieu ambiant, vous en conviendrez. C'est précisément ce que je pensais avant de revêtir le tee-shirt rouge au logo du parc qui me rend maintenant bien reconnaissable grâce au prestige de l'uniforme. Long jusqu'aux cuisses (ils n'avaient plus ma taille), je promène ma peau blafarde et ma touffe de cheveux telle une amanite phalloïde sans susciter aucune remarque désobligeante. Ici, le confort vestimentaire est un art de vivre et je dois dire que j'apprécie beaucoup l'absence de jugement dans le regard de l'autre. La quintessence d'un jour de repos est de le passer en pyjama et de sortir dans cette tenue.

Sharon, elle, fait un nœud plutôt seyant avec les pans de son tee-shirt pour marquer sa taille. En apprenant que je viens de Paris (je ne suis pas entrée dans les détails à propos du concept de la banlieue-dortoir où la misère s'empile), elle m'a fait part de sa fascination pour l'élégance des Parisiennes qui, semble-t-il, auraient « toutes du charme et une belle peau ».

Désormais, les clients m'interpellent (toujours avec le sourire) pour des renseignements, ou simplement échanger quelques mots et me remercier : « C'est formidable ce que vous faites ! », « Merci pour votre travail ! » Des petites gratifications verbales spontanées et qui paraissent sincères, pas seulement au moment des étrennes comme pour ma mère. C'est assez surprenant, je dois l'admettre, d'autant plus que je ne travaille pas encore vraiment, mais l'habit fait déjà le moine.

Je n'ai aucun regret, le tee-shirt de l'équipe « landscaping » (entretien paysager) m'aurait fait ressembler à un bolet et je suis à peu près sûre qu'il n'y a pas moyen de se dissimuler derrière son râteau. Dans une autre vie, j'arborerai fièrement le tee-shirt bleu réservé au personnel d'accueil, souriante et à l'aise en public, et j'échangerai avec bonheur avec le chaland.

Contre toute attente, je n'ai pas l'air désespérée sur la photo qui figure sur mon badge, mais en réalité, j'appréhende de ne pas avoir les qualités d'adaptation nécessaires. J'ai déjà beaucoup de mal à retenir les prénoms, les diminutifs, les surnoms, et « could you repeat please » est mon leitmotiv quotidien. Old Will (le vieux Will), plus jeune que l'autre Will, nous a fait visiter l'ensemble du domaine dans une voiturette de golf, Sharon était à l'avant, Isaurinda, une Portugaise grande comme une pomme qui vient d'arriver, se tenait à l'arrière à mes côtés. J'ai adoré cette balade et ce sentiment de prise en charge, d'appartenance. Nous étions quatre habitants d'une cité de bois et de lichens, investis de la plus grande des missions : veiller avec diligence à satisfaire le pèlerin de passage.

Demain, je débute officiellement, sous les meilleurs auspices, ma carrière de déesse du décrottage.

5. Failure is not an option

– Comme je dis toujours : *winners never quit, quitters never win*. Les gagnants n'abandonnent jamais. Ceux qui abandonnent ne gagnent jamais.

Le milliardaire aime à répéter son mantra. Du réchauffé servi à qui veut l'entendre, collaborateurs, famille, amis, journalistes. D'où sa réputation de Monsieur « on ne lâche rien ». Une détermination en acier. Qui possède à la fois une forte résistance à la rupture et une faible aptitude à la propagation des fissures. Un fidèle en affaires, en amitié, en mariage aussi – enfin sur le papier. Avec un ego puissant et surdimensionné qui le pousse au dépassement.

Comment graver son nom dans la mémoire collective lorsque celui-ci, en l'occurrence Huntington, est un patronyme et toponyme usité ? Devenir président des États-Unis ? À soixante ans à peine, il était loin d'être assez mûr. S'illustrer dans la conquête spatiale ? Il se trouvait trop vieux et la technologie ne le passionnait pas.

En 2017, les communicants d'un certain Donald Trump l'avaient un peu aidé à trouver la réponse à sa question existentielle : rendre l'Amérique *great again* ! Tout était dit dans ce slogan. Il suffisait de se tourner vers le passé. Ressusciter un symbole : le chemin de fer à vapeur. Mais pas n'importe quelle ligne ; celle surnommée « l'Impossible Railway ». En finançant la réouverture de la ligne de chemin de fer San Diego-Yuma, son nom serait à jamais associé à l'expansion et la renommée de la ville de San Diego. Comme le fut celui de Paul Flagger avec le développement touristique des Keys en Floride.

Restait à convaincre. Car partir en vacances à Yuma, l'une des villes les plus chaudes des États-Unis, perdue au milieu de nulle part, c'était comme vouloir s'étendre dans un barbecue et refermer le couvercle. Sans aucun intérêt. Beaucoup s'étaient inquiétés de la santé mentale du magnat à la tête de fonds d'investissement de plusieurs milliards de dollars. Le financier redoutait les catastrophes naturelles, les coûts d'entretien qui finiraient par taper dans ses dividendes ; l'écolo y voyait une aberration, une gabegie destinée à satisfaire la vanité de certains privilégiés.

Il avait dû batailler ferme. Pendant plusieurs mois. Rassembler derrière lui l'opinion, grâce à la presse qu'il tenait dans sa poche. Rassurer les actionnaires en leur certifiant que l'argent serait pris sur ses fonds propres. Et avant toute chose, passer sur le billard, pour corriger ce problème de paupières affaissées en casquette au-dessus de l'œil. Une belle tête de perdant d'après ses collaborateurs. Pas celle d'un marchand de rêves.

Tous les matins, sur l'écran télé installé dans sa salle de bain, il scrutait les tendances des marchés et n'arrêtait plus de la journée. Dans son esprit, les montagnes avaient été créées pour être déplacées. Le mot échec ne figurait pas dans son vocabulaire.

Pour satisfaire les opposants au projet, Huntington avait dû consentir à la création d'un centre pour visiteurs entièrement autosuffisant en énergie et des locomotives à la pointe de la technologie écologique. En gros, il garantissait fourniture et utilisation de charbon « propre » extrait avec amour. C'est possible, tout est une question de communication – de *bullshit telling*. Le bilan carbone serait bon, si l'on ne tenait pas compte de l'impact de millions de visiteurs sur un milieu sauvage. Grand prince, il s'était fendu d'un projet de musée, à la mémoire des aïeux de la tribu amérindienne locale. Avec en face un casino, pour rester dans l'esprit des pionniers : gagner/dépenser… les valeurs fondatrices du pays… La nuit, des trains de marchandises emprunteraient les voies et soulageraient les axes routiers. Une caution écolo qui assurerait également la rentabilité du projet. Ceinture, bretelles et même chasuble. Un don conséquent à la paroisse de Morena lui garantissait l'aval du Très-Haut.

C'était un petit pas pour l'humanité, mais un grand pas pour l'Américain, toujours féru de folklore en lien avec le Far West. Sans parler du tourisme de masse étranger, amateur de photos Instagram encore inédites. La planète Mars à portée de bourse. Elon Musk pouvait aller se rhabiller.

Désormais, Huntington jubile. Il frétille de la narine à chaque réunion d'avancement de chantier. Comme si le défi avait une odeur : celle de l'encre verte sur les billets. Exigeant, parfois colérique, le petit Ted en culotte courte n'est pas très loin lorsqu'il est question de son nouveau jouet : la maquette du chantier. Ses « je souhaite que… » se transforment en « je veux ». Et quand ça tourne à « j'exige », le Pacifique se vide comme une baignoire, ses collaborateurs cherchent d'urgence à colmater la fuite…

Son bureau : le dernier étage d'une tour vitrée sur Front Street, au centre-ville. Une vue bleu océan sur toute la baie de San Diego. Une atmosphère de menthe poivrée diffusée par la climatisation. Son motto du moment : « Je ne veux voir que des feux verts tout au long de la voie. » L'homme, au physique de pub pour seniors au sommet de la réussite sociale, est catégorique. Teint hâlé de golfeur à plein temps, doigt sec pointé vers la maquette, ce grand ayatollah du «*just do it*» prend très au sérieux son nouveau rôle de chef de gare.

Avec tous ces tunnels et tous ces ponts, rien que la reproduction du tracé avait été complexe. L'étude trône sur une réplique exacte du Resolute desk, le bureau emblématique sur lequel se penchent tous les présidents depuis 1880 à la Maison-Blanche. Une belle idée marketing qui sent la vanille et la cire d'abeille. Devant le meuble en chêne, en costume sombre, chemise et cravate, il prend la pause pour les interviews. Une tête de rongeur. De petits yeux malins et un long museau plat, comme déformé par un piège à souris. Un grand communicant à la voix de mentor. Le charisme de Jésus s'adressant à Lazare, dont le discours serait : «Lève-toi et réussis.»

Après nombre d'études sur le terrain – analyses de sols, calculs de structures, images de drones –, les ingénieurs du bureau d'études ont identifié les travaux préparatoires à la remise en service de la ligne. Paul et ses gars inspectent, dégagent, consolident les voies, rouvrent plusieurs tunnels pour permettre la traversée du somptueux Providence Canyon. Une autre équipe intervient côté Arizona. Il avait fallu contenter le maire de la ville de Yuma, qui pleurnichait pour obtenir des embauches dans sa communauté. Date de fin du chantier prévue en mai. Ouverture au public le mois de juin suivant. Consécration en grande pompe. Un projet à 80 millions de dollars. Un retour sur investissement exponentiel en tablant sur la courbe sans cesse ascendante de l'industrie du tourisme.

Il a imaginé jusqu'à la cérémonie d'inauguration en s'inspirant de l'histoire du pays. Dans ses rêves, il se voit enfoncer lui-même le *golden spike*, un clou en or, comme l'avait fait avant lui Leland Stanford en ce 10 mai 1869, jour où la grande Amérique avait célébré officiellement le raccordement est-ouest de la première ligne de chemin de fer transcontinental. Costume trois-pièces redingote, chemise à col cassé, nœud papillon, montre de gousset, chapeau haut de forme.

Un coup de marteau cinématographique pour fixer le rail qui passe devant le belvédère. Un orchestre symphonique pour interpréter la *Symphonie fantastique* de Berlioz, le 4e mouvement de la marche au supplice. Ou *Les Chariots de feu* de Vangelis, pour faire plus populaire.

Sous les applaudissements d'une foule d'invités. Sa famille, ses cinq petits-enfants chéris, ses amis, ses ennemis aussi. Son triomphe n'en sera que plus grand. Et « des influenceurs », lui a-t-on soufflé dans l'oreille, « plus efficaces pour relayer un événement que la presse ».

Gros bémol : les rails sont déjà posés. Quelqu'un avant lui en a déjà tiré profit cent ans plus tôt. Autre complication, le panier de crabes dans lequel il évolue et qui l'a soutenu sur le projet – des sénateurs, gouverneurs, maires, shérifs… Une bande de « moi je » qui ne supporterait pas d'être reléguée au second plan. Même la musique, un brin vaniteuse, ne colle pas avec la réalité.

Qu'à cela ne tienne. Il a chargé un sculpteur de réaliser une pièce monumentale dans laquelle ses partenaires et lui pourront, à tour de rôle, intégrer un élément en or. À coups de marteau, ça, il y tient.

Les esquisses du projet ne doivent pas tarder. Pour la musique, il a décidé de rester classique. L'hymne de la Californie, celui de l'Arizona pour ne froisser personne, le *Star Spangled Banner*, tout de même, pour la communion nationale. De même pour le costume, mieux vaut ne pas mourir de chaud, oubliée la redingote.

Pour la plaque inaugurale, il a choisi un marbre de Carrare.

Madame s'était penchée sur les échantillons qui traînaient sur la table du salon.

– Tu es sûr, mon chéri ? Je trouve ce blanc sinistre, ça fait pierre tombale.

Il l'avait observée, dégoulinante de sueur, à peine rentrée de sa séance de torture avec son coach, un ancien marine lui hurlant des « *Ten more laps…* ». Pire que dans un camp d'entraînement militaire, mais elle en redemandait.

Il trouve son combat touchant. Elle lutte contre la gravité. L'inexorable dégénérescence de la peau malgré l'ingestion de tout un alphabet vitaminique et le mastic sous-cutané.

Lui cherche l'apesanteur. La postérité. Il se fiche bien de l'allure qu'il aura dans son cercueil.

Son nom sera calligraphié en lettres d'or.

« Commémoration de la ligne de chemin de fer reliant San Diego à Yuma. Source de grande fierté pour la communauté. Nous sommes éternellement reconnaissants à Theodore Joseph Huntington d'avoir permis cette réouverture. »

Ça va claquer pour l'éternité.

Feuille de route numéro 5

Cher Monsieur Marcel,

Deux semaines se sont écoulées depuis que j'ai commencé à travailler, et je suis épuisée.

S'intégrer, apprendre par mimétisme, enregistrer le vocabulaire me vide de toute énergie. En fin de journée, ma tête n'est plus qu'une éponge gorgée d'informations et d'émotions. Le soir, je savoure mes petites victoires quotidiennes puis je m'endors bien vite. Je n'ai pas la force d'écrire, par contre, je commence à rêver en anglais.

Il faut dire que j'ai à ma disposition un moulin à paroles originaire du Kentucky, avec tous les jours un nouvel épisode de «Sharon, sa vie, son œuvre», et sa voix est bien plus intéressante que mon walkman. Elle étudie le marketing et le commerce à l'université… Ainsi m'a-t-elle appris que le produit phare de la saison sera incontestablement le jeune mâle reproducteur, elle en parle comme si elle faisait ses courses dans un supermarché, j'ai pourtant cru comprendre que son cœur était pris à Louisville. C'est un peu votre Carmen (de Mérimée), elle fonce, hypnotise par son charisme, a cette assurance que tout lui sera concédé, une féminité bohème experte en besoins et désirs.

Nous sommes allées ensemble au « Bible Study » le samedi soir, une réunion autour d'un feu de camp, animée par un homme de foi : le Pastor Rick. Je n'ai pas trop compris de quelle religion il s'agissait ni ce que ce pasteur faisait là, mais j'y suis retournée seule le samedi d'après, car je dois le reconnaître, Pastor Rick, avec son charme hollywoodien et sa voix sensuelle de crooner, est investi de la grâce divine : il me ferait signer des deux mains pour une opération à cœur ouvert. J'apprécie beaucoup aussi les chamallows qui sont à volonté et gratuits ; je sais que cette remarque fait sourire le vieux monsieur qui, enfant, crevait de faim rue Mouffetard à Paris. Logée et nourrie pour quatre dollars de l'heure, autant profiter des à-côtés, n'est-ce pas ?

Je me suis inscrite à une sortie de groupe proposant des randonnées en montagne, moi qui déteste le sport, c'est vous dire combien je défie ma nature profonde et samedi prochain, nous irons voir L'homme qui murmurait à l'oreille des chevaux, *je m'en réjouis déjà. Le premier cinéma se situe à presque une heure de route. Je vis en plein mythe, celui des grands espaces, vous vous souvenez de mon obsession…*

Sinon, j'évite de téléphoner à ma mère. Sa voix me tire vers le fond. Je ne veux pas retourner dans la vase de cette enfance pourrie, et puis cela coûte cher : dix francs la minute !

6. Et il vécut anxieux et fit beaucoup d'heureux

Lié par un contrat de sous-traitance de quatre-vingt-dix pages, Paul compte sur sa botte secrète, une main-d'œuvre docile et peu exigeante, pour profiter du gâteau.

« Un Mexicain, c'est bon qu'à faire des trous : dans les veines à coup de seringue, dans la peau à coups de flingue, dans le sol à coups de pioche. » Sur les conseils avisés de son père, il avait su s'entourer. Les difficultés du chantier avaient été sous-évaluées. Mais grâce à ses deux mangeurs de haricots rouges supplémentaires, des *beaners* illégaux embauchés sur le tas, le planning serait respecté. Ce qui sous-entendait : pas de pénalités de retard à verser à la West Ocean Railway Corporation.

Il les connaît par cœur, ces clauses de pénalités. C'est précisément ce à quoi il pense lors de la découverte du cadavre. Tunnel numéro 17. Ça clignote rouge sur la voie. Une chance qu'Huntington ne le sache pas.

Comme d'habitude, il avait su gérer. La police, si elle avait été informée, aurait suspendu l'avancement des travaux. La presse s'en serait mêlée. « Encore un événement tragique, cette ligne est maudite… » Il avait mis dans la balance d'un côté les intérêts de la communauté, et accessoirement les siens. De l'autre, le sort d'un inconnu desséché, léger comme un mauvais rêve qui disparaît au petit matin. Le monde l'avait oublié depuis longtemps. Un crétin qui allume un feu dans un tunnel sans issue ne servait pas le genre humain. Pourquoi s'en soucier et même s'en souvenir ?

Au volant de son pick-up, après avoir déposé ses gars au motel, le soldat Paul Carter avait échafaudé des plans. Un *Saturday Night Fever* bien singulier. Une opération commando à mener d'urgence. Pas question de laisser cet ennemi immobile et silencieux tout compromettre.

Huntington voulait des feux verts et il n'aurait que ça.

Le soir même, passé minuit, il était reparti discrètement sur le chantier. Après s'être approché en pick-up au plus près des rails, sur la route de terre empruntée quelques heures plus tôt, il avait continué à pied. Seul et dans le silence, avec pour seul témoin la Grande Ourse qui l'observait avec intérêt.

La dépouille attendait dans sa tombe. Le faisceau lumineux de la lampe torche avait bloqué quelques secondes sur un visage. Regard de cuir. Une fille ou un gars aux cheveux longs. Des Converses aux pieds. Sans réfléchir, comme un mercenaire shooté à l'adrénaline, il avait ramassé ce qui se fossilisait sur le sol. Papiers de chocolats Hershey, reste d'un emballage de pain Bimbo, logo rouge sur fond blanc encore visible, bouteilles d'eau. Fourré le tout dans le sac à dos du cadavre. Et placé le corps, en parfait état de conservation, dans une housse de planche à voile qui traînait dans un coffre de sa caravane. Sangle sur l'épaule, il s'était dirigé vers sa casquette pour la récupérer. Près d'elle, à moitié recouvert de poussière de cendre, traînait un carnet de couleur sombre qu'il avait glissé dans une poche de son pantalon.

Sur le trajet du retour, il s'était félicité. Souriant presque de son sang-froid. Son fidèle Raoul, toujours présent pour arrondir les angles lorsqu'il s'emportait un peu trop sur le chantier, ne l'aurait pas couvert. « Tu es sûr, Boss ? » Pas le temps de le convaincre de toute façon.

L'affaire était dans le sac. C'était le cas de le dire et il avait bien fait. Le meilleur endroit pour faire disparaître un cadavre, il le connaissait. La nature allait faire sa part pour l'aider un peu. En moins de dix ans, le corps serait avalé puis digéré en toute discrétion. « Il ne se maria pas et n'eut jamais d'enfant. » *The end*. La fin d'un conte pour un personnage en papier. Les étoiles garderaient le secret de cette nuit pas comme les autres.

À cinq heures du matin, il s'était affalé sur son lit. Mains sales et cœur léger.

C'était sans tenir compte de son inconscient. Après un sommeil agité, l'effroi l'avait réveillé. « NON !!! » avait-il hurlé. Tempes en sueur, traits crispés, il avait encore cette image à l'esprit. Celle de sa fille, Mia, qui se superposait à celle du cadavre du tunnel. Enfin ce qu'il en restait. Sa tête était plantée sur une pique. « Papa ! », elle répétait, « Pourquoi, Papa ? » Dans son cauchemar, un squelette, vêtements amples, baskets rouges, la tête à moitié recouverte d'un lambeau de chair déformé par des cris rauques, lui tendait son radius. Il avait fui à travers un dédale de grottes. Pour se retrouver devant ce visage familier qui l'implorait. « Pourquoi, Papa ? »

Impossible de faire comme si son expérience de fossoyeur n'avait jamais existé. Il était allé prendre une douche pour se débarrasser de sa culpabilité. Sous l'eau purificatrice, il avait soulagé sa conscience. Tête baissée et à voix haute, il s'était confessé à la bonde.

– Je n'y suis pour rien moi. Je ne suis responsable de rien. Il n'avait qu'à... Elle n'avait qu'à... sûrement une fille, oui... Mais elle n'existe plus... Il n'y a plus de *elle*... Il n'y a qu'un chantier. Avec au quotidien des frais de location de matériel, des hommes et des femmes qui comptent sur moi pour manger… Impossible de laisser un grain de sable bloquer l'engrenage.

Le chantier devait avancer. De ça il en était convaincu.

À regarder ses mains qui pleuraient, il avait repensé au corps si léger à soulever. Il avait eu honte. Les Converses rouges, les mêmes que celles de sa fille. Le grain de sable pesait de plus en plus lourd sur sa conscience. D'autant plus qu'il conservait une trace. Le carnet de couleur sombre reposait sur sa table de nuit. Il l'avait retrouvé dans son pantalon avant d'aller se laver.

Onze heures du matin. Dimanche. Pour une fois, il avait eu hâte d'être au lendemain.

Il était sorti prendre l'air. Jean et sweat-shirt propres. S'était installé sur sa terrasse. Assis puis debout. Puis allongé à faire des pompes, accroupi à faire des squats. La machine fonctionnait bien, le ciboulot aussi.

Il avait consulté son portable. Pas de message. De retour dans sa chambre, à fixer le plafond en plastique, il avait repensé à sa vie. Lui, pauvre père de famille. Heureux, à une époque, de partager un bol de céréales à la table familiale le matin. Les voir décoller comme des moineaux et lancer à la cantonade « Bonne journée, Pa, je t'aime, Pa ». Un ramassis de conneries, oui. Des souvenirs inventés tirés de pubs à la télévision. C'était quand, la dernière fois que ses enfants lui avaient dit je t'aime ? C'était quand, bordel ? Au lieu de trouver la paix, il s'était levé, rageur, fouillant dans le frigo à la recherche de quelque chose de frais à avaler. Et Mia, sa fille, que savait-elle de lui aujourd'hui ? Mademoiselle se la jouait féministe depuis qu'elle pondait des articles dans le journal de l'université. La dernière fois qu'il l'avait vue, c'était sur le campus où elle était serveuse. Elle lui avait déversé une logorrhée de reproches en même temps qu'un café saumâtre. « De toute façon, tu ne penses qu'à ton boulot… Tout est de ta faute, maman, tu ne la calculais plus… Tu n'aurais jamais dû être père, mon vrai père, c'est Mitch !! » Mitch ! Cet enfoiré de prof de yoga à la dégaine de danseuse de ballet, toujours en moule-couilles. Qui avait financé ses études en attendant ? Quarante mille dollars par an. Mitch peut-être ? À coups de positions du lotus ?

Avec son fils, ce n'était pas mieux. Quelques interactions à jouer en ligne. Pas plus. Grâce à lui, il avait appris que le Bighorn était un fusil d'assaut dans *Division2*, son jeu vidéo favori. Pas moyen de le voir, de le faire sortir de sa chambre, pour une virée au skatepark, au fast-food ou simplement au bord de la mer. Juste le décrocher de ses écrans. Même cet enfoiré de Mitch s'y était heurté. Ce qui l'avait tout de même un peu réconforté.

Sa vie était un putain de désert…

Il s'était servi un verre. Le meilleur moyen pour réconcilier ses deux voix intérieures. Celle de son avocat, qui l'encensait et lui trouvait toutes sortes d'excuses. Celle de l'avocat de la partie civile, qui le fustigeait.

Le deuxième verre avait quelque peu plombé l'ambiance, mais pas très longtemps. Il avait pensé à la mort. À son grand-père chéri, le père de sa mère, allongé à Cabrillo, un cimetière militaire avec vue sur les tours de San Diego, de l'autre côté de la baie. Et à cette épitaphe qui lui avait mis du baume au cœur le jour de l'enterrement. Il devait avoir dans les sept ou huit ans. « *Giving love and fried chicken to all.* » Il s'était imaginé son grand-père derrière un barbecue là-haut, à régaler le paradis de tendresse et de poulet frit. On ne portait pas le deuil dans sa famille. On l'acceptait pour passer à autre chose. Une manière de voir le verre à moitié plein plutôt qu'à moitié vide.

Il avait continué à lever le coude pendant une partie de la journée. Après six margaritas mix, un mélange verdâtre auquel il avait ajouté une double dose de tequila, l'œil vitreux, mais déterminé, il s'était plongé dans la lecture du carnet trouvé près du cadavre.

« Cher Monsieur Marcel », c'était tout ce qu'il comprenait. Ça sonnait comme une devanture de magasin de biscuits. « Monsieur Marcel's Cookies ». Le pouvoir de séduction de la langue française avait déjà fait ses preuves. Il avait imaginé des franchises dans tout le pays. Un type avec un béret noir sur la tête, derrière la caisse. *So French*. *So* oh là là.

Puis il s'était demandé ce que cette inconnue foutait dans son tunnel. Au cours de la nuit, il avait flotté, imbibé comme une méduse à la recherche de ce morceau de corail francophone. « Le plus beau des jardins, le seul mobil-home repeint en bleu et blanc », comme l'avait décrit Annie. Il n'y aurait pas de rapatriement de corps, mais une restitution des effets personnels. Symboliquement, le cœur y était.

Le lendemain matin, il s'était réveillé affalé sur le sofa du coin salon. La bouche pâteuse. Le fantôme lui avait foutu la paix, il était parvenu à dormir un peu. Il s'était traîné jusqu'à la douche pour se pomponner. On était lundi. « *The show must go on* », s'était-il dit, derrière le volant de la draisine.

Ce lundi soir, J-B l'entend glousser depuis l'autre bout du camping. Le paon est rentré. L'apparition de ce carnet n'est pas une coïncidence. Ce type chargé de réhabiliter la voie qui mène à Providence Canyon a forcément des réponses. Il lui faut à nouveau entrer dans la danse sociale. Interagir. Ça lui coûte. Mais pour Stéphanie il en a la volonté. Et puis ce Paul, il le déteste pour ce qu'il représente. À cause de lui, des chiottes portatives en plastoc vont pulluler sur les aires de repos. Il en sent déjà les relents. Des poubelles vont déborder d'emballages de bouffe. C'est évident, le désert va devoir s'adapter à la présence du plus grand des prédateurs. Pas le contraire.

– Carter, où as-tu trouvé ce carnet ?

J-B ne s'est pas adressé à un humain de cette manière depuis plus d'une décennie. Sa voix grave, son agressivité le surprennent lui-même. Comme une colère enfouie, une substance volcanique encore chaude. Il regrette immédiatement son entrée en matière.

– Faut qu'on se parle. C'est toi qui l'as déposé chez moi ?

Sa voix a baissé d'intensité, il s'écarte un peu de son interlocuteur. Mais son visage reste crispé.

– Stéphanie, elle est où ?

– Qui c'est, Stéphanie ? De quoi tu parles ?

– Stéphanie Bertillot. La fille du tunnel. Qu'est-ce que tu en as fait ?

– Quelle fille ? Quel tunnel ?

– Ne me prends pas pour un con, hein ! C'est toi qui m'as donné son journal.

– Je n'ai rien trouvé. Qu'est-ce que tu me racontes, mon pote ?

Le lion fait face à la pauvre antilope. Paul, stoïque, une tête de père de famille responsable au sourire de bon ton, sent le gel douche à la fleur d'oranger. J-B sautille d'un pied sur l'autre. Visage chiffonné, ridicule en chaussettes dépareillées, il pue la sueur et le ressentiment.

– C'est quoi, cette histoire de carnet ? Allez, viens, on va boire une bière.

Paul s'intéresse, ou tout du moins feint l'intérêt. J-B, la gorge sèche et la langue rêche, accepte de le suivre jusqu'au bar du camping.

Arrogants et râleurs. C'est comme ça que Paul perçoit les Français. Celui-ci a tout du serpent. Un coup de pipeau pour le charmer et il pourra de nouveau se concentrer sur son chantier.

Il a un contrat à honorer.

Feuille de route numéro 6

Cher Monsieur Marcel,

Figurez-vous que j'ai été nommée chef d'équipe, sur un malentendu bien sûr, jamais je n'aurais osé prétendre à quoi que ce soit. Il paraît que je suis « sérieuse et efficace », deux qualités qui m'ont propulsée sur le siège avant de la camionnette, la place du mort, le « shotgun » en anglais. L'expression remonte au temps de la conquête de l'Ouest, lorsque le passager était armé pour défendre la cargaison.

Un dollar de plus de l'heure et le numéro de téléphone du service technique plus tard, il a fallu que j'assume, car bien évidemment je n'ai pas su refuser. Je commence à retenir le vocabulaire, mais je redoute toujours autant d'avoir à décrocher le téléphone à cause de mon accent, je ne m'y contrains qu'en dernier ressort, lorsque je ne parviens pas à réparer moi-même. Je comprends maintenant la fatigue de ma mère à la fin de sa journée de travail, le nettoyage est assommant de répétition : vite et bien, ce sont mes deux seules préoccupations.

Cette promotion me fait réaliser que je n'apprécie pas ce rapport de force avec mon équipe, cette autorité que je suis censée imposer. Pour prendre un exemple concret, des clients hier ont métamorphosé un coquet chalet en une soue remplie d'immondices. Imaginez la même odeur que celle de cette pauvre Marceline lorsqu'elle s'oublie et le désordre qu'elle met dans votre pavillon lorsqu'elle cherche ses fameux sous pour la semaine. Pardonnez-moi pour cette image qui vous replonge dans votre triste quotidien, mais elle me semble parlante. Devant l'ampleur du désastre, je me suis retrouvée face à un dilemme : fouetter mon équipe pour réaliser le travail dans le temps accordé ou travailler moi-même deux fois plus pour parvenir au résultat ; vous me connaissez suffisamment pour deviner mon choix.

Autre cas de figure qui m'interroge : il est formellement interdit de garder quoi que ce soit retrouvé dans les chambres ou les chalets, or je sais pertinemment que Kate, une blonde anorexique et coincée qui semble s'être échappée d'une communauté mormone, garde pour sa petite sœur tous les vêtements d'enfant qu'elle trouve. Je constate également que Tracy, une jeune villageoise du Kansas, un peu naïve avec une voix de crécelle (qui s'est découvert une passion pour les escalators au cinéma), idolâtre les restes de nourriture abandonnés dans les frigidaires et les placards – elle ne jette quasiment rien. J'ai remarqué que Dylan ne change pas les draps quand ceux-ci ne lui semblent pas avoir été utilisés. Mon réflexe est de temporiser en faisant du cas par cas, mes origines sociales me poussent à excuser, comprendre, justifier même cette pratique de « se payer sur la bête », comme disait mon beau-père lorsqu'il travaillait comme commis de cuisine et rentrait avec des restes.

Je déteste cette position inconfortable, mais si je renonce à cette promotion, je reproduis le schéma familial, vous comprenez, cela me fait encore plus douter de la solidité de mon ambition, je réalise qu'il y a des barrières à franchir dans ma tête, que j'ai grandi en apprenant à exécuter, et qu'apprendre à penser ne suffira pas si je ne m'autorise pas à changer.

Dans la camionnette en fin de journée, mon équipe est

détendue tandis que moi je cogite, j'analyse, je compare. Eux sont en vacances alors que moi, comme le dit ma mère, je travaille du chapeau. « Tu ferais mieux de ranger ta chambre au lieu de lire sans arrêt ! » Je finis par me dire qu'elle a sûrement raison, on est plus heureux dans le rangement que dans la réflexion.

7. Ce qui se passe à Dry River reste à Dry River

« Dry River Café & Resort » inscrit en blanc sur fond bleu roi sur un fronton rectangulaire. C'est la seule chose qu'Annie concède à maintenir en vie. Chaque année, elle charge J-B de le repeindre. Comme l'a toujours fait, avec une grande application, son père de son vivant. La transmission des traditions s'est arrêtée là. Un petit côté gare de province désaffectée. Surtout la nuit quand le fronton est éclairé. J-B et sa Jo avaient trouvé le site charmant la première fois.

Dry River Café & Resort, c'est d'abord et surtout le café. Un plain-pied rectangulaire en bois à l'écart de la route, posé sur un champ de poussière faisant office de parking.

En façade, quatre fenêtres aux carreaux grisâtres. Une toiture plate qui s'avance sur cinq mètres, soutenue par des poteaux. Une fabrique à ombre. Sur la terrasse en planches traînent des bancs gris près de s'écrouler et des fleurs aussi sèches que la terre de leurs pots.

Derrière les doubles portes fatiguées, les lustres chromés et les pales de ventilateur luttent péniblement contre la pénombre et la chaleur étouffante aux odeurs de renfermé. Bouteilles et verres colorés tentent de réchauffer l'ambiance, mais le fait est que l'ensemble comptoir et étagères gris moucheté jette comme un froid lugubre. Le bar « modèle Cosmos

1999» choisi sur catalogue par le père d'Annie ressemble à une enclume mélaminée, aux courbes rondes soulignées d'une veine bleue lumineuse; le comptoir et plan de travail en acier façon table de médecin légiste; et derrière lui, le pont placards et étagères couleur pierre tombale. La fameuse inscription «*Family business standing for quality since 1946*» a été ajoutée plus tard, sur une idée de Linda McGuire. Petite touche féminine en bois qui respire la vie, l'authenticité, pas la résine industrielle.

Le plancher devant le bar est taché comme un dalmatien. Le reste de la pièce semble être tombé dans l'oubli. Sur la gauche, une pellicule blanche nappe les tables du restaurant. Sur la droite, les araignées se sont approprié l'espace épicerie. Conserves, produits de nettoyage, accessoires de camping, allumettes, papier toilette, briquets finissent leur carrière dans l'indifférence générale. Un juke-box fait de la résistance entre une fenêtre et la porte d'entrée. Des pochettes de disques recouvrent entièrement le mur derrière lui. Initiative d'Annie, quand elle a été seule à la barre. Une télévision à l'écran explosé ajoute un air de fin du monde au décor.

Au poste de pilotage de cette navette spatiale qui n'a jamais vraiment décollé, trois cent soixante-cinq jours par an, Annie et ses fringantes soixante-quatorze années. Une petite dame énergique et potelée qui ne s'embarrasse plus des détails. Elle y sert à boire, du bon ou du mauvais whisky à la tête du client, pareil pour la bière; à manger, des sandwichs aux œufs, parce que la viande c'est difficile de la conserver; à dormir, où on veut quand on veut tant qu'il y a de la place.

En sabrant sa carte de restaurant, elle a perdu sa clientèle de bikers. Des tatoués, plutôt vénérateurs d'animaux morts. Le dimanche, ils filent sur la route en grappes pétaradantes. Comme des balles de fusil. Les cyclistes, aux corps moulés de lycra, apprécient sa tambouille. Ils s'arrêtent volontiers, au moins pour remplir leurs gourdes.

Les deux autres baby-boomers McGuire se sont carapatés dès qu'ils ont pu. L'aîné en Oregon, le cadet en Californie du Nord. Diplômés, installés, rangés dans des vies confortables et conformistes d'hétéros mariés, pères de deux enfants. À l'opposé, la vie d'Annie a été plus rock'n'roll : pas de carrière, pas de mari, pas de descendance, pas de résidence secondaire. Mais plus riche d'expériences de vie, plus libre, plus aventureuse – plus fauchée aussi… Aux réunions de famille à Thanksgiving, elle tenait le rôle du vilain petit canard.

Contre toute attente, Annie avait décroché un poste de ranger dans le parc d'Anza-Borrego. Un retour au bercail un peu avant la cinquantaine. Une envie de grand air après avoir été sur la côte Est coiffeuse, doublure lumière, prof d'anglais, animatrice en supermarché, coach sportive, décoratrice d'intérieur… Un besoin de glisser du siège conducteur à celui de passager.

Pendant des années, elle a fricoté avec le précédent shérif. Ou avec son épouse. Les parents McGuire n'ont jamais vraiment été sûrs de ses penchants sexuels. Au fil du temps, le canard s'est transformé en cheval de trait et en solide bâton de vieillesse pour ses parents. Son père est parti de la plus belle façon qui soit, fauché en plein bonheur dans le lit conjugal. Pour sa mère le destin a été plus cruel. C'est le corps puis la tête qui ont lâché.

À la retraite depuis plus de dix ans. Avec son fonds de pension privé qui joue de l'accordéon depuis la crise de 2008 et la microretraite du gouvernement, Annie vit plutôt chichement, dans un chalet privé caché derrière le bâtiment d'accueil.

Depuis l'arrivée de Paul – elle s'en est fait la remarque –, ses dorsalgies chroniques se font discrètes. Elle va de nouveau avoir le choix. Vendre sa prison à un investisseur, qui s'empresserait de rétrécir les parcelles pour tout rentabiliser. Ou finir ses jours dans son village de tôle à qui elle donnerait un coup de jeune. Entourée d'employés, elle en aurait l'énergie.

Ces derniers jours, elle se rêve artiste-peintre. Installée derrière un chevalet en plein air, les poumons gorgés de l'air océanique de la baie de San Francisco. À l'âge où l'on fait plus de constats que de projets, elle s'interroge. Qui viendra lui rendre visite lorsqu'elle sera dépendante ? Ses nièces ou ses pensionnaires ? Les lendemains de Loto, elle refuse de penser au futur. Une soirée bien animée et arrosée lui suffit comme opiacé. « Elle aura vécu seule, mais toujours bien accompagnée. » Elle a déjà pensé à son épitaphe.

En entrant dans le bar, J-B est accueilli par un affectueux : « Comment ça va, *honey* ? » Pour Paul, c'est toujours « *handsome* », depuis le premier jour. « Qu'est-ce que tu bois, *handsome* ? »

Ces deux-là ne se sont jamais adressé la parole. C'est comme si la Lune s'était décrochée de son orbite pour aller rencontrer la Terre. Annie se lance dans une petite vaisselle improvisée pour planquer son étonnement sous l'eau chaude. Son J-B sort de sa *comfort zone*, comme l'expliquent les magazines féminins. Mais jamais elle n'aurait imaginé que Paul puisse en être l'élément déclencheur.

Paul s'assoit sur un haut tabouret en métal blanc. S'accoude au comptoir comme s'il allait passer à table.

– Tiens, assieds-toi, mon ami. Bière ou whisky ? C'est moi qui régale.

J-B, silhouette voûtée des grands qui n'assument pas, préfère rester debout. Il garde ses distances. Paul, comme d'habitude, parle pour deux.

– Moi je vais me laisser tenter par un whisky. On n'est pas vendredi, mais tant pis. On arrive au pont, là-haut. Encore quelques heures, chérie, et je te montre des photos de Providence Canyon.

Petit clin d'œil à l'attention de Chérie Annie.

Elle attrape la bouteille de whisky dissimulée sous le comptoir. Pas celle exposée sur une étagère. Son Paul a droit au traitement VIP.

– Un iced-tea pour toi, *honey*. Comme d'habitude.

Ce n'est pas une question, mais une affirmation. La seule fois où J-B a accepté un whisky, c'était pour l'élection d'Obama. Ils étaient tous les deux dans le bureau d'Annie à fêter ça. Annie surtout n'en revenait pas. « J'insiste, je te paie un coup avec mon champagne à moi », avait-elle dit. J-B, de bonne grâce, avait avalé son débouche-artères à contrecœur et ça l'avait rendu sombre. Il s'était mis à fixer le liquide doré au fond de son verre comme s'il y voyait quelqu'un ou quelque chose.

J-B ne prend même pas la peine de répondre à Annie. Il tient à ses explications.

– Alors ? demande-t-il d'une voix nerveuse.

– Alors quoi ? répond Paul, la truffe penchée au-dessus de son verre, occupé à humer l'arôme d'orge maltée.

– Elle s'appelle Stéphanie Bertillot. Elle travaillait pour la saison d'été dans un complexe touristique à Big Bear.

– Je ne comprends rien. C'est une copine à toi, Stéphanie ?

Paul grimace en reposant son verre. La première gorgée envoie du lourd.

– Ce n'est pas une copine à moi. C'est la fille qui a écrit dans le carnet que tu m'as donné. Je pense qu'elle est morte.

– Elle « s'appelait » alors, tu veux dire.

– Ce n'est pas le moment de corriger ma conjugaison. Je veux voir son corps. Elle a toujours un corps…

Crispation de mâchoires. J-B garde ses poings serrés dans les poches de son bermuda.

– Pas la peine de hausser le ton, mon ami, dit Paul en tentant une tape amicale sur l'épaule.

Puis se ressaisissant, après avoir jeté un coup d'œil aux alentours et s'être rapproché du visage de son interlocuteur, il ajoute, l'air grave :

– Je te l'ai dit, il n'y a pas de corps ; je n'ai rien trouvé sur le bord de la voie ; oublie cette histoire de carnet.

Un beau mensonge, les yeux dans les yeux.

J-B le taiseux fronce les sourcils. Un net frémissement des naseaux, comme un cheval qui s'impatiente, laisse entrevoir son état d'esprit. Contre toute attente, il s'éloigne à l'autre bout du comptoir avec son verre pour rejoindre Annie.

– Quatre campeurs européens qui ne possédaient pas de tente en 1998, ça te dit quelque chose par hasard ? Des Français, deux filles, deux garçons.

– Oh, c'est loin tout ça. Faudrait que je réfléchisse.

Il avale une gorgée glacée, lance un mystérieux « *all right then* » à l'intention de Paul et sort d'un pas mal assuré.

Une fraction de seconde, Paul avait regretté l'état dans lequel il s'était mis la veille. À ne pas réaliser que son geste aurait des conséquences. Il aurait dû faire disparaître définitivement les traces de vie de cette Stéphanie. Ce secret ne supportait pas le partage. Il avait pris de sérieux risques. Mais pour le moment, il exulte. Voir ce grand con glisser sur ses chaussettes jusqu'à la porte d'entrée lui fait sa soirée.

« *All right then* » : Très bien, donc. Ou, très bien… Ou, parfait… Paul le suit du regard et tente pendant plusieurs secondes d'interpréter la réaction de J-B.

Alors qu'elle se retourne, Annie entre dans son champ de vision. Il se met à se caresser les poils du thorax. Plus jeune, il aurait bandé. Ah, les mensonges et ses rapports avec la gent féminine… l'histoire de sa vie. Un sourire orgueilleux se dessine sur ses lèvres.

– On dirait qu'il a perdu des roues à ses patins, ton protégé !

– Il y a un problème entre vous deux ?

– Peut-être qu'il m'attend dehors avec un colt pour un duel ! répond Paul, éclatant d'un rire pacificateur qui balaie toutes les tensions.

Comme ce vent chaud, le Santa Ana, qui prolonge l'été sur les côtes du Pacifique à l'automne.

Annie en raffole.

Feuille de route numéro 7

Cher Monsieur Marcel,

Je redoute les jours de repos, car ici aussi, je cherche ma place, elle n'est pas autour d'un brasier à me gaver de marshmallows et fantasmer devant les avant-bras de Pastor Rick à travers la couleur des flammes. Comme vous (en bon hussard de la République), je reste insensible à toute forme de prosélytisme et je commence à trouver la parole de son dieu beaucoup trop étriquée. Le pasteur m'a complètement perdue lorsqu'il a décrété que « la foi est comme un muscle qui se travaille », cette comparaison avec le sport m'a épuisée rien qu'à y penser et puis je ne suis pas décidée à faire semblant pour paraître intégrée quelque part.

J'imagine qu'il faut procéder par élimination pour savoir ce que l'on désire vraiment. Je ne veux pas trimer pour les autres pour un salaire de misère. Je ne suis pas prête à entendre n'importe quoi même si j'adore écouter, il s'agit d'un début de réponse.

Sharon s'est débrouillée pour être transférée à la lingerie (tee-shirt blanc). Je ne la jalouse pas du tout étant donné que le blanc est une couleur qui me grossit, et que l'on étouffe dans la lingerie. Mais c'est un fait, elle rentre de plus en plus tard et plier des draps toute la journée à la lumière artificielle semble être une tâche épanouissante. Elle traîne une odeur de transpiration et de sécheuse, mais que ne ferait-elle pas pour se faire remarquer par le beau Tommy, il n'y a plus que lui. Je me demande franchement ce qu'elles lui trouvent toutes. Je le croise le fameux Tommy en fin de journée lorsque je dépose le linge sale, il m'accueille avec son sourire d'hygiéniste dentaire et son invariable « hello, darling », se donnant des airs de jardinier entouré de roses. Elles sont toutes à se pâmer au moindre compliment, à glousser à chaque plaisanterie. Grâce à son jeu de séduction, je remarque qu'il ne fiche pas grand-chose mis à part jacasser. Cela ne dérange absolument pas mes consœurs, mais moi, ça m'horripile, m'exaspère même.

Je rêve de le voir pendu au bout d'un drap blanc, il éjaculerait de sa grosse langue violacée une bonne fois pour toutes ! Mes collègues seraient encore fichues de le trouver « sexy », se cotiseraient pour faire graver son nom sur une plaque comme cela se fait beaucoup ici : « in loving memory of Tommy Tartempion », un souvenir impérissable vissé sur l'assise d'un banc. Et des milliers de culottes blanches défileraient sur le médaillon.

Au fond, je ne suis peut-être qu'une tige couverte d'épines, et dont le bourgeon n'est pas encore sorti. Va-t-il sortir ? Là est la question.

Je dois vous faire sourire, j'ai tellement apprécié votre tact et votre discrétion. Chez vous j'étais moi-même, ravie d'échapper aux lourdeurs familiales, aux récurrents : « Bah alors, elle a pas de copain ? » De vous à moi, vu l'idée que je me fais des hommes en général (vous êtes une exception), celui pour lequel je baisserai mon pont-levis et lèverai ma herse ne vit certainement pas sur cette planète, et puis je n'ai pas le temps pour ça.

8. Et au milieu coule un désert

Du sable et des rochers couvraient les rails conduisant au tunnel. Une mauvaise surprise qui allait les retarder. Les gars passèrent la matinée à reconquérir les mètres dégagés les jours précédents et resserrer les filets anti-éboulement.

Dans ces moments-là, Paul lui-même ne sourit plus. Il se demande pourquoi des hommes avant lui se sont obstinés à vouloir traverser ces montagnes balafrées, pelées par le soleil. « Des îles d'emmerdement posées sur une mer de sable et de rochers. Sur des miles et des miles. » Dans ces moments-là, ce n'est plus que ça.

Wiki leur avait raconté, et Raoul avait traduit, les quatorze immigrants chinois morts ensevelis lors d'un perçage de tunnel ; les mormons mieux payés que les Amérindiens kumeyaay exploités ; l'histoire des quelques wagons qui s'étaient fait la malle et séchaient désormais sur les pentes ; les incendies de pont, de tunnel. À voir les gars de plus en plus soucieux de leur sécurité, Paul s'était chargé de ramener ses brebis effarées sur un chemin plus « politiquement correct » :

– En attendant, ce chemin de fer a survécu au krach boursier de 1929, et a même permis d'acheminer des soldats pendant la Deuxième Guerre mondiale. Le système d'arrosage pour éviter aux ponts de s'enflammer est toujours fonctionnel. Les citernes à eau sont opérationnelles... Raoul, traduis, s'il te plaît !

Il avait ainsi court-circuité les épisodes tragiques : le coup de vent qui fiche par terre un promontoire, les crues soudaines qui noient les tronçons de boue, l'ouragan Kathleen qui avale un village complet...

« L'exploitation de cette ligne a joué de malchance, leur avait dit Huntington, mais avec les avancées technologiques d'aujourd'hui, plus rien n'est un problème. »

Certains pensaient que Mère Nature rejetait la présence de l'homme. Pas de quoi être superstitieux pour autant selon Paul, hermétique à toute manifestation surnaturelle. Pour lui, l'humain est aussi et surtout un facteur de risque. C'est la raison pour laquelle il les coache comme une équipe de baseball tous les matins.

D'abord il passe récupérer ses sportifs au Desert View motel. Plutôt content, le patron de l'unique motel de la ville. Dos à la vitrine de la réception, il aère sa carcasse dans une chaise à bascule. Au-dessus de lui, sur un panneau, le « No » devant « Vacancy » n'éclaire plus la nuit depuis plus d'une génération. Treize chambres occupées sur vingt. De quoi être de bonne humeur. En plus de ses faiseurs de chemin de fer, deux couples amateurs de fantômes ont quitté l'autoroute pour marcher sur les traces des stars de la Paramount qui fréquentaient la ville à son apogée. Point d'orgue de leur quête, le luxueux hôtel de quatre étages avec vue sur le lac et ses installations thermales dont il ne reste qu'un tas de pierres et la cheminée monumentale qui fait face à un creux asséché.

D'un signe de la main, l'hôtelier salue l'arrivée du pick-up. « Comment ça va, Paul ? » Une brochette de gilets jaunes se lève pour aller à la rencontre du Boss. Casques, serviettes autour du cou pour éponger la sueur, les traits fatigués, moulus de courbatures, les articulations endolories. La plus grosse souffrance pour Wiki est de se dire que le lendemain et le surlendemain ses collègues devront remettre ça. Et ce durant toute leur vie. Lui a défié la fatalité plusieurs fois, jamais il ne se résignera à ne pas progresser dans cette société. L'authentique visa d'immigrant, il finira par l'obtenir. Avec ou sans lui il reprendra des études. Ce chantier n'est qu'une étape pour se renflouer. Pour le moment, il vit d'espoir et d'eau douce. Garde ses ambitions secrètes pour ne pas aigrir les jaloux. Et ne rechigne pas sur la *cerveza*.

Tous d'une assiduité sans faille. Jamais de panne d'oreiller, d'absence, de maladie. Chaque jour Paul se plante devant eux, pour leur servir une soupe censée les motiver. Ça commence toujours par : « Alors aujourd'hui, les gars, on va… » Un chef respecté est un chef qui sait réduire la perception d'incertitude, de chaos. Transmettre sa vision des choses. Motiver le tâcheron avec ce « on » fédérateur qui sous-entend l'appartenance. « On est une équipe, on peut y arriver. Ensemble, à nous sept, on va réaliser le rêve de millions d'Américains. Grâce à nous… » Il termine en les remerciant de leur contribution. Il ne manque que la levée du drapeau et le clairon.

Apprendre l'espagnol ? Paul y a mollement pensé. Avec le fidèle Raoul, il a un pied dans la porte de leur complicité. Ce dernier, en privilégié, trône sur le siège passager. C'est son « œil de Mexico ». Il lui a confirmé que le « *mira el aguila, huele algo* » lancé par Wiki avant qu'il pénètre dans le tunnel 17 signifie « regardez l'aigle, il flaire quelque chose ». Heureusement que la journée se terminait. Personne n'avait dû y prêter attention.

Paul partage de bons moments de testostérone avec Raoul. Comme la fois où, hystérique, il avait fait demi-tour pour décrasser son moteur devant le nez d'une Prius à la sortie de Morena. « Encore un enfoiré de démocrate qui trouve que c'est poétique, une ville fantôme sans emplois », avait-il dit.

Depuis l'élection de Trump, il contrôle moins son impulsivité, mais évite de parler politique avec ses gars. « Tu les as fumés comme des jambons, Boss ! »

Avec Raoul, ils discutent surtout de pick-up, leur seul point commun. Version surélevée, couleur bleu Lego, vitres teintées, système de son basse fréquence à faire vibrer tout le quartier, crâne en perles et chaussons de bébé accrochés au rétroviseur, Raoul est fier de son barnum ambulant. Il en descend comme on descend de cheval. Tous les soirs sur WhatsApp, avec bobonne et ses trois filles, il prend des nouvelles : « *Y mi carnero, como esta ?* » En grand adorateur de la marque au bélier, son Dodge Ram, il ne faut pas y toucher. Pour les allers-retours San Diego-Morena, il préfère utiliser sa vieille Corolla.

Le restant de la semaine fut consacré au tunnel 17. « Quatre-vingt-dix mètres de long. La longueur de trois baleines bleues. Le plus grand animal vivant », avait commenté Wiki. Il fallait donc s'assurer que la bête ne risquait pas de les avaler tout cru.

Paul, à main nue – et une barre de fer –, avait pénétré dans l'orifice comme happé par l'animal. Armé de la longue tige métallique, il lui avait titillé la gueule, prêt à reculer à la moindre éructation. La bête n'avait pas remué. Ça avait bien dégringolé un peu, mais surtout du caillou et de la poussière. Il en était sorti en crachant des glaires noires dans sa casquette. La mâchoire ne s'était pas refermée derrière lui. Raoul s'était précipité avec une bouteille d'eau. Les autres l'avaient regardé, médusés. Paul s'était débarrassé de la couche grise qui le recouvrait entièrement :

– On va pouvoir étayer, les gars. J'ai repéré les pièces porteuses.

Ses hommes avaient attrapé les étais en acier. Ça parlait de « *cojones* ». Il en avait dans le pantalon, le patron.

Ils avaient mis une journée complète pour sécuriser l'accès. « J'aurai ta peau, le 17 », se répétait Paul.

L'équipe chargeait la draisine d'éboulis, lui la conduisait jusqu'aux emplacements dédiés au déversement des roches. Un simple coup de manette pour vider son contenu dans le ravin. Un jeu d'enfant. Le sol, une centaine de mètres en contrebas, absorbait sa ration de cailloux. Une fois la poussière retombée, le silence revenait. Un silence absolu. Déserté par les moineaux. Une étendue de rien à l'horizon sans fin, à travers la lumière, l'air doux. Il appréciait de plus en plus ses rencontres avec la planète Mars. Il fouillait dans la glacière à la recherche d'un soda bien frais puis s'installait sur un rocher. Pour contempler cette mer désertée. Infréquentée. Infréquentable, même.

« Il y a un putain de coup à faire dans le coin. »

Ça venait de lui tomber dessus. Une inspiration. Il avait cherché dans ses poches de quoi noter. Il avait bien un crayon, mais pas de carnet. Pas grave, il allait mémoriser. Ça manquait d'odeurs, de bestioles, de couleurs, d'activités à faire. Il voyait bien un steak house dans la plaine à droite. Il sentait déjà les odeurs d'huile de friture et du T-Bone grillé. Tous ces soi-disant serpents, fallait les montrer. Ça plaît aux gosses et aux mémés qui aiment se faire peur. Pour le téléphérique, il n'était pas très sûr. Pour le saut à l'élastique depuis le pont, faudrait faire des calculs. Pour l'oasis, il imaginait une gigantesque bulle climatisée. Il réfléchissait au moyen de produire la quantité massive d'électricité nécessaire. Le solaire bien sûr… Et qui se chargerait des futurs chantiers ? Un certain Paul Carter. Conquistador de cette *terra incognita*.

Le samedi après-midi fut marqué par la visite de Karen, l'ingénieure géologue. Les gars s'étaient régalés devant sa paire de fesses moulée dans un pantalon cargo beige. Paul conservait une attitude très professionnelle avec le sexe faible. Même si parfois il était difficile de rester concentré. Comme avec Karen. Les modules d'éthique qu'il avait dû visionner avant le chantier avaient été catégoriques. Pas de remarques blessantes, de coups d'œil vicelards, de regards et de gestes équivoques, de préjugés racistes, d'a priori sous peine d'être poursuivi, entre autres, pour harcèlement. Cette série de jeux de rôle mettant en scène des collègues de travail dans des situations hypothétiques lui avait bien cassé les pieds. D'autant plus qu'il fallait répondre à une liste de questions pour valider chaque module. Impossible de les visionner en accéléré. Une vraie perte de temps et de valeurs. Il regrettait amèrement les années 2000. La belle époque où l'on pouvait offrir un verre à une collègue sans risquer un procès.

Ce samedi soir, Paul se relaxe devant un brasero. En hiver, la fraîcheur tombe comme la hache du bourreau. Installé dans sa chaise pliante de jardin, iPad sur les genoux, les tensions de la journée s'envolent avec les bulles de bière. La tempête causée par le carnet de Stéphanie est peut-être passée. Une tempête dans une tasse de thé, pense-t-il en faisant défiler ses mails. Aucun signe de vie du J-B. Une bonne chose.

Salut Paul, ton fils (tu te souviens, Roby) part au Honduras en mission humanitaire avec sa classe. Voici le lien pour contribuer au voyage.

Deux mille dollars pour aller chez les pauvres alors qu'il suffit de passer la frontière en vingt minutes de voiture ! Ça fait cher le sevrage informatique, se dit Paul en se dandinant sur sa chaise.

Cher Monsieur Carter, votre carte de paiement a été rejetée. Merci de régler le problème au plus vite avant des répercussions sur votre « credit score ».

Changer de carte. La solution est toute trouvée.

Monsieur, voici mon rapport d'expertise provisoire suite à ma visite de chantier. Je souhaite discuter avec vous de plusieurs malfaçons. Je serai sur place lundi dès 7 heures. Karen Lloyd. Ingénieure minier et géologue N° 248697 – État de Californie.

Des malfaçons ! Elle est gonflée, la Lara Croft. Tout de suite les grands mots... Encore une emmerdeuse qui fait du zèle, se dit Paul en prenant le chemin du bar. Il a besoin de retrouver sa cour, de se sentir envié et admiré. Raconter ses exploits de colonisateur.

Feuille de route numéro 8

Cher Monsieur Marcel,

Sharon, Tommy et d'autres sont partis découvrir le Grand Canyon, il se trouve que ce monstre creusé par la rivière Colorado, que j'ai d'abord découvert en photo dans un cabinet médical et qui depuis m'obsède, n'est qu'à sept heures d'ici.

Ce week-end, il ne reste que les éclopés sans voiture, les ostracisés qui, comme moi, n'ont pas eu vent de l'aventure. Kate prétend qu'elle n'est pas intéressée, Tracy estime que « ça fait beaucoup de route pour rien » : la vérité est bien plus douloureuse. Elles illustrent magistralement ce genre de personnes toujours laissées de côté, les faire-valoir, les accessoires, les meubles. Comme les Thaïlandaises qui vivent en autarcie le plus souvent possible, comme les étudiants d'origine africaine, comme le gros Mike, surnommé ainsi pour le distinguer de son homologue au corps d'Adonis, comme Isaurinda, trop en retrait, comme d'autres, mais surtout comme MOI. *Pourtant, je pensais partager une belle amitié avec Sharon, or ma colocataire a disparu sans même me prévenir, pour être sûre de ne pas avoir à me dire « no, sorry, you cannot come » en face.*

Je vous entends d'ici : « Ma chère Stéphanie, le souffle de l'amertume n'a jamais fait avancer le voilier de la vie », vous connaissez certainement une citation bien à propos dans ce style-là, quelque chose de mieux dit ; la voile de la vie ; peut-être ? Vous noterez que je fais des efforts surhumains pour contrôler mon niveau de langage, j'empêche le naturel de revenir au galop, mais « ce qui naît dans l'os transparaît dans la chair », comme on dit en anglais.

Quoi qu'il en soit, vous auriez raison une fois de plus, j'ai tellement grandi grâce à vous et vos remarques pleines de sagesse. Parfois, je repense à ce coup de téléphone dans la nuit qui a tout changé pour moi ; j'ai d'ailleurs envoyé une carte postale à l'animatrice de l'émission de radio de France Inter qui m'a permis de vous rencontrer. Je suis sûre que Macha Béranger appréciera de découvrir où m'ont conduite mes insomnies et mon sans-sommeil préféré.

Avec Isaurinda, qui a financé son voyage en travaillant dans une conserverie de poissons, nous avons parlé de vous, elle a trouvé mon sort enviable, contrairement à mon dernier beau-père qui prenait un malin plaisir à me répéter : « Tu vas encore chez ton vieux, ce week-end ? »

Isau, comme elle veut que je la surnomme, est originaire de Faro. Elle adore disparaître seule dans les bois pendant des heures, comme si elle recherchait la compagnie des arbres. En la regardant partir en short, je l'imaginais randonner à n'en plus pouvoir à travers la forêt. En vérité elle ne fait que s'installer au bord d'un lac pour croquer ce qui l'entoure. Elle a la gentillesse de m'initier au dessin et à l'aquarelle, ses études aux beaux-arts de Lisbonne lui permettent d'être de bon conseil sur les ombres portées, la perspective. Je parviens à figer avec maladresse, mais en couleurs, mon quotidien enviable, une expérience unique qui me fait oublier ma rancœur.

Il ne me faudra retenir que les meilleurs souvenirs, mais je vous le dis tout de suite, Sharon n'y figurera pas, je crois qu'en plus d'être amère, je suis rancunière, peut-être un peu jalouse aussi… Si Pastor Rick savait que je suis une pécheresse… Priez pour moi, Monsieur Marcel !

9. D'amour et d'air sec

C'est jour de cuisson. Jour de ciel bleu sans compromis. Annie trottine pimpante, deux tasses de café fumant dans les mains. Du mauvais café. Dans de jolies tasses en porcelaine agrémentées d'un motif celtique vert. Rapportées d'un pèlerinage en Irlande : La Mecque pour ses parents. Direction : un trou creusé dans la terre, prolongé par une goulotte.

En dehors de cette occasion, elle ne met plus vraiment les pieds sur son terrain de camping. Use de moins en moins l'entrejambe de son pantalon, de toute façon. Une baisse d'intérêt pour presque tout, mis à part ces poteries qui viennent au monde. Parfois blanchâtres comme des bébés mort-nés ou aux joues colorées. Selon le type de terre utilisée.

J-B doit déjà avoir déposé ses poteries sur un tapis de bois sec. Un dôme de branches et de vieux tissus par-dessus. Elle va le trouver occupé à recouvrir ce dôme de boue, pour le rendre hermétique. Elle aime l'observer. Ses mains expertes qui façonnent la terre, comme habitées par un savoir ancestral. Son corps osseux agile et souple alors qu'il donne l'impression de craquer de toutes parts.

Cette histoire de four à montée lente en température l'avait rendue curieuse. Enthousiaste même. Comme lorsqu'elle était enfant, à l'affût de trésors enterrés par les Amérindiens.

Ils étaient partis arpenter le terrain ensemble à la recherche de l'emplacement parfait. Un coin un peu à l'écart du passage. Du côté de la piscine désaffectée, un bassin en ciment crevassé et un robinet d'eau pas loin, en cas de pépin.

Elle avait, pour ainsi dire, appris en même temps que lui. Simplement en observant le processus. Les premières pièces étaient fissurées ou avaient éclaté. Problème de séchage. Les deuxièmes se cassaient facilement. Problème de température de cuisson. Il avait fallu élargir le gueulard pour augmenter le passage de l'air, diminuer la taille de la cheminée sur le haut du dôme. Annie s'arrangeait pour assister aux moments cruciaux de l'exercice : le démarrage et le grand final. Elle transperçait elle-même la coque de boue cuite pour en délivrer ses trésors.

Parlons-en, de ces trésors… Toujours des têtes ! Deux assiettes en quatorze ans ! Et encore, Annie avait dû lourdement insister. Des caboches, toujours des caboches…

Des gargouilles, gueule ouverte au début. Il était évident que le procédé servait de catharsis. J-B, le vétéran qui n'avait jamais fait le Vietnam, pansait ses plaies avec de l'argile. Ses doigts s'enfonçaient dans la matière rouge ou brune. Appuyaient sur les bulles d'air comme pour en chasser sa douleur. La technique avait fonctionné. Avec les années, l'expression des visages s'était adoucie. Ses figures, d'abord posées sur un large cou, dorment maintenant sur l'oreille gauche.

Comme monsieur Jourdain écrivait de la prose, J-B sculptait des Brancusi sans le savoir. Dans l'anonymat. Dans un semblant d'atelier. Dans un camping, perdu dans le désert. Magie de la sérendipité, c'est en regardant la végétation s'approprier ses têtes déposées sur le sol qu'il avait eu l'idée : en faire des réceptacles à succulentes. Annie, plus pragmatique, y avait vu des pots de fleurs. Avec l'accord de J-B, elle s'était empressée de les commercialiser dans le parc d'à côté.

Un petit business qui lui permet de revêtir son cher uniforme de Park Ranger. Chemise beige à manches courtes avec poches poitrines et épaulettes. Devant les touristes du Visitor Center, elle arbore fièrement son badge. Une étoile en bronze sur laquelle est gravée VOLUNTEER. Et surtout, elle papote avec les anciens collègues.

J-B, avec sa dégaine un peu crasseuse et son sourire au goutte-à-goutte, ferait fuir le client. Difficile de l'imaginer trentenaire, les pieds dans des chaussures de ville, en pantalon de costume impeccable, gilet sombre et chemise immaculée du temps où il était maître d'hôtel. Ou encore en veste blanche lorsqu'il était chef pâtissier. Cet homme n'existe plus. Personne ne sait vraiment comment ni pourquoi il avait atterri à Dry River.

Mais Annie n'a rien oublié.

C'était sa première année de gérance du camping. Une période difficile de sa vie. Sa mère, un fardeau, mais aussi une balise dans la nuit, venait de s'éteindre. Elle se croyait prête. C'était dans l'ordre des choses de perdre sa maman. Et pourtant le départ de sa mère avait été un tsunami émotionnel. Obligée de cachetonner pendant un temps. À faire le point sur ses choix de vie. Son attirance incontrôlable pour les histoires d'amour sans issue. Ses *dead end* professionnelles systématiques. Annie la vagabonde remettait en question tous ses vagabondages.

À cette époque, elle avait besoin des autres. Pour s'oublier à leur profit. Des gros, des laids, des beaux, des gentils, des connards finis. Des vieux, des jeunes. Des rires, des pleurs de bébé, des engueulades. Elle aurait voulu qu'ils défilent par centaines. Pour lui donner le tournis. L'empêcher de ruminer. Pour se coucher le soir épuisée mais heureuse d'avoir servi à quelque chose. Le juke-box jouait non-stop pour occuper le silence. Parce que la clientèle ne se pressait pas – sauf le week-end tout de même.

Elle se remémore très bien ce jeune couple de Français. Des réguliers qui atterrissaient en pleine semaine et plantaient leur tente toujours au même endroit. Comme une posologie : un suppo, une nuit au Dry River et au lit. Des airs de stars de cinéma. Kim Novak et James Stewart dans une petite voiture blanche. Ils allaient courir les cactus. S'ensauvager dans les dunes pierreuses. Puis repartaient le lendemain ou le surlendemain à San Diego. Revigorés. Abandonnant les cernes et les soucis dans les cendres encore fumantes d'un feu de camp.

Elle avait fini par leur faire un *hug* en les prenant dans ses bras. Puis ça avait été la bise. Tout émoustillée par l'expérience. Un jour, ses déracinés volontaires avaient détalé de bonne heure. Un *bye bye* de la main comme d'habitude. Elle ne les avait plus revus.

Elle ne pouvait pas savoir ce que ces deux gosses, exposés à haute dose au rayonnement culturel américain, ressentaient à déambuler dans leur western.

Dans l'imaginaire de J-B et Jo, il y avait le désert charpenté de Monument Valley dans *La Prisonnière du désert*. Celui sablonneux de *Lawrence d'Arabie*. Celui plus lunaire de la vallée de la Mort dans *La Guerre des étoiles*.

Dans leur imaginaire, il y avait des road trips tous les week-ends à partir de San Diego, leur ville d'adoption. Dans leur imaginaire, tout se situait « la porte à côté ».

Salariés avec seulement deux semaines de vacances par an, ils avaient étudié la carte et s'étaient mis à compter comme tout le monde : en heures. Death Valley à cinq ou six heures selon les bouchons de Los Angeles. Monument Valley à dix heures… Plus près d'eux, il y avait Anza-Borrego Desert State Park. À un peu moins de deux heures. Une tache verte sur la droite de la carte avec des beautés naturelles qu'ils n'imaginaient pas. Ce parc allait cristalliser l'essence de leur amour. Une succession de premières fois. Des petits papiers sur le mur des souvenirs. À déplier plus tard. Pour quand ils seraient vieux. La première oasis. Des palmiers. Un mirage dans le lointain d'un paysage ingrat. Le vert mousse d'un rocher, en équilibre fragile au-dessus d'une source. Des kilomètres dans la poussière d'un plateau. Vitres ouvertes, musique à fond. « Égaré dans la vallée infernale, le héros s'appelle Bob Morane. » Un parfum d'aventure inconnu qui les ensorcelle. Qui pousse au risque. De se perdre, de crever, de tomber en panne d'essence, de s'arrêter ou pas au bord d'un précipice. En contrebas, un autre monde. Des badlands à perte de vue. Des montagnes de terre solidifiées ravinées par l'érosion. Une formation de canyons étroits, parfois à peine plus larges que le passage d'un être humain.

Pas de mièvreries entre eux, du style : mon amour, mon chéri, mon trésor. Elle était sa Jo, il était son Babou. À deux ils formaient un soleil incandescent. Irradiaient une telle joie de vivre. J-B n'avait jamais ressenti ça auparavant. Jo et Babou enlacés sous le toit du monde, c'était pour la vie. C'était écrit dans le ciel. Sirius, leur étoile, ne brillait que pour eux. Partager ces moments inoubliables justifiait leur exil choisi.

L'hiver, ils partaient en voyage sous la tente, comme dans une chambre d'adolescent. À l'abri des bruits de la ville, sans pollution, exigences ou faux semblants. Leurs deux corps nus et sauvages dans leur sac de couchage. Ils aimaient en partir, pour mieux y revenir. Se remplir de simplicité, de vide, pour mieux retrouver leur vie active bien remplie.

Dry River était un sas de décompression.

Un midi, plusieurs années après, J-B avait poussé la porte du bar. Lui et le chauffeur routier qui l'avait pris en stop s'étaient accoudés au comptoir. Quasi mutiques, ils avaient commandé une bière. Puis l'autre s'était levé. Lui avait adressé un « allez, bonne chance » en même temps qu'une tape vigoureuse sur l'épaule.

Annie n'avait pas osé demander. Elle avait compris. Rien qu'en voyant ses yeux cernés de tristesse et sa tente ficelée sur une valise à roulettes. Quelque chose s'était cassé. Vu son air grave, il fuyait des décombres.

– Ton emplacement préféré est libre, avait-elle dit d'une voix retenue en s'approchant plus près.

Pas de « comment ça va ? », mais un « ça fait plaisir de te revoir » sincère. Il était revenu comme un chien sur la tombe de son maître. Elle l'avait senti. Puis ses têtes en céramique avaient parlé pour lui.

Annie a dans l'idée de lui faire façonner des tasses avec le pont gravé dessus. Cela pourrait être le début d'une nouvelle collaboration, car elle dessine plutôt bien. À écouter Paul, ce pont sera tout aussi célèbre que le Golden Gate de San Francisco. Il faudra être prêt à profiter de l'aubaine. « N'importe quelles merdes faites en Chine avec l'effigie d'un Amérindien ou une reproduction du pont se vendront comme des petits pains », avait-il ajouté.

En attendant, J-B a disparu. Sa vieille Chevrolet aussi. Elle fait maintenant le rapprochement. Même si elle oublie souvent les clés sur le contact, J-B lui demande toujours la permission de l'emprunter. Curieux, se dit-elle. Ça, et le fait qu'il ne patine plus. Mais elle ne lui demandera rien. Cela ne servirait à rien. Elle regagne le bar, pensive, ses deux tasses de café tiède dans les mains.

Feuille de route numéro 9

Cher Monsieur Marcel,

Le faire-part a su me trouver ici, je suis tata ! La vie continue là-bas sans moi, j'ai hâte de prendre dans mes bras ma première petite nièce ; jusqu'à présent, il ne sortait de l'usine Bertillot que des garçons.

Désormais, pour contrer mes épisodes mélancoliques, je relis mon poème préféré de Cendrars que j'ai pris au pied de la lettre.

« Quand tu aimes, il faut partir
Quitte ta femme quitte ton enfant
Quitte ton ami quitte ton amie
Quitte ton amante quitte ton amant
Quand tu aimes, il faut partir
Le monde est plein de nègres et de négresses
Des femmes des hommes des hommes des femmes
Regarde les beaux magasins
Ce fiacre cet homme cette femme ce fiacre
Et toutes les belles marchandises
Il y a l'air il y a le vent
Les montagnes l'eau le ciel la terre

Les enfants les animaux
Les plantes et le charbon de terre
Apprends à vendre à acheter à revendre
Donne prends donne prends
Quand tu aimes, il faut savoir
Chanter courir manger boire siffler
Et apprendre à travailler
Quand tu aimes, il faut partir
Ne larmoie pas en souriant
Ne te niche pas entre deux seins
Respire marche pars va-t'en… »

J'ai très peur de peser quatre-vingts kilos à la fin de cette histoire, comme dans ce poème… le nourri, logé, blanchi a ses mauvais côtés.

10. « Tout est neuf et tout est sauvage, libre continent sans grillage. Ici nos rêves sont étroits, oh, oh, oh, oh, c'est pour ça que j'irai là-bas »

Dès l'ouverture de la portière, J-B analyse sans le vouloir l'univers de la voiture d'Annie. Un vieux chausson jaune à bout carré ; placage imitation bois sur les portières ; sièges à ressorts. Une antiquité. Une senteur de café froid, de chocolat rance légèrement caramélisé, de cuir chaud ; le siège colle aux fesses. Gobelets et papiers de barres chocolatées traînent au pied du siège passager. Des effluves d'un parfum aux notes florales, la rose incontestablement, une touche de pamplemousse peut-être, un goût d'aluminium dans la bouche, certainement un déodorant, lui évoquent sa propriétaire. Une vieille habitude qu'il a conservée toutes ces années.

« Respire lentement, concentre-toi sur les images intérieures qui surgissent, les sensations, laisse-toi imprégner. Alors, qu'est-ce que tu sens ? » C'est Jo qui l'avait initié. Au début c'était difficile. Il n'avait pas les mêmes aptitudes que sa brunette. Cette facilité pour détecter les odeurs, les identifier. Cette mémoire olfactive hors du commun. Elle pouvait évaluer l'intensité, la qualité d'un vin, en deviner origine, année, cépage, méthode de production. Savait à quels plats l'apparier. Triomphait des tests à l'aveugle. Demi-finaliste au concours du meilleur sommelier de France. Finaliste au

World Wine Testing Championship. Ce n'était pas rien. « Je pense à une odeur de rat écrasé par un pneu de vélo, je pense à un coquelicot pressé par une balle de tennis... » Les premiers temps, J-B se moquait. Puis il s'était pris au jeu en mimant un chien de chasse. Elle lui avait permis de développer son sens de l'odorat, et lui celui du toucher. Banquise dans son milieu professionnel, Jo fondait de sensualité dans les bras de son Babou. Ils avaient eu un an pour préparer leur expatriation. Joséphine s'était posé les bonnes questions. Dans quel domaine pourrait-elle s'épanouir aux USA ? Elle avait un « nez », c'était une certitude. À douze ans, pour épater leurs amis, ses parents la mettaient en scène. « Vous allez voir, Joséphine est déjà capable de différencier un bourgogne d'un bordeaux. » Elle avait eu l'audace d'en faire sa profession, au grand dam de la famille Delambre.

Dans l'immédiat, J-B cherche des réponses. Ce carnet le hante. Il n'est pas loin de le connaître par cœur à force de le relire. Lui qui se moque de tout s'est trouvé un os à ronger. Un besoin irrépressible de comprendre. Il pense à la bibliothèque de Morena, le seul endroit où il peut consulter un ordinateur avec une connexion Internet en toute discrétion.

En entrant dans la ville, il imagine le futur panneau en métal qui bientôt souhaitera la bienvenue aux visiteurs. WELCOME TO MORENA. Sur la rue principale, la vitrine du magasin général a été repeinte en rouge brique. À côté, une banderole annonce « ici bientôt une pizzeria ». Des gars posent des planches de bois pour refaire des trottoirs. Le paradigme commence à changer.

Il va se garer sur l'immense parking vide, totalement disproportionné par rapport au nombre d'habitants. En attendant que le bâtiment ouvre ses portes, il se demande à nouveau comment la communauté parvient à financer ce lieu, ainsi qu'une église flambant neuve, alors que le restant du bourg est en arrêt sur image depuis 1970.

Cette attente réveille ses fragilités. Il a du temps pour laisser libre cours à ses pensées. Du temps sans occuper sa cervelle en lisant, ses mains en façonnant la terre, son corps tout entier en bouffant du bitume sur ses roulettes. Du temps pour réfléchir.

Machinalement, J-B allume la radio. Pour éviter de plonger dans les eaux troubles de son passé. Le visage de Jo se confond avec celui de Stéphanie. Il ne peut pas s'en empêcher. Elle n'a pourtant rien à voir physiquement. Du moins d'après l'idée qu'il s'en est fait en lisant son carnet.

Sa Jo, la première fois qu'il l'avait vue, avait beaucoup d'allure. Silhouette élégante, cheveux bruns et longs attachés dans le dos. Un soir de semaine, pour la pause de 22 heures, il était sorti retrouver le plongeur et un des serveurs qui fumaient une cigarette près de la porte de service du restaurant. Elle fuyait l'obscurité de la ruelle d'un pas rapide. Nuit embrumée, un classique en mars à Dijon. Lycéenne, étudiante, comptable, inspectrice des impôts, il avait tout imaginé à la vue du classeur sous le bras et du porte-documents qui sautait sur sa hanche. Les autres l'avaient à peine remarquée. Le lendemain soir, les trois acolytes étaient parvenus à identifier de quelle porte elle sortait : un lycée. « Qu'est-ce qu'elle fout à sortir d'un lycée à cette heure-là ? » avait dit le plongeur. « Peut-être qu'elle est prof », avait répondu le serveur. « Baisable, bonasse, c'est loin d'être un thon… » ils avaient constaté.

J-B la trouvait trop jeune pour être professeur, et elle semblait trop intelligente pour être abordée comme ça dans la rue. Pour être abordée tout court, d'ailleurs. Que pouvait-il lui demander : « Vous habitez chez vos parents ? », « J'aime ton allure mademoiselle. Ton petit nez en trompette, cette mèche bouclée qui s'échappe pour te cacher de nous... » Le genre de platitudes que les filles détestent ou qui ne fonctionnent que dans les films. Il l'avait guettée malgré les railleries, « Elle t'a tapé dans l'œil, la prof, on dirait », « Tu prendrais bien des cours particuliers », « Je suis sûr que c'est une chaudasse ».

Les bottes et collants avaient laissé place aux sandales et jupes courtes. En juin, le lycée avait fermé. Les pauses de 22 heures n'avaient plus aucun intérêt. Il s'était concentré sur ses inventaires de frigo.

Un mois plus tard, elle se trouvait devant lui.

Debout dans le couloir du Paris-Dijon de 18 h 07. Un sac de voyage à ses pieds. Face à la vitre, les coudes appuyés sur la rambarde métallique, elle fixait le paysage, la tête posée dans sa main droite. Le dernier train de la soirée qui desservait huit villes était plein comme un œuf. La partie haute de la vitre était baissée. Elle semblait humer l'air du soir.

Kickers, jean bleu ciel taille haute, tee-shirt court qui laissait deviner son ventre et gilet de costume en velours vert bouteille. J-B se souvenait de tout. Même de la broche fantaisie sur le revers du veston pour donner une touche féminine.

Il avait renoncé à avancer dans son Orient-Express, sa place réservée était toute trouvée. Ne restait plus qu'à aborder son héroïne. Jouer les James Bond dans *Bons baisers de Russie*. Mais elle l'impressionnait. Dans sa scène de rencontre imaginaire, sur l'écran de son cinéma personnel, il s'en sortait très bien. Elle n'était pas censée être dans un train. Pourquoi était-ce si compliqué avec elle ? L'été d'avant, saisonnier au

Club Med, il n'avait eu qu'à se pencher pour ramasser des filles.

« Mesdames et messieurs, bonjour, la SNCF et le personnel navigant vous souhaitent la bienvenue à bord de ce train numéro 2427 à destination de Dijon. Ce train desservira les gares de Sens, Joigny, Laroche-Migennes, Saint-Florentin-Verdigny, Tonnerre, Nuits-sous-Ravières, Montbard, Les Laumes-Alésia, Dijon Ville. »

J-B, fébrile, avait retiré ses écouteurs. Il se trouvait à moins de deux mètres d'elle. Un flot de voyageurs qui remontaient le couloir lui avait permis de se laisser porter dans sa direction. À un moment, un homme corpulent qui descendait en sens contraire les avait bousculés tous les deux. Il sentait le beurre rance. Elle avait levé les yeux au ciel pour marquer son dégoût. Leurs regards s'étaient croisés. Il lui avait souri. Incapable de prononcer une phrase et de profiter de ce court moment de complicité. Il avait détaillé sa peau claire, ses deux pétales de coquelicot, la douce courbe d'un S avec son front bombé et ce petit nez mutin. *Go go go*, lui avait crié son cerveau sans que l'ordre ne soit suivi d'effet. Planté là, il l'observait du coin de l'œil.

« Mesdames, messieurs, nous arrivons à la gare de Sens. Sens. Deux minutes d'arrêt. Prochain arrêt Joigny. »

Le train commençait à se vider. Le couloir n'était plus qu'un courant d'air bruyant. Elle allait vouloir s'asseoir. Il fallait tenter quelque chose, n'importe quoi…

– Excusez-moi, mademoiselle… Vous auriez une cigarette ?

Il s'était enlisé en précisant, un peu penaud :

– Question parfaitement naturelle dans un wagon non-fumeurs.

– Désolée, je ne fume pas.

– Moi non plus en fait… enfin pas vraiment !

– Tu es comme moi, tu crapotes pour faire comme tout le monde.

Elle lui avait décoché son premier sourire. Franc et doux. Une petite pointe de flèche qui cible son cœur. Ce tutoiement spontané ne l'avait pas pour autant désinhibé. Il tripotait nerveusement ses écouteurs.

– J'espère que tu ne vas pas me demander mon groupe préféré, je sors du couvent !

Il avait saisi la balle au vol. La musique, c'était sa partie.

– Moi je sors d'un concert. Celle-là tu connais quand même…

Il lui avait tendu un écouteur.

C'était l'été 87. Il n'était pas très variété française, mais cette chanson-là lui donnait des frissons. *Là-bas* de Jean-Jacques Goldman passait en boucle sur une de ses cassettes. J-B fredonnait les paroles en la dévorant des yeux : « Tout est neuf et tout est sauvage, libre continent sans grillage. Ici nos rêves sont étroits, oh, oh, oh, oh, c'est pour ça que j'irai là-bas. »

Ils devaient parler fort pour couvrir le grondement régulier des roues sur les éclisses.

– Moi je suis plutôt groupes anglais : U2, Crosby Still and Nash, Supertramp, les Eagles.

– Connais pas trop.

– Mais sur quelle planète tu vivais ces dernières années ?

– Sur la planète polynômes, dans l'espace euclidien, pas très loin des mondes vectoriels…

– Je vois. Toi c'est plutôt « Symphonie pour un algorithme » ou « Concerto pour une racine carrée » que tu écoutes !

Ce garçon l'avait intriguée. Son air mélancolique. Son long corps un peu mou qui dépassait au-dessus de la mêlée. Blouson d'aviateur alors que ce n'était clairement pas la saison.

Son côté gavroche avec sa mèche de cheveux sur laquelle il soufflait pour dégager son œil. Une posture de mâle alpha derrière laquelle il se planquait. Dès qu'il avait ouvert la bouche, elle en avait eu la conviction : un agneau dans le corps d'un loup, c'était ça, J-B. Il s'était adressé à elle presque à voix basse. Ce mélange d'assurance teintée de vulnérabilité l'avait touchée. Sa bienveillance dans sa façon de parler. Rien à voir avec les « fils de » qui gravitaient autour d'elle depuis l'enfance. Leur aplomb, leurs poses, leurs certitudes. Et cet arôme de cuir et surtout de réglisse. Son bonbon préféré.

La conversation, douce comme une chanson, s'était poursuivie dans le couloir, entrecoupée par les allées et venues des voyageurs qui se préparaient à descendre.

– On va prendre un café ?

Elle avait presque hurlé. Les odeurs et les bruits autour l'incommodaient.

Cette sensation de décharge électrique lorsqu'il avait frôlé sa main. Comme si un code de compatibilité avait été lu et validé par son corps. Il l'avait suivie jusqu'à la voiture-bar et il aurait continué jusqu'aux frontières de l'inconnu. Son deuxième cerveau lui filait des coups dans l'estomac. Il avait faim, de sa bouche au petit-déjeuner, de ses seins au déjeuner, de ses fesses au dîner. Il n'y aurait plus qu'elle pour le nourrir. Il le savait. Déjà qu'il n'était pas bien gros, ça aurait inquiété un peu son grand-père.

Lui traînait sa scolarité médiocre, ses années d'animateur au Club Med, son poste gratifiant d'apprenti pâtissier. Il ambitionnait surtout de s'envoler loin, « je me suis inscrit à la loterie pour obtenir la Green Card ». Elle surfait sur les études, major de promo en prépa, bientôt l'élite de la nation issue d'une grande école. Son objectif : respirer par et pour elle-même.

Joséphine, dix-huit ans, rentrait d'une semaine intense à

passer des oraux devant des professeurs exigeants et acariâtres. C'était son premier dimanche sans poids sur les épaules depuis deux ans. Jean-Baptiste, vingt et un ans, récupérait d'un week-end de folie. Le groupe U2, en concert à l'hippodrome de Vincennes pour la sortie du dernier album, *Joshua Tree*, l'avait rendu à moitié sourd.

Il l'avait raccompagnée chez elle dans les rues de Dijon. Son blouson, qu'il lui avait prêté, portait son parfum. En passant dans la rue de la Chouette, sa main avait caressé l'oiseau de pierre censé porter bonheur.

Pour lui, c'était plié, c'était Elle avec majuscule.

Pour Jo, ça n'avait pas été tout de suite évident. Sa mère – mauvaise conscience perchée sur son épaule – lui rappelait constamment : « Ce n'est pas un garçon pour toi. Il n'y a rien de beau chez ce garçon à part son prénom. »

Le monospace fatigué de la bibliothécaire s'avance enfin. J-B s'apprête à couper le son de la radio qu'il n'écoutait même pas. Comme un clin d'œil, les Eagles lui commandent de « *Take it easy* ». Exactement le message qu'il a besoin d'entendre. Peu importe s'il n'obtient pas de réponse. Sa vie n'en dépend pas. Il s'arrache du volant prêt à affronter la modernité. Forte odeur de béton surchauffé en sortant du véhicule. Son mental fait diversion. Il est sur un pas de tir, une fusée vient de décoller.

Feuille de route numéro 10

Cher Monsieur Marcel,

De nouvelles personnes ont fait leur apparition : des Français, figurez-vous. D'abord Clémentine, qui est originaire de Dunkerque, puis Philippe et Bruno, des Lyonnais. Quel bonheur de converser dans sa langue maternelle, de jouer les guides expérimentés. Nous sommes surnommés les Frenchies, à juste titre, un « nous » derrière lequel je me range avec paresse. J'avais oublié la spontanéité des échanges ; cette facilité de créer une communauté simplement à partir de nos réflexes et références culturelles est ma foi bien commode.

Nous n'avons pas côtoyé le même genre d'établissements scolaires, nous ne nous serions jamais rencontrés ni même croisés en France, mais ici, le crocodile Lacoste fréquente le pantacourt de chez Carrefour sans jugement de valeur, et comme je suis arrivée seule plusieurs semaines avant eux, ils me considèrent comme une baroudeuse franc-tireuse qui connaît les codes pour s'intégrer. J'ai l'impression d'avoir été élue déléguée de classe pour la première fois de ma vie, à l'unanimité en plus.

Clairement, Bruno n'a aucune disposition pour les langues étrangères, il a choisi l'anglais comme deuxième langue, après l'allemand, et ce n'est pas ici, avec son meilleur ami Philippe, qu'il va progresser. Clémentine, quant à elle, est fascinante de désinvolture, nous avons le même âge et pourtant soit elle a vécu une vie de plus que moi, soit la mienne est équivalente à celle d'un papillon. Elle me parle de Hong Kong, de plats indiens, d'alcools japonais… Ses parents l'ont promenée aux quatre coins du monde en expatriation, elle est donc à l'aise en anglais, en espagnol, parle le japonais, comprend l'hindi, s'adapte à son environnement comme un caméléon aux allures de panthère. Je n'envie pas du tout sa minceur, quoique, puisque je vous en parle… Elle a son lot de complexes comme tout le monde, mais son nez, « un cap, une péninsule » à piquer des gaufrettes dirait ma mère, est vite éclipsé par son sens de la répartie.

Vous n'ignorez pas, comme le reste de la Galaxie, que nous avons remporté la Coupe du monde de football. Ici aussi l'événement fut retransmis et fêté dans la salle commune. Je me suis sentie pour la première fois moins seule au milieu des autres, comme si ma conscience s'anesthésiait – sans aucun doute un effet secondaire de la fameuse tactique pour endormir la plèbe « du pain et des jeux ». Au fur et à mesure que les Bleus marquaient, la salle se soulevait, enthousiaste, et à la fin, nous étions tous français, c'était beau de voir cette universalité.

Vous là-bas, moi ici, nous sommes champions du monde, Monsieur Marcel !

11. Big Brother is watching him

J-B est incollable sur les mondes parallèles de ses auteurs préférés. L'été dans son sèche-linge, il le passe en compagnie de J.R.R. Tolkien, H.P. Lovecraft, P.J. Farmer... En slip, torse nu, échoué sur son canapé, jambes croisées sur la table basse du jardin, à l'ombre du grand acacia. De longues heures à attendre que la nuit fasse basculer le programme sur délicat. Après le coucher du soleil, quand sa réalité devient supportable, il va prendre un bain d'air sec avec ses patins.

Il connaît plutôt bien le rayon science-fiction et fantasy. Emprunte aussi parfois des livres de géologie, de géographie, rêvasse devant des atlas que plus personne ne consulte. Mais il n'a jamais mis les pieds dans la salle informatique et multimédia.

Cinq ordinateurs sont à sa disposition. Il s'installe devant celui collé aux grandes fenêtres, comme s'il prévoyait de s'ennuyer. Pas de mouches qui volent, mais le bruit des pales du ventilateur. Un léger *couic couic* très discret qui agace déjà J-B. Un coup de WD-40 et le problème serait réglé. Déformation professionnelle. Il tâche de se concentrer en appuyant sur le bouton « on ».

Pendant que ses pieds frottent le carrelage avec nervosité, il cherche à entrer en communication avec le grand Tout.

Ce génie absolu qui répond lorsqu'on le convoque. Mais comment frotter la lampe ?

Acculé à demander de l'aide à la bibliothécaire, Miss Rosa, qui lui présente Google. « Tapez ici votre souhait et il sera exaucé », lui dit-elle. Et en effet, à la demande « Stéphanie Bertillot » il obtient 348 000 résultats. La tâche s'avère plus ardue qu'il ne le pensait. Mais il a cessé de gigoter. Il va falloir affiner. « Stéphanie Bertillot 1998 » : 227 000 résultats. Des centaines de Stéphanie défilent sous ses yeux ébahis d'Hibernatus. La requête « Marcel Méliès » n'aboutit pas non plus. Il a pourtant une adresse à Bry-sur-Marne puisqu'une de ses lettres figure dans le carnet. Le seul Méliès connu à Bry-sur-Marne se prénomme Georges. Le défunt réalisateur et père des premiers trucages au cinéma y possède même un boulevard.

Arrive ce qui nous arrive à tous, il prend la tangente en cliquant ici et là. Au bout de trois heures de pêche, il a ramassé dans ses filets un scandale sur la mort de Johnny Hallyday, une étude sur les rituels mortuaires des Chukchi en Sibérie, un article sur la congélation des gamètes, il a feuilleté le guide outre-mer de la Guyane et de Saint-Pierre-et-Miquelon, croisé son sosie à vingt ans, un acteur inconnu au bataillon, Alexis Michalik…

– Alors, comment on se débrouille ? crie d'une voix perchée Miss Rosa depuis son bureau.

Ce « on » lui paraît bien à propos. Il est seul, mais si une partie de lui se passionne pour toutes ces connaissances apportées sur un plateau, l'autre se lamente de ne rien apprendre sur Stéphanie.

Devant sa mine dubitative, elle boite jusqu'à lui. Une démarche raide qui s'assouplit progressivement – un problème de tendon d'Achille, J-B connaît bien le sujet. Proche de la quarantaine, grosses lunettes à monture bleu ciel en forme de papillon, silhouette lourde, le bras gauche curieusement balancé en arrière. Il a un peu honte de la faire bouger de sa place pour pallier sa crasse ignorance.

La reine des fleurs se penche au-dessus de lui, exhale la rose, la bien-nommée. Ses seins lourds semblent vouloir partir en croisière loin de son chemisier étriqué. Du bout de ses doigts manucurés, aux faux ongles couleur layette, sort une information capitale pour celui qui, en 2020, chasse son congénère sur le web. Un F blanc dans un rond bleu s'affiche sur l'écran.

– Avez-vous vérifié sur Facebook ?

Il existe donc un livre avec les visages de n'importe quel terrien. La vie personnelle de Rosa défile sur l'écran. « Vous voyez », lui dit-elle. Sa photo de profil sur sa page Facebook : une madone en décolleté layette, lui aussi. Le genre célibataire pieuse confiante en la vie. Chaque jour elle y affiche une pensée positive ou un psaume de la Bible. Ça l'agresse, J-B. Il se dandine, inconfortable.

– Ici. Quel est votre nom, déjà ?

Elle lui crée un compte – pour devenir chasseur, il faut accepter d'être chassé – et poursuit sa transmission de savoir.

– Vous pouvez préciser un nom de ville, des études, une date, un métier. Il faut être le plus précis possible dans votre recherche. Et ici, si vous cherchez un numéro de téléphone.

Il n'a plus qu'à cliquer. Terminé le gros annuaire papier qui noircissait les doigts lors des longues recherches. Ragaillardi par toutes ces possibilités, il change son fusil d'épaule et cible les vivants. Plusieurs noms reviennent dans le carnet. D'abord celui de Truman Okoro. Sa photo s'affiche sur l'écran parmi celles des anciens élèves de la New York University. Puis son inscription au barreau de New York. Son téléphone professionnel, une photo plus récente et un laïus en forme de conte de fées complètent sa fiche de présentation sur le site internet d'un gros cabinet d'avocats de la ville. Il est loin de l'étudiant aux sandales fatiguées, songe J-B, heureux de le découvrir en costume trois-pièces, entouré de collègues d'une diversité exemplaire : une blonde, une Asiatique, un Latino pour faire « corporate 2020 ». Truman est le seul qui sourit sans les dents. Comme J-B, il a immigré trop vieux, il n'a pas pris le pli. Une bonhomie, une gentillesse sur le visage laissent à penser que ce n'est pas un tueur. Peut-être qu'à une époque ses canines ont rayé le parquet pour en arriver là, mais ça ne paraît plus. Le Truman de 2020, crâne lisse et un peu rondouillard, doit passer du bon temps à Cape Cod, pendant qu'en dessous les fourmis cravachent sept jours sur sept. Pas officiellement bien sûr.

Pour Sharon Bennett, c'est plus compliqué. Elles sont des centaines sur Facebook. Une surenchère de « regarde comme je suis belle et comme j'ai bien réussi ma vie ». Le patronyme semble courant. Peut-être s'est-elle mariée ? Il atterrit sans savoir comment sur le site True People. Plusieurs Sharon Bennett à Louisville figurent dans la base de données. Âge, adresse, numéro de téléphone, état civil complet, dates de mariage, divorce, casier judiciaire, titre de propriété, historique de crédit… Monsieur Tout-le-monde, si l'envie lui en prend, peut réaliser un « *background check* » sur sa voisine et tout découvrir de sa vie. Fliquer gratuitement, en toute impunité.

Il gigote à nouveau sur sa chaise :

– Mais c'est quoi ce pays de la liberté ?

– Tout va bien ? lui lance la bibliothécaire, surprise par son air courroucé.

– Hallucinant !

– Quoi ?

– Rien.

Enfin, rien… Pas tant que ça. Il est estomaqué de découvrir sa vie sur le web. Jean-Baptiste Roberti né le 16 février 1966 à Épinal. Dernière adresse connue : Dry River, California, USA. Personnes familières possibles : Joséphine Delambre.

– Mais de quoi je me mêle, putain !

Son siège roule violemment en arrière.

– Excusez-moi, monsieur, avons-nous un problème ?

La bibliothécaire, qui consomme les romans de Patricia Cornwell comme des bonbons, commence à lui trouver des airs de *serial killer*. Elle se penche pour attraper un paquet de lingettes dans un tiroir et calme sa nervosité en tuant quelques germes. Bruit de tiroir que l'on referme brutalement. Rosa marque son exaspération.

– Non, aucun problème. Je suis désolé.

Pendant de longues minutes, il fixe la petite croix obscène et noire qui figure à côté du nom de sa bien-aimée. Le caveau de la famille Delambre lui saute aux yeux. « Joséphine Delambre ép. Roberti ». La rancœur du statut marital exprimée à travers ces deux lettres. Sa belle-famille le lui a fait payer jusqu'au cimetière.

J-B chasse sa morosité en se levant. Ramasse les notes qu'il a prises, les numéros de téléphone et les noms des vivants. Ceux qui peuvent encore parler. Il range sagement sa chaise et traverse la pièce en traînant ses grands pieds, tout à ses questionnements.

– Bonne journée, lui lance la bibliothécaire.

Il n'entend même pas.

Stéphanie Bertillot a disparu de la surface de la Terre sans qu'aucune recherche soit lancée. Elle mérite au moins une sépulture. Dans un premier temps il va s'obstiner à retrouver son corps. Était-ce un accident ? Quelqu'un quelque part détient les réponses à ses interrogations. J-B n'est pas sûr de vouloir ou pouvoir rendre justice. Le châtiment, si nécessaire, viendra après.

Une odeur de barbecue flotte maintenant sur le parking et annonce l'heure du dîner. Une fois assis dans la voiture d'Annie, il s'enfonce dans le dossier du siège, comme s'il voulait changer de perspective. Mains tendues sur le volant, à fixer un point invisible. La nuit qui descend comme un store éteint peu à peu ses certitudes. Il finit par douter. Et si Paul lui avait dit la vérité ? Et si Stéphanie avait vraiment égaré le bien qu'elle semblait pourtant chérir le plus au monde ? Le carnet devait se trouver dans un sac à dos. Quelqu'un se serait emparé du contenant en prenant soin de vider le contenu ? Le lieu était peu fréquenté, mais après toutes ces années, l'hypothèse devait être envisagée.

La vieille guimbarde d'Annie finit par sortir de la ville. On dirait qu'un vieillard cacochyme en est le conducteur. Contre toute attente, à la hauteur du Desert View Motel, il bifurque brusquement pour aller se garer.

Il faut qu'il en ait le cœur net. J-B s'approche d'un des gars qui prend le frais dehors. Peau roussie, bière dans une main, cigarette dans l'autre, chaussures de sécurité. Il décide de se fier aux apparences.

– Excusez-moi, vous travaillez sur le chantier du chemin de fer ? C'est super ce que vous faites ! Ça avance bien ?

Dix années à bosser en cuisine, son espagnol a de bons restes. Le gars, Hector, après un moment d'hésitation à jauger son interlocuteur, décide d'appeler un de ses collègues. Certainement plus apte aux relations publiques.

– *Wiki, ven por aqui !*

S'ensuit une conversation fort intéressante entre Wiki, grand communicant à l'anglais impeccable, et J-B, tout prêt à écouter. D'un air placide, Wiki sort son téléphone pour étayer ses dires. Discours clair, souci du détail, il a répertorié et analysé l'avancée du chantier. Un véritable expert de l'Unesco.

Des photos d'éboulis de falaise défilent sous les yeux de J-B.

– Ça, c'est le tunnel numéro 17. Il donne accès au pont. Il est condamné depuis les années 2000 d'après mes recherches. Il y avait des morceaux de charpente carbonisée, elle a dû prendre feu, ce qui a engendré un effondrement. Rien trouvé le long des voies. Vendredi soir, on en était là.

J-B observe avec attention l'écran du smartphone. Photos du tunnel 17, avant et après. La technologie a du bon. Elle permet d'avoir des convictions.

– Le patron est ressorti du tunnel pâle comme un mort, comme s'il avait vu un fantôme, tout le monde l'a remarqué.

Feuille de route numéro 11

Cher Monsieur Marcel,

Je ne suis plus chef d'équipe depuis le 14 juillet, cette date représentera ma Révolution à moi, car il se trouve qu'avec mes compatriotes, nous avons fomenté une grève. Il n'était plus question de soutenir ce système capitaliste qui nous arrose de sucre et de gras et nous rétribue une misère.

Avec les autres Européens et quelques Américains (les ostracisés des road trips), nous avons revendiqué dans la bonne humeur pour exiger une augmentation, arborant fièrement des pancartes en carton fabriquées pour l'occasion. Je peux vous assurer que manifester sans violence en pleine saison d'été devant le splendide chalet d'accueil vaut mille discours avec porte-voix. Un émissaire officiel est rapidement venu écouter nos doléances longues comme un discours de Robespierre devant la Constituante (demander trop pour obtenir un peu serait une tactique reconnue, d'après Philippe, expert en dialogue avec les autorités dans sa faculté).

Au final, nous nous sommes entendus sur une augmentation d'un dollar de l'heure pour tous avec boissons gazeuses gratuites à volonté toute la journée. Logés, nourris, blanchis et désormais abreuvés ! Du sucre... encore, mes pantalons sont déjà à bout de souffle, pour ne pas dire à bout de gras. Une petite victoire certes, mais qui nous vaut une reconnaissance éternelle de la part des non-grévistes et qui lance ma carrière d'activiste politique, sans nuits sur les barricades comme vous en mai 68, « l'ultime recours », comme vous disiez, aurait été plus drastique avec une forte mobilisation, mais passons.

La direction du parc n'avait encore jamais été confrontée à une pareille situation (d'après le vieux Will qui travaille ici depuis plusieurs années), je ne vous cache pas que cet aveu nous a remplis d'une immense fierté toute patriotique. Le soir même, nous, enfants de la patrie, étions bien décidés à commémorer ce jour de gloire arrivé, dans un premier temps en chantant : « Aux armes, citoyens, formez vos bataillons, marchons, marchons, qu'un sang impur abreuve nos sillons. » Cette folie nationaliste nous a poussés à inverser tous les panneaux du domaine, et Dieu sait qu'ils aiment les panneaux, les Américains.

Ensuite, baïonnette au canon, nous sommes allés déployer l'étendard sanglant (apporté par Philippe en prévision de la finale de football) sur le devant de la laverie. Nous avions dans l'idée de déboulonner le drapeau américain – juste le décrocher –, mais Truman qui passait par là (avec des bières dans les mains) nous en a dissuadé. Figurez-vous que jusqu'en 1990 nous encourions une amende, voire un an de prison. Que l'on puisse finir embastillé pour un simple morceau de tissu, mes collègues révolutionnaires et moi-même avons eu du mal à l'entendre, et pourtant aujourd'hui, s'en prendre à un drapeau n'est plus illégal, mais on considère toujours qu'il y a sacrilège.

Grâce à Truman Okoro, un véritable héros de plus de vingt et un ans – l'âge légal pour acheter et boire de l'alcool ici, et qui en fait profiter sa communauté –, nous avons terminé dignement la soirée autour d'un feu de camp. Outre son prénom singulier (ses parents vénéraient les États-Unis), Truman est quelqu'un d'éloquent, son vocabulaire élaboré et son petit accent britannique lui donnent des airs de lord désargenté. Originaire du Nigeria, sous visa étudiant, il retourne étudier le droit dans une université de la côte Est à la rentrée. Son avenir est aux États-Unis, il se projette déjà avocat au barreau de New York. En regardant ses pieds nus dans ses sandales fatiguées, j'ai un peu de mal à y croire, mais ses yeux affichent une détermination sans faille. Nous avons parlé football (j'ai ainsi appris que l'équipe nigériane était arrivée en huitième de finale) et politique. Nos petits problèmes de Blancs occidentaux sont à relativiser comparés aux régimes militaires qui font régner la terreur sur pas mal d'autres pays de la planète. Avec la mort du dernier dictateur, d'après lui empoisonné par la CIA, il espère l'avènement de la démocratie dans son pays, mais n'y croit pas vraiment.

Truman me surnomme Wendy. « Look at this Wendy's face », répète-t-il sans arrêt. Je ne sais pas pourquoi, mais cela sonne très doux dans sa bouche.

Bref, pour le moment je ne suis plus chef, mais nous formons une belle équipe et je suis bien ici !

12. Tempête dans le désert

6 h 45. Karen patiente au bord de la voie de garage, à la sortie de Morena, depuis quinze minutes déjà. Casque de sécurité, gilet jaune, rangers, pantalon multipoches moulant. Toujours autant d'allure avec sa silhouette de baroudeuse. Une fois arrivé avec sa bétaillère à forçats, Paul la salue de la main. Le même charisme qu'un archéologue sur le point de partager sa plus belle découverte. Il tourne en cinémascope : Paul Carter dans *Les Aventuriers du tunnel perdu*. Il imagine déjà les dialogues : On pourrait passer du bon temps toi et moi après tout ça.

Harrison Ford s'avance vers elle, la bouche légèrement ouverte, un sourire à éclairer les profondeurs de l'univers, et la fixe bien plus de trois secondes dans les yeux. Formellement interdit dans les modules d'éthique, mais dans ces moments-là, on ne compte pas.

Sa partenaire de jeu n'a pas lu le même scénario. Elle vient à sa rencontre et lui agite sous la binette une pochette en plastique. Ses rapports d'anomalies.

Une fois grimpée sur la draisine, une ribambelle d'icebergs se profile à l'horizon. « On va voir ça là-haut ! » lui lance Paul sur fond de bruit de moteur diesel. Paul, capitaine autoproclamé sans permis, reprend son poste de conducteur de train, le sourire aux lèvres. Une aubaine qu'elle ne se soit pas souciée de ce détail. Que n'est-il pas prêt à faire pour l'impressionner !

Un demi-tour sur la voie de garage et le *Titanic* file, d'abord à pleine vitesse sur le plat, puis au ralenti sur la montée. Temps sec. Vent fort. Mer agitée.

À l'arrivée, Karen saute de la locomotive et prend le contrôle de la situation :

– Je veux parler à vos gars, dit-elle.

Et elle se met immédiatement à les interpeller en espagnol, laissant Paul comme deux ronds de flan, les bras ballants.

– Vous avez très bien bossé, les gars. C'est du bon boulot. Par contre j'ai deux problèmes majeurs sur ce chantier dans les tunnels 2 et 7. Certains tronçons de bois ne sont pas ignifugés. D'autres n'ont pas la dimension réglementaire.

Tous ont les yeux rivés sur leurs godasses, l'air un peu gênés, sauf Wiki qui boit visiblement du petit-lait. Mais Wiki, l'expert qui donne son avis sur tout, on ne l'écoute pas.

L'assurance de Karen les impressionne tous, sauf Paul.

– Ça vous dérangerait de parler anglais ! On est où, là ?

Elle continue en anglais.

– Mon rapport est en anglais. Vous l'avez lu, j'espère ?

Paul esquive avec une tentative de contestation pour sauver son honneur.

– Nous aurions utilisé du bois qui n'était pas ignifugé ? Vous en êtes sûre ?

Dans sa tête, il calcule déjà le coût de remplacement des quelques pièces qu'il a fait poser à des endroits qui lui semblaient loin d'être dangereux. Il s'est fait refiler du bois ignifugé qui ne l'était pas à cœur, mais ça restait du bois ignifugé pour moitié.

– Quant aux dimensions réglementaires… Sérieusement ? On parle de millimètres, là. Je serais curieux de voir les résultats de votre calcul de structure, dit-il, tentant de reprendre la main.

Mais Karen, fille d'un père descendant d'esclaves et d'une mère portoricaine, en a maté des plus coriaces dans sa vie antérieure d'officier de la Navy. Elle les flaire, les petits Blancs flatteurs, manipulateurs, dragueurs, menteurs, tireurs au flanc… à des miles. Tout comme les bronzés qui l'appellent « Sister » pour jouer sur la corde sensible de l'appartenance. Avoir tout à prouver dans un milieu machiste l'a transformée en robot à l'épreuve des balles. Sa Lara Croft a tout du Terminator. Elle cache même un pétard dans sa boîte à gants.

– On parle de centimètres, monsieur Carter. On parle surtout d'un cahier des charges que vous vous êtes engagé à respecter. En l'état actuel des choses, je refuse d'apposer ma signature. Sans mon accord, vous n'obtiendrez pas le déblocage des fonds prévus au contrat pour cette portion du chantier. On retourne dans le tunnel numéro 2. Suivez-moi. Et toi aussi, ajoute-t-elle en désignant Wiki.

Elle a bien compris que Raoul est à la botte de son maître. Paul ne bronche plus. Il découvre pour la première fois les avant-bras de Wiki, quand le fourbe remonte ses manches. Un serpent de mer et autres créatures aquatiques courent sur sa peau. Une anguille insaisissable, ce zigue-là.

En attendant, il faut d'urgence trouver un compromis qui satisfasse la dame.

Retour sur la draisine en marche arrière. Cette fois c'est Raoul qui s'y colle. Paul, droit comme un *i*, la même fierté que le dernier des Mohicans, a les mains derrière le dos. Occupé à se passer les nerfs sur sa casquette des Padres.

Ils identifient ensemble les éléments à reprendre. De retour devant l'entrée du tunnel 17, Terminator lui assène le coup de grâce :

– Bon. Si je vous donne quatre jours, vous pensez que c'est réalisable ?

Elle s'adresse à Wiki, mais c'est Paul qui répond.

– C'est faisable, oui.

– Je reviens dans quatre jours alors. Et si le tunnel 17 n'est pas rouvert, vous aurez Huntington sur le dos. Il me casse les pieds avec ses feux verts sur la voie. Je ne vous couvrirai pas plus longtemps. Après, c'est son service juridique qui prendra le relais. La construction du belvédère ne peut pas débuter tant que le pont n'est pas franchi. Vous ne l'ignorez pas.

Quatre jours pour remplacer et parfois renforcer certains éléments de charpente et réhabiliter le tunnel 17, Madame est trop bonne. Paul la fait raccompagner en draisine par Raoul jusqu'à sa voiture.

Comme dans son couple, il a eu l'étrange impression de n'être qu'un pion sur un échiquier. Il passe le restant de la journée à fulminer contre « les bonnes femmes qui trouvent le moyen d'emmerder les bonshommes jusque sur un chantier ». Il n'est pas loin de penser la même chose que son père : « Ce pays tourne au tout-à-l'égout depuis que l'autre singe intelligent est devenu président. » Son père et sa mère. Sa définition du couple parfait. Il rêve d'une gentille, d'une bienveillante qui lui dirait : « Je te comprends, Paul. Je suis d'accord avec toi, Paul. Je te pardonne, Paul. » Quelqu'un comme sa mère, qui a tout concédé à son père. « C'est souvent avec une sauterelle idiote qu'on vit en bonne intelligence. » Son père quasi sénile et ses constatations machos ont peut-être du sens.

Paul met fin à ses élucubrations en concluant : le sexe faible sous cloche, dans la société actuelle, ça s'appelle une poupée gonflable.

– Boss, on n'est pas loin de pouvoir sortir du tunnel 17.

Brave Raoul. Voilà qui sonne doux à ses oreilles. En un éclair, son niveau de préoccupation remonte au-dessus de la ceinture.

Le soir, après avoir déposé ses gars devant leur motel, il décide de prendre la route panoramique. Les lacets de la Sunrise Highway grimpent jusqu'au Mont Laguna. Une fuite à travers la forêt. Loin des culs-terreux du camping qui ne manqueront pas de l'interpeller à propos de son chantier. Un air de vacances dans son quotidien. Il gare son pick-up au sommet de la montagne, sous les grands pins, à côté d'un bar-restaurant qui lui est familier. S'enfonce dans le bois pour rejoindre la PCT, la Pacific Crest Trail, un chemin de randonnée emblématique qui traverse le pays, en partant du Mexique pour rejoindre le Canada, une portion du sentier connue pour être spectaculaire.

Une fois face au vide, la magie opère. Derrière lui, un mur de feuillus et de conifères. Des odeurs d'humus, de résine, de chewing-gum au goût de chlorophylle. À ses pieds, le désert qui se déroule à l'infini. Pistache, vanille-fraise au soleil couchant. Comme à chaque fois dans cet endroit, il prend de la hauteur, comme dans une montgolfière.

Il décide ensuite d'aller méditer sur ses semblables devant une bière. Karen, une fourmi vue du ciel, ne lui gâchera pas sa soirée.

Il pousse la lourde porte en bois du seul établissement à des miles à la ronde. Bâtiment trapu en rondins. Charmant de simplicité. Foyer de cheminée en pierre grise qui crépite pour le décorum. Une ambiance chalet suisse dans les alpages, version cow-boy. Roues de chariot en guise de lustres, une série de bestioles empaillées (du poisson à l'ours en passant par l'orignal). Des armes d'un autre âge, en veux-tu en voilà. Lame de scie rouillée de six pieds, pièces d'engrenage, fil barbelé en collier… Comme si le propriétaire avait décidé d'exposer au mur toutes les vieilleries du grenier de son grand-père.

Paul pose son sacrum sur une selle de tracteur en métal rouge et commande une Bud Light.

Pas de Heineken en bouteille sur la carte, mais c'est encore le *happy hour*. Une autre raison de se mettre en joie.

Feuille de route numéro 12

Cher Monsieur Marcel,

J'ai reçu une lettre de ma mère. Il paraît que tout l'immeuble est au courant que sa fille travaille en Amérique. Sa sociabilité m'a toujours un peu dérangée, à chaque déménagement tout devait être « facile », même après un temps sans scolarisation, « tu rattraperas le niveau des autres en classe, tu te feras de nouveaux amis ». Elle n'avait pas complètement tort, je finissais par m'adapter, en général un peu avant de redéménager, jusqu'à ce que la puberté me transforme en homard qui perd sa carapace pendant la mue. Depuis, j'ai beaucoup plus de mal. Sa principale aspiration me concernant est que je puisse choisir ma vie, mais jusqu'à présent elle choisissait pour moi. Pas étonnant que je ne cesse de penser que l'herbe est plus verte ailleurs. Maintenant, à peine arrivée, je pense à l'après, au plan B.

J'aime étudier les pleins et les déliés qu'elle forme au stylo-bille en appuyant intensément ou pas sur la page. Je sais que sous cette écriture appliquée se cache une petite fille qui a été contrainte de quitter l'école très tôt. Une fois devenue fille-mère, d'autres portes se sont fermées devant elle. Mais je ne vais certainement pas lui reprocher la naissance de mes grands frères chéris.

Cet été, j'ai enfin compris que j'entretiens un rapport dichotomique avec elle. D'un côté ses bras, son affection me manquent et de l'autre je ne veux rien avoir à faire avec elle, avec ce milieu, surtout avec ce dernier beau-père qui, d'après elle, ressemble à Robert Redford (une version plus ramassée et plus rougeaude, en compétition pour l'oscar du meilleur pilier de bar masculin).

Il ne s'agit pas d'un jugement, mais plutôt d'un constat et je sais que vous me comprenez, vous qui aviez « honte » de vos parents illettrés. J'avais trouvé ce mot affreux et ce sentiment tellement lourd à porter, d'ailleurs vos yeux mouillés m'avaient retourné l'estomac, cela faisait tellement écho chez moi.

Plus je recueille les confidences de Clémentine concernant sa mère-tyran qui semble les oppresser, elle et son père, plus j'apprécie la mienne et encense ses faiblesses. Ma mère à moi est depuis longtemps dépassée, elle me permet de sécher les cours, ne sait pas trop où j'en suis ni à quoi je me destine, mais il y a ses bras consolants, sa poitrine moelleuse qui m'accueilleront toujours quoi qu'il advienne et ses « tu vas réussir, ma puce », cette foi inébranlable en moi qu'elle ressent au plus profond et qu'elle constate quand elle me tire les cartes : « La roue de la Fortune, le Monde, le Soleil, le Chariot ».

Au tarot, ma mère agit comme carburant pour ma fusée.

En attendant de retrouver ma vie de nécessité où seuls le tiercé, le loto, la cartomancie permettent de rêver à un avenir meilleur, je profite pleinement de mon indépendance pour me dévergonder puisqu'avec Clémentine, nous sommes descendues de nos montagnes en stop jusqu'à Los Angeles.

Comme elle ne ménage pas ses efforts pour rendre l'aventure encore plus frissonnante, Clémentine portait un short très court et lorsque nous nous sommes retrouvées sur la banquette avant d'un poids lourd, j'avais la main crispée sur la portière en imaginant un mauvais scénario.

En fin de compte, ce fut une journée tout à fait extraordinaire, car le matin nous étions au milieu des conifères, le midi sur la plage de Venice Beach et le soir dans une voiture de police – heureusement que vous n'en savez rien au moment où je vous écris !

Je suis loin de la Stéphanie qui vous tendait son bras et vous soutenait pour faire quelques pas devant votre pavillon en pierres meulières à Bry-sur-Marne, cette Stéphanie-là bâillonnait sa vie, Monsieur Marcel ! J'ai l'impression d'avoir passé ma vie sous une cloche d'amertume. Mon goût du monde est différent ici, il a la saveur du paradis. Quant à mon expérience avec la police locale, ce n'est pas ce que vous pourriez imaginer : j'avais insisté pour rentrer en autobus, mais nous nous sommes trompées d'arrêt avec Clémentine, et le chauffeur, après nous avoir déposées dans le noir en pleine forêt, a contacté la police locale pour nous prêter assistance.

Vous voyez que votre petite oie blanche ne se transforme pas en bécasse écervelée, mais elle se transforme, ça je puis vous l'assurer !

13. American Dream

Le lendemain, à l'aube, Paul est réveillé par le braiment d'un âne à la saison des amours. En sueur, gorge aride, langue gonflée par le piment, il pulvérise son réveil d'un coup de poing. Tout un orchestre d'apprentis violonistes s'exerce dans son carafon. Il rampe jusqu'à la première ouverture pour éviter la mort par asphyxie. Dehors, sur sa terrasse, la silhouette de Mitch le fixe dans la position du lotus. Devant cette vision d'horreur, il se tape la tête sur le cadre de fenêtre. À l'intérieur, le thermostat indique 35. Il a dû passer la soirée en compagnie d'une armée mexicaine à trinquer à coups de sauce Tabasco. Il n'en a aucun souvenir. Rentré par miracle indemne, il a monté le chauffage et s'est affalé sur son lit dans sa tenue de chantier.

Une douche froide plus tard, il sort de sa caravane frais, rasé et à l'heure. En total contrôle, comme toujours.

Sur le sol de la terrasse, J-B, jambes croisées, dos droit, mains sur les genoux, se déplie comme un ressort et jaillit de la pénombre. Paul sursaute à peine.

– Tiens, *tree man* ! T'es pas sur roulettes aujourd'hui ?

– Il faut qu'on parle, Paul.

Paul est en mission, déjà sur pilote automatique. Il élude le problème en se dirigeant vers son pick-up. Un thermos de café dans une main, un paquet de donuts industriels dans l'autre.

– Je n'ai pas le temps, là.

– Moi j'en ai, du temps. Je n'ai que ça. Je viens avec toi.

Et il s'invite sur le siège passager.

La spacieuse cabine luxueuse, moquette épaisse avec vue sur les pauvres et les berlines, l'impressionne. Sièges moelleux et immaculés. Tellement différente de la vieille voiture ramasse-miettes d'Annie. Forte odeur d'after-shave. Paul a dû s'en déverser un bidon. Il pue le musc. Le genre de senteur censée vous plonger dans un monde de sensualité, mais qui à forte dose vous plonge plutôt dans un monde de bestialité. J-B tâtonne de la main droite sur la portière pour baisser sa vitre. Ce qui fait réagir Paul :

– Tu es gonflé, toi. On te vire par la porte, tu rentres par la fenêtre.

Le pick-up glisse comme sur coussin d'air à travers le camping, tel un yacht qui louvoie entre de frêles embarcations au mouillage sur une mer noire. Sur la route principale, les phares bénissent les buissons d'une lumière argentée. J-B l'aime tellement, son désert, à chaque heure de la journée. Particulièrement ce moment immuable où tout recommence. Il respire profondément comme pour trouver le courage de s'exprimer. Il prend sur lui et se lance :

– Tu as découvert son corps. J'en ai la certitude. Stéphanie fait référence à des tunnels dans son carnet. Même tes ouvriers se sont aperçus de quelque chose. Tu es ressorti blafard du tunnel 17. Ils se sont demandé si tu n'avais pas vu un fantôme.

Paul conduit, impassible. Les mains bien en place sur le volant. Du coin de l'œil, il jauge son interlocuteur, comme dégoûté par sa part d'anormalité. Ses genoux cagneux exposés alors qu'il fait 6 °C le matin. Un « Mitch ». Un doux.

Un sensible dont les femelles raffolent. Il lui suffirait de se couper les cheveux pour se remettre sur le marché. Pire qu'un Mitch, J-B est un loser. Un planqué. Terré dans son trou. Formidable comme une chiure de mouche. Cette dernière pensée le fait sourire intérieurement.

J-B persiste dans son monologue en haussant le ton :

– Sois raisonnable. Qu'est-ce que tu veux ? Que je te dénonce à Huntington ? Il ne va pas apprécier que tu emploies des illégaux. Pareil pour le shérif de la ville. Je sais qui est Monsieur Marcel, continue-t-il, jouant sur la corde sensible… Je peux t'apporter des réponses. Elle mérite une sépulture, une cérémonie pour libérer l'âme de son corps, tu ne penses pas ?

– Tu sais ce que je mérite, moi ? commence Paul d'un ton badin, après avoir avalé une gorgée de café. Je mérite qu'on me laisse terminer mon job. Parce que ce boulot va nourrir des êtres *vivants*. Ce chantier est une manne pour la région. Un vrai don du ciel. En 2050, c'est la banlieue de Morena ici. Target, Walmart… tout à portée de main grâce au tourisme. Tu verras.

Avec sa main libre, Paul s'enfile un troisième beignet couvert de glaçage :

– Même Dunkin Donuts va s'établir ici. Des donuts frais à profusion, ça c'est la vie !

– Je ne te parle pas de ton chantier ni de bouffe, là.

Paul se lèche les doigts de satisfaction puis reprend plus sérieusement :

– Je peux te garantir qu'Annie et compagnie vont apprécier leur changement de vie. Je fais fonctionner l'économie. Tourisme égale développement économique. C'est comme un cocktail explosif. Tu ne peux plus éteindre la mèche. Dénonce-moi si tu y tiens ! Qu'est-ce que tu crois que ça va changer ?

Il émet une série de borborygmes comme si son estomac désapprouvait ses opinions et ajoute, dogmatique :

– Des illégaux travaillent jusque dans la Maison-Blanche sous de faux numéros de sécurité sociale. Le pays entier mange grâce aux illégaux. En 2040, on ne sera plus majoritaires, nous les Blancs. C'est foutu si tu veux mon avis. Trump renvoie les clandestins, mais c'est déjà trop tard. Et moi, je vais te dire une chose : le Mexicain, c'est comme un mec dans une maison, comme disait mon ex : c'est bien pratique !

Devant le silence de J-B, Paul rit de sa boutade. Un rire fort, avec les dents… Ce rire de meilleur vendeur du mois, capable de refiler une assurance voyage à un paraplégique aveugle.

J-B en avait assez entendu.

– Arrête la voiture !

Paul reprend de plus belle. Plus fort cette fois.

– Dénonce-moi ! Vas-y ! Peut-être qu'un rapport sera établi, mais honnêtement ça m'étonnerait. Huntington a tous les politiciens dans sa poche. Tu crois vraiment que ton histoire va intéresser quelqu'un ! Tout le monde s'en fout, de ta Stéphanie, et tu vas passer pour un déséquilibré. D'ailleurs… Enfin bref. Non, mais tu vois dans quel état tu me mets ?

Il retire sa casquette pour s'éponger le front et augmente la sortie d'air de la climatisation :

– Une cérémonie pour libérer l'âme de son corps, n'importe quoi… De toute façon il est momifié, son corps. C'est un peu tard pour lui présenter tes hommages !

– Arrête ta bagnole, putain !

J-B ouvre sa portière au moment même où Paul immobilise le véhicule sur le côté de la route. Un nuage de poussière s'élève brutalement du sol et forme comme un éventail suspendu en l'air.

Au bord de la nausée, J-B s'extirpe du véhicule, a du mal à retrouver son équilibre, bouleversé par tant de mépris, épuisé par l'effort surhumain qu'il vient de faire.

– Tu me dégoûtes ! dit-il, claquant la portière de toutes ses forces.

Paul, qui veut absolument avoir le dernier mot, hurle par-dessus la vitre baissée.

– Et toi, tu es ridicule. Tu ferais mieux de…

– Casse-toi, putain ! lui crie J-B pour couper court au dialogue.

– Elle n'avait qu'à crever dans son pays, ta Stéphanie, crache Paul avant de démarrer en furie, le crissement des pneus couvrant son rire sardonique.

J-B bouillonne de colère, ulcéré par cette dernière remarque xénophobe. Un « fils de pute » sonore se perd dans l'air. Son insulte préférée en français.

Cette confrontation lui laisse un goût de cendre dans la bouche. Peut-être à cause de ce que le mot « momifié » évoque. Il s'assoit sur ses pieds pour être au plus près de la nature, sa divinité. Inspire la fraîcheur du petit matin. Expire la tempête qui agite son âme. Après avoir fini par retrouver son calme, il reprend sa course au hasard, et s'enfonce d'un pas décidé dans son désert, son médicament.

Son désert adoucit sa peine. Il n'y respire pas la même atmosphère. Dans le désert, le manque, le vide ne pèsent pas plus lourd que le plein. Sous ses pas, un mélange de terre et de sable crisse comme de la neige. Le soleil ouvre l'œil face à lui. Commence à tendre ses bras chauds sur l'horizon. Chaque jour, la vie livre bataille pour résister à la désolation monochrome. En quelques minutes, la colorimétrie bascule dans des tons plus chauds. Il repense à Jo, à cette année où des pluies exceptionnelles avaient provoqué un miracle, visible depuis l'espace.

– C'est devenu une vraie fourmilière. Regarde ça, Babou !

Un tapis de fleurs à perte de vue. Jaune, orange, violet… des couleurs pures, en larges bandes, comme posées là par un disciple de Van Gogh. Cette année « flowergeddon » où le monde avait déferlé sur le bitume et sur tous les sentiers. Hystérique. L'apocalypse pour eux deux. Ils avaient été obligés de partager leur pays de cœur.

Jo ne verra jamais son désert se transformer en banlieue moche et bétonnée. Cette pensée le réconforte.

Paul a décampé sans un regard dans son rétroviseur. En mâchant un énième anneau graisseux, il se dit qu'il y est peut-être allé un peu fort dans la provocation. Mais il est persuadé d'une chose : *time is money*. Sur sa côte ouest, on ne s'arrête jamais. Il faut alimenter le cœur de cette grande Amérique qui ne cesse de battre. Pour cela, on ne compte pas ses heures. On emporte son café en allant travailler, on s'alimente sur le pouce, on fait ses courses à n'importe quelle heure du jour ou de la nuit. Il ne peut pas comprendre ça, le Frenchy.

Le temps ne s'écoule pas de la même manière dans son pays. Parce que le type en France chargé de retourner le sablier est parti faire l'amour à sa gonzesse ou à sa maîtresse entre midi et deux. Quand il revient, il se prend un café en terrasse. Et le soir il pose ses cinq semaines de congés payés.

Fort de ces réflexions, Paul se regarde les dents dans le miroir, y déloge un morceau récalcitrant coincé au niveau de la gencive. Nettoie les miettes tombées sur son pantalon et allume sa radio préférée. Lui n'a pas de temps à perdre. Il file vers son chantier.

Feuille de route numéro 13

Cher Monsieur Marcel,

Moi qui redoutais les jours de repos, voilà que je les attends avec impatience désormais, comme un mineur de fond qui espère retrouver l'air pur. Nous sommes retournées à Los Angeles et cette fois-ci, nous avons passé la nuit sur la plage plutôt que de rentrer tard et de déprimer le lendemain.

Mon premier océan est Pacifique, Monsieur Marcel ! J'ai dormi dans ses bras en repensant au globe terrestre qui nous servait de lampe de chevet avec mon frère cadet. Combien de fois mon doigt l'a auscultée, cette planète, combien de fois je me suis promenée à sa surface, rêvassant devant des mystères inconnus, la fosse des Marianne, la faille de San Andreas, la Cordillère des Andes, mes voyages à doigts, les seuls envisageables.

Enfin, dormir, c'est beaucoup dire parce qu'il est interdit d'y dormir, sur la plage de Santa Monica, et la police est là pour y veiller. Nous sommes parvenues à passer quelques heures sur une des cabanes de maîtres-nageurs avant d'en être chassées à coups de lampe torche et de matraque luisante dans le noir.

Lovée dans ce berceau de plastique à écouter le chant des vagues, je n'ai pas pu m'empêcher de réfléchir à ce qui m'attend dans l'Hexagone. Mon esprit, au lieu de profiter du moment, commence à me torturer avec toutes sortes de pensées, de questionnements sur cet après : plus que six semaines avant que la parenthèse enchantée ne se referme.

En rentrant en France, je vais retrouver le téléviseur allumé toute la journée, Fort Boyard *le samedi, Jean-Pierre Foucault le mercredi, la toile cirée sur sa table de salle à manger, les bouteilles d'alcool dans leur living en chêne payé en huit fois sans frais, les apéros avec le père à Jean-Pierre, « elle arrive à quel aréoport, la Stéphanie ? Qu'est-ce qu'elle veut devenir, ta gamine ? Avocat au barreau de chaise ou juge pour rampants ? », condamnée à perpétuité à entendre « qu'est-ce qu'on va faire à manger aujourd'hui ? », le train-train nommé « misère » de la classe ouvrière.*

J'ai l'impression que sur la porte du 706 B, septième étage, il est écrit : « Vous qui entrez ici, abandonnez toute espérance, estimez-vous heureux, ceci est un logement social », il n'y a que le calme de la bibliothèque du quartier, ses fauteuils turquoise où j'aime disparaître, et mon amie Fati qui me manquent vraiment.

Je redoute d'être à nouveau engluée dans cette boîte à sardines, compressée dans la saumure d'autant plus que vous ne serez plus là pour me donner de l'espoir, vous qui l'avez quitté, ce milieu populaire. Votre courte échelle culturelle m'a tout de même bien aidée, mais, et si je perdais pied à l'Université ? J'ai déjà redoublé et le conseiller d'orientation m'a presque ridiculisée lorsque j'ai partagé mes ambitions avec lui. Je n'ai plus le temps de me tromper. Il va falloir que je gagne ma vie rapidement, car je ne serai pas boursière éternellement. Est-ce que cette histoire d'études supérieures ne serait pas plutôt un problème d'orgueil mal placé ? J'aurais l'orgueil plus gros que la tête ?

En attendant, j'imite très bien mon dernier beau-père avec son cérémonial autour du Ricard, Clémentine en redemande et trouve cela rafraîchissant. Pour un vrai moment de rafraîchissement – au sens propre, cette fois –, nous nous sommes baignées dans le Pacifique. Je n'imaginais pas son eau si vivifiante. Les starlettes en maillot de bain rouge de la télévision ont du sang de Bretonnes : l'eau n'est qu'à dix-huit degrés.

14. Top Chef en cuisine

J-B déambule maintenant sur la route. Univers stérile pour les uns, habité pour les autres. Un *roadrunner* sur une branche d'arbuste glousse pour attirer sa belle. Plumes beiges et blanches et queue de pie. J-B s'arrête pour admirer sa longue traîne. D'habitude, l'oiseau se carapate comme dans *Bip Bip et Coyote*, la célèbre série de cartoons.

Une camionnette rose à la tôle râpée freine par à-coups en arrivant à sa hauteur. Le conducteur baisse sa vitre à la main pour l'interpeller :

– *Hey, buddy*, tout va bien ? Tu veux monter ?

– Tout va bien, répond J-B.

Sa voix est à nouveau douce et sereine. Il a le sourire lent, mais c'est l'intention qui compte. Il se sent moins poreux à la violence du monde. Son repli dans le désert comme dans un hôpital psychiatrique y est pour beaucoup. Il s'est transformé en une couche de sédiment compressé, une montagne de terre, comme les badlands qui recouvrent ses fragilités. Mais Stéphanie s'est faufilée. Un petit filet d'eau qui s'insinue dans sa conscience.

Son monde continue pourtant de tourner rond. Avec toujours cette simplicité dans les rapports humains, cette bienveillance qui permet de sympathiser avec facilité, tout au moins en apparence. J-B l'a adulée, cette Amérique-là, pendant plusieurs années. Celle où l'on ne juge pas sur l'habit, car il ne fait pas le moine. Celle où l'on donne sa chance avec ou sans diplômes, celle qui pousse à entreprendre, qui encourage les changements de cap. Celle où l'on sourit en permanence. Un bonheur de mettre dix mille kilomètres entre le défaitisme français et lui. La France et son déterminisme social, ses étiquettes et ses carcans.

En attendant, ici comme partout, les cons parlent plus fort. « Elle n'avait qu'à mourir dans son pays, ta Stéphanie. » Paul l'a placé face à un dilemme. Quels intérêts doit-il servir ? Ceux d'une compatriote ou ceux de son pays d'adoption ?

Une idée a commencé à germer au cours de sa balade. Les paroles aimables de l'inconnu à la camionnette achèvent de le convaincre. Il doit y avoir moyen de gagner sur les deux drapeaux. J-B continue son chemin sur la route. Pour la première fois, il va pousser les portes du Dry River Café sans y être contraint ni invité.

Le vieil écriteau sur la porte indiquant « reviens dans… minutes » à moitié effacé n'est plus là. À l'intérieur, le juke-box joue cette chanson qui parle de sycomores : *Dream a little dream of me*. Il croit percevoir une odeur de cuisine. Le changement devient perceptible. Comptoir immaculé, verres translucides, odeur de beurre cuit, de pâte à crêpes… Par petites touches, l'optimisme gagne du terrain. Les yeux pleins de gratitude, Annie l'accueille avec son traditionnel : « Quoi de neuf, J-B ? Comment vas-tu, *honey* ? » De pot de miel il est devenu pot de gelée royale, en réparant l'avaleur de pièces du juke-box.

Chandail rose un peu échancré exhumé d'une armoire, médaillon en or autour du cou, jean sombre, elle disparaît dans son bureau.

– Ça se pomponne maintenant, hein ! lance Dan, la figure ravinée par les gallons de Bud Light.

Annie s'empresse de revenir avec dans les mains des esquisses du pont qu'elle lui tend.

– Tiens, regarde, tu fabriques des tasses, je dessine dessus. Qu'est-ce que tu en penses, chéri ?

Chéri le taciturne n'en pense rien, Annie s'en doute bien. Elle a déjà prévu de revenir à la charge. Plus tard. Régulièrement.

– M'est avis que t'aurais plus court de commander tes tasses chez les Chinois. Ils sont bien mieux équipés pour fabriquer des merdes à touristes.

Pour une fois J-B pense la même chose que Dan, mais décide de ne pas lui donner de crédit. Il s'approche du comptoir pour questionner Annie avec discrétion.

– Tu as gardé quelque part le numéro de téléphone de la petite Gabriela ? L'une des filles d'Andy, mon voisin.

– La petite que tu as initiée à la céramique ? Oui, attends, je vais te chercher ça.

Et elle disparaît à nouveau dans sa pièce fourre-tout administrative.

Dan, qui prend racine sur l'un des tabourets du bar tous les jours dès l'ouverture, se rapproche de J-B. Dans ses bonnes années, son activité principale de récupération de bouteilles et canettes consignées lui avait permis de dégager un revenu conséquent. Soi-disant quarante mille dollars par an. Avec sa bourgeoise, le vétéran avait écumé les poubelles des bars et night-clubs de San Diego. Une combine pour survivre à coups de cinq *cents* avant d'atteindre l'âge légal pour toucher sa pension d'ancien combattant. Puis il avait perdu sa moitié, puis son permis de conduire, puis sa dignité en atterrissant ici dans la caravane d'un ami. Les gens le surnomment, dans son dos, Mister Puke – M. Vomi.

– Paraît qu'y a du retard sur le chantier. M'est avis que les travaux ne seront pas finis pour cet été. Et pis, c'est pas quand y va faire cinquante degrés que ça va avancer plus vite. Hein ! Qu'est-ce t'en dis, mon pote l'écolo ?

Dan, écologiste avant l'heure en raison de sa formation professionnalisante dans le tri sélectif, se sent proche de J-B. Il lui témoigne une certaine affection, à le coller et vouloir le faire parler. Une haleine de pêcheur de harengs, à laquelle J-B a du mal à se faire. Il dérive à tribord pour ne pas être pris sous la vague.

Annie refait surface. Un bout de papier dans les mains.

– Tiens, voilà ton numéro.

Elle se garde bien de le questionner. Chez les McGuire, on associe confidence à perle de rosée. Chaque épanchement se recueille de manière spontanée et se conserve, précieuse gouttelette, dans un cœur hermétique aux cancans. Annie devine à travers les portes closes, comprend les tiroirs fermés à clé, entend la musique des non-dits. Elle s'est intentionnellement raboté les antennes pour arrêter de souffrir en ressentant les émotions des autres. Mais ces autres-là, elle les pratique suffisamment pour les connaître. Si J-B encense l'indifférence, Dan, lui, recherche l'attention.

– Plus que cinq, Dan ! On est d'accord ?

Dan, qui forme un O de plaisir avec sa bouche après une goulée, lui répond avec conviction.

– On est d'accord. On est d'accord… M'est avis que cette limite devrait suivre l'inflation. C'est pas parce que je vomissais après sept bières hier, dans le passé, que la règle s'applique aujourd'hui, dans le présent.

Nouvelle tentative pour réviser les termes du contrat qui avorte. Annie reste intraitable.

Dan empoigne sa bière pour aller se rasseoir sur son

tabouret. Lui fait durer le plaisir sur la journée, pendant que les autres habitués défilent.

Toujours concerné, mais jamais consulté, il lance à la cantonade :

– M'est avis que ce chantier, j'en verrai pas la fin de mon vivant ! En plus...

Il s'interrompt, la bouche encore entrouverte. Quelqu'un de mal intentionné a remis une pièce dans le juke-box. Joe Cocker pleure sa mélancolie sur *I Hurt Myself Today*. Le genre de chanson toboggan qui le pousse à s'en descendre plusieurs, pour oublier. Son visage se glace et il avale d'une seule lampée sa deuxième bière.

Annie l'empathique perçoit le malaise. Elle sait que Dan a un projet de business, avec un ami de son frère aîné : un nouveau restaurant à Morena.

– Allez, faut rester positif. Avec un Paul Carter à la manœuvre, je parie sur sa réussite. J'en mettrais ma main à couper.

Dan répond, maussade :

– M'est avis que tu finiras par changer d'avis. Tiens, c'est comme la télé, tu finiras par en racheter une.

– On verra...

J-B les écoute en silence. Il regarde les mains d'Annie. Le dos de ses mains surtout. Carte géographique entre fleuves bleus et taches villages. La voix de Joséphine lui revient en mémoire. Cette fois, il accueille son souvenir avec tendresse. La première fois qu'elle avait découvert son mal – celui visible qui n'était alors qu'un défaut de la peau –, elle lui avait dit : « Regarde, Babou, on dirait un cœur ! » Des mois s'étaient écoulés avant qu'elle aille consulter un dermatologue. Il s'en était tellement voulu.

– J-B, tu m'écoutes ? Qu'est-ce que tu en penses ?

demande Annie qui l'interrompt dans sa rêverie, et lui glisse sous les yeux ce qu'elle appelle « sa nouvelle carte ».

En fait de nouvelle carte, il s'agit plutôt d'un menu un peu moins expéditif que le précédent. L'œuf, son aliment de prédilection, se retrouve consacré par un gratin de patates, glorifié par du lard fumé, sanctifié par des saucisses. Elle pousse l'émotion en y proposant des french toasts et des pancakes. Au choix. Un flirt entre petit-déjeuner et dîner. Un joli dessin de pont illustre le propos.

Il remarque ses ongles tartinés de vernis. De plus en plus en décalage avec le décor. Des rides qui se creusent, un pas qui se traîne. Mais toujours en verve, inchavirable, la vieille Annie. Voilà qu'elle s'amuse à faire des projets, à contrôler le gouvernail.

– Je faisais de très bons pancakes à une époque. Remarque, une préparation toute faite pourrait convenir. Et puis si les affaires reprennent vraiment, tu pourrais retourner derrière les fourneaux ? Qu'est-ce que tu en penses ?

Annie l'avait tellement soutenu sans en avoir l'air. « Tu ne vas pas passer l'hiver sous une tente ! J'ai un petit mobil-home vide. Tu me le retapes et je te le loue pas cher. Qu'est-ce que tu en penses ? » Elle l'avait sédentarisé.

« Au fait, j'ai deux sacs d'argile dans mon garage, ça t'intéresse ? » À son arrivée dans le camping, pour exorciser son passé, J-B ne travaillait que la terre locale, celle sous ses pieds. Elle l'avait professionnalisé.

« J'ai ma nièce qui adore ce que tu fais. Elle me rend visite la semaine prochaine. Tu devrais l'inviter. » Pour le recaser, elle avait échoué.

J-B lui sourit avec détachement. Comme à une élève qui aurait bien récité sa leçon. Toujours ce périmètre de sécurité pour ne pas s'attacher. Refuser de se lier. Une armure aseptisée, éthérée pour ne plus jamais souffrir. Pratiquer l'indifférence par opportunisme. Un sport comme un autre pour rester en vie.

Il lui donne un avis expéditif, mais honnête :

– J'aime beaucoup ton dessin. Tu feras au mieux pour les pancakes. Merci pour le numéro. Je peux emprunter ta voiture pour quelques jours ?

– Pour quelques jours ? (Voyant que J-B ne va pas commenter, elle ajoute :) Tu sais que je ne peux rien te refuser.

Puis touchée par cette reconnaissance tardive de son talent artistique, elle remonte ses manches. Comme pour se dire « au travail maintenant ».

Dans le juke-box, Supertramp implore le quidam de donner un petit peu d'amour avec son titre mémorable *Give a Little Bit*. J-B songe à l'époque où, allongé sur son lit chez ses grands-parents, il rêvait d'Amérique en écoutant ce tube. L'Amérique, terre de héros. L'Amérique, terre de promesses. L'Amérique, terre d'opportunités. L'Amérique, terre de grandeur. Combien de Stéphanie, comme lui, en ont rêvé ?

Qu'y a-t-il de pire que la mort ? Ne jamais être retrouvé ? Il va lui montrer, au Paul, que Stéphanie Bertillot existe encore pour quelqu'un.

J-B fourre dans le creux de ses poches le numéro de téléphone et les clés de voiture et sort le dos moins voûté que d'ordinaire.

– M'est avis qu'il mijote quelque chose, le Frenchy, annonce Dan.

Et pour obtenir confirmation de la part d'Annie, il développe :

– Je rêve ou c'est la première fois qu'il demande quelque chose ? Qu'il rentre ici sans ses outils ? D'ailleurs, j'ai pas vu de brouette devant la porte.

Annie récupère sa nouvelle carte, pensive. Ce qu'elle a remarqué, elle, c'est les plis sur le front qui marquent la réflexion. J-B paraissait différent, oui. Plus présent, dirait-elle. Pour quelqu'un ou quelque chose. Il avait eu ce sourire énigmatique quand elle lui avait dit : « Au fait, j'ai repensé à ce que tu m'avais demandé. Je ne sais pas si cela a un rapport, mais en 1998 un homme est venu me poser des questions. C'était un détective privé de Los Angeles, engagé par la famille d'une gamine qui avait disparu. Je ne l'ai jamais vue, cette gosse. »

Une nouvelle petite voix française dans la tête de J-B. Elle le pousse à aller au combat. Lui qui fuit les conflits, les rapports de force, il a pris une décision : il va faire comme le *roadrunner*, grimper sur une branche et gueuler plus fort.

Feuille de route numéro 14

Cher Monsieur Marcel,

J'ai envie d'écrire « Breaking News » pour vous mettre dans le ton de la révélation : Clémentine a pris la décision de nous quitter. L'autre soir, pendant que j'étais dans la salle commune, elle s'en est prise à un drapeau, son goût pour la provocation sans doute, or notre superviseur, un monsieur patibulaire et boudiné dans son polo à l'effigie du parc, a fait un rapport sur son comportement déplacé. « On ne s'enroule pas dans le drapeau des États-Unis pour finir par faire un "striptease" sur une table de pique-nique. Souiller le symbole suprême du pays est un comportement inacceptable. »

Une discussion enflammée dans le bureau des ressources humaines s'en est suivie, car il se trouve que Clémentine, qui n'a pas la langue dans sa poche, a appris dans son école de commerce que tout se négocie. De ce fait, elle ne veut jamais rien concéder. Son entêtement l'a condamnée, elle n'allait surtout pas présenter des excuses, il ne lui restait qu'à partir.

En bonne gardienne de sa moralité, j'aurais dû éviter ce débordement, seulement je me trouvais assise sur un canapé en compagnie du plus fin des garçons que la terre ait jamais porté (enfin à mon humble avis) et que ce dit garçon « me contait fleurette », pour utiliser une expression qui, j'en suis sûre, vous sera familière.

Se soumettre ou partir ? Oui, ce pays, et ces interdictions (il est interdit de fumer également), n'est pas ce que nous imaginions. Le culte de la récompense mis en place par la direction (avec l'employé de la semaine), de la délation (avec cette recommandation sur le planning : aidez-nous à rester efficaces en rapportant qui fait de longues pauses…) n'est pas dans notre culture. La cantine est une fabrique à obèses… Elle a parfaitement raison, Clémentine, mais je n'ai pas les moyens de la suivre au Canada, même hébergée par ses grands-parents, car je dois travailler. Son sens de l'humour va me manquer, va nous manquer à tous.

Pour continuer dans les confidences, j'ai le regret de vous apprendre que l'expatriation rend faible ; preuve en est, Tim est parvenu à franchir les douves, à escalader les fortifications de mon cœur. Le plus pathétique dans tout cela est que, comme cette chère Madame Bovary, que je prenais plaisir à vous lire, désormais je me trouve plus jolie, plus douée, plus mince, plus grande, plus intelligente, je le lis dans ses yeux qui s'intéressent à MOI *! Consternant, je sais, mais il me rend légère, j'en oublie mes complexes physiques et « de classe » comme vous disiez. Quelle claque, cette expression, quand j'en ai pris conscience ! Je me souviens très bien de ce dimanche soir où j'avais décidé de marcher le long de la Marne plutôt que de reprendre tout de suite le RER. Vous m'aviez parlé de capital social et culturel, de la langue des bourgeois. « Il faut lire Bourdieu pour mettre des mots sur cette violence sociale », disiez-vous.*

Grâce, ou à cause, de Tim, j'ai pris de la distance avec tout cela, je dépose les armes, son sourire est une porte qui s'ouvre, je n'envisage plus la vie comme un champ de bataille où il faut affronter, donner le change, singer, trouver sa place. La vie me fait un peu moins peur, disons qu'elle me paraît moins au-dessus de mes forces.

15. « Ils ne savaient pas que c'était impossible, alors ils l'ont fait »

Deux pas en avant. Trois en arrière. Le chantier n'avance pas. Le tunnel numéro 17 reste bloqué à son extrémité. Paul a hâte de traverser ce pont sur une locomotive.

La machine pour niveler le terre-plein doit arriver par rail. Ensuite un ballet d'hélicoptères déposera les matériaux nécessaires à la construction du belvédère. Il connaît déjà les points faibles de la bête. Encore faut-il qu'elle se laisse approcher pour être soignée.

De bon matin, en sautant de la draisine, le téléphone de Paul se met à sonner.

– Tu n'as pas oublié pour l'équipe de télé chinoise ?

Voilà que l'attachée de presse ajoute un poids supplémentaire au sac de contrariétés qu'il se traîne sur les épaules au quotidien.

– Quelle équipe de télé ? C'est les gars du belvédère qui doivent gérer les journalistes.

– Tu n'as pas lu mon mail ? M. Huntington s'intéresse de près au sort des ouvriers chinois durant la construction du chemin de fer. C'est un grand ami de l'ambassadeur de Chine…

– Oui, oui. Il a bien raison. Un Chinois, ça vaut plus cher qu'un Amérindien, et alors ?

– Et alors une équipe est de passage à Los Angeles et se déplace exprès pour parler du projet. Ils veulent des images du pont en exclusivité…

– En exclu… Mais je ne suis pas guide touristique, moi, bordel ! J'ai autre chose à faire que balader tes Chinois !

C'est pire que ça puisque l'accès au pont est impossible. Mais comment lui dire ?

– Tu te débrouilles comme tu veux, mais la date reste la même. Il y a des milliards de dollars à la clé. On a besoin de publicité, tu sais ça ?

« Tu sais ça ? » Mais qu'est-ce qu'elles ont toutes à le prendre pour un demeuré !

Les gars, tout en déchargeant un wagon rempli de traverses de séquoia, observent leur patron faire les cent pas et lever les bras au ciel. Sa voix résonne dans le vide intersidéral qui les entoure. Paul les rejoint en retirant nerveusement son gilet jaune, sa veste, son pull. Quatorze degrés ; il a chaud de plus en plus tôt. Raoul se demande s'il ne va pas finir à poil.

– Tout va bien, Boss ?

Paul s'essuie le front avec sa casquette et leur lance d'un air contrarié :

– Bon, les gars, priorité au tunnel. Il faut que ce soir on soit de l'autre côté. Comme la structure est en parfait état, pas besoin d'étayer. On peut y arriver.

Le célèbre pont n'est plus qu'à portée de tunnel. Les gars grimpent, enthousiastes, sur la locomotive.

– En vérité, c'est faux. Le pont à chevalet en bois le plus long du monde est situé en Inde, leur fait croire très sérieusement Wiki une fois que la troupe s'est rassemblée en grappe à côté de la mini-pelle. C'est le Naguendra

Prassad Parashivamurthy Memorial Bridge, il fait un mètre de plus.

S'ensuit un fou rire incontrôlable de Monsieur Je-sais-tout devant les yeux ronds de ses compagnons de labeur.

À l'avant, dans la cabine, Paul n'est pas dans les mêmes dispositions. Il appuie violemment sur le bouton d'allumage des projecteurs et se laisse avaler par le tunnel. Songeur.

Il repense aux festivités organisées pour célébrer le lancement du projet. Dans le vaste bureau d'Huntington, il l'avait repérée, la petite attachée de presse. Une blonde menue, nez retroussé et taches de rousseur, un peu bêcheuse. Un fan-club, au look de surfeur trentenaire en costume, gravitait autour d'elle. En attendant, c'est lui qui l'avait fait sourire. Ils avaient entrechoqué leurs bières. Cette fille, c'était la candeur personnifiée tant qu'on ne lui parlait pas boulot.

En fin de journée, l'orifice est dégagé. Les études ne se sont pas trompées. Pas d'écroulement de falaise. Juste une quantité de roches amalgamées au fil des ans à évacuer.

La bête qui franchit Providence Canyon les attend tapie dans l'ombre. Encore cent mètres de rails entre elle et eux. Mais il est temps de redescendre vers la vallée et son microcosme de civilisation.

Les gars assis sur la draisine tirent sur leur cigarette en silence. Plus d'énergie pour rien. Seul le cerveau de Wiki fonctionne encore. Il songe à une photo emblématique de 1947 dénichée sur le web. Celle d'une locomotive à vapeur, tirant plusieurs wagons passagers, en arrêt sur le pont. Voyageurs en costume du dimanche accoudés aux rambardes. Minuscules face au vide. Sous leurs pieds, un squelette de bois. Savant édifice qui paraît fragile comme un château en cure-dents. Toujours solide pourtant, un siècle après sa construction. Il est impatient d'aller à sa rencontre. Profiter de ce privilège-là. Emprunter ce morceau d'histoire oublié. Parfois la folie des hommes engendre des miracles. Ce pont, perdu dans cette désolation aride et escarpée, en est un selon lui.

Après avoir déposé ses gars devant leur motel, Paul passe faire le plein. Une station-service à côté de l'autoroute. Il commande un camion de diesel pour la draisine puis traîne à l'intérieur de la boutique afin de prolonger le moment. Pas envie de regagner sa caravane qui respire le veuvage. Un découragement passager qu'il préfère garder pour lui. Loin des assistés du camping qui le considèrent comme Dieu le Père. Leurs espoirs à porter sur son dos. Le poids d'un bison mort. C'est au-dessus de ses forces. Face aux étagères réfrigérées, ses pupilles se dilatent devant des packs de douze. Des Heineken en bouteille, sa marque préférée. Accompagnées de chips, ce sera parfait.

Trente minutes plus tard, il se gare sur les hauteurs du mont Laguna. Une autre vue spectaculaire, accessible en voiture, celle-là. Un promontoire en bois y surplombe le vide. Un endroit à la mode au printemps, avec des bancs pour roucouler à la tombée du jour. Fréquenté par les touristes en hiver. Une berline blanche immatriculée dans l'État de New York disparaît à son arrivée.

Cette fois, il sera raisonnable. Mieux vaut ne pas tenter le sort. La police ne rigole pas avec la conduite en état d'ébriété. Huntington, qui a des yeux et des oreilles partout, n'apprécierait pas d'apprendre la déconfiture de son chef de chantier moisissant au fond d'une cellule de dégrisement. Il va s'en descendre quelques-unes en dos-à-dos avec ce fainéant de soleil qui part se coucher derrière lui.

C'est en tout cas le plan. Jusqu'à ce qu'il descende de son

véhicule, intrigué par la tôle enfoncée du pick-up garé devant l'accès au promontoire. Un beau modèle Mercedes flambant neuf aux jantes chromées.

Un autre beau modèle aux jambes galbées se tient à côté. La journée va peut-être bien se terminer.

Feuille de route numéro 15

Cher Monsieur Marcel,

Ces derniers jours initiatiques m'ont fait repenser à vos récits de vie, votre émoi au retour de la guerre lorsque vous avez revu Marceline, la sœur de votre meilleur ami Pierre, qui lui n'est jamais rentré. Cette première pâtisserie, à la terrasse d'un café dans un Paris en fête, avec sa main douce sur la vôtre pour adoucir la peine. Je n'avais pas de mal à vous reconnaître sur votre photo de mariage, vous conservez toujours cette allure de dandy aux chaussures neuves, ce regard vif, cette confiance dans le vivant.

Je m'aperçois que j'ai de la chance, la vie devant moi. Je soupirais quand vous me disiez ça, la vie pour qui, pour quoi… Pour ma mère, « la vie est une tartine de merde, plus ça va, moins il y a de pain ». Pour vous, elle est un cadeau malgré la souffrance et la maladie. Moi, je suis déterminée à user mes semelles jusqu'à la corde, à ouvrir grands mes yeux sur le monde, pendant qu'il me reste du pain.

Mon amoureux, qui est véhiculé, m'a invitée dans un lieu spectaculaire pour Los Angeles : une boulangerie française. Lui s'est laissé tenter par un gâteau au chocolat, moi par une tartelette aux abricots, quinze dollars avec la taxe ! Soit trois heures de labeur, soixante-douze francs, enfin passons. Servi sur une petite table de bistrot posée sur un trottoir bordé de palmiers, mon dôme aux abricots avait la douceur de ses lèvres.

Est-ce qu'aimer l'autre c'est s'émerveiller qu'il existe ? L'écouter, le regarder, le respirer, le caresser, ne plus vouloir le quitter, me voilà enchaînée volontaire, comme c'est avilissant. En même temps, la terre tremble sous mes pieds, j'ai l'impression de sombrer dans un inconnu à la fois divin et diabolique, car la séparation est inévitable. Pourquoi, encore une fois, je complique les choses à trop réfléchir ? Je devrais me laisser porter par ce nouveau sentiment plutôt que de me projeter contre un mur.

Vous allez rire, je connais maintenant l'explication à mon surnom « Wendy ». La chaîne de restauration rapide Wendy's a pour effigie une fille aux cheveux rouges avec couettes et taches de rousseur, Truman me perçoit donc comme une petite fermière qui sourit de toutes ses dents devant un burger, une fille au pouvoir d'attraction sans fin, devant laquelle aucun cornet de frites ne résiste.

Je dois vous laisser, à cet instant, le bonheur m'appelle et je compte bien répondre présente, il a le goût du chocolat.

16. Et Dieu créa la flamme

Paul croit à une apparition. Perdue dans ce jardin d'Éden, sa silhouette illumine le parking. Des oiseaux, une symphonie aviaire en mode majeur, célèbrent la tombée du jour. Ils font mine de s'élancer vers le désert puis reviennent sagement se poser sur un arbre. La dernière femme, le dernier homme. À des miles à la ronde. Elle et lui. C'est une évidence pour Paul. Un signe du destin. Il réajuste sa casquette, pense à son aspect vestimentaire, mais ça ne l'arrête pas. Faudra qu'elle fasse avec. Démarche chaloupée de parade nuptiale, il s'avance vers le sexe faible.

Port de tête altier, dos droit, elle se tient assise sur une chaise pliante. Un sourire gêné s'affiche sur son visage lorsque Paul croise son regard. Un panneau À VENDRE est accroché à l'arrière de son camion. À ses pieds, deux cartons. L'un de livres, bijoux, sacs, l'autre de vêtements. Elle se masse les mains comme pour se donner une contenance.

Un « bonsoir » suave, un peu timide l'interpelle. Le ton de la voix ne fait que confirmer le coup de foudre. Chevelure de Walkyrie jusqu'aux épaules. La première femme et le premier homme, plutôt. Il salive de plaisir à l'idée de croquer dans la pomme. Une pomme à l'odeur de pin.

Pour évaluer un âge, il a une technique imparable. Une

carrosserie, même passée au banc, conserve des petits secrets. Des rayures dans le cou, impossibles à camoufler sous la peinture. Des taches de rouille sur les mains.

Verdict : la quarantaine. Deuxième moitié, dirait-il.

Le bel âge. Toujours de la puissance sous le capot. Moins jolies, mais encore belles, selon lui.

Chemise à carreaux entrouverte, manches relevées qui laissent apparaître des attaches fines. Des jambes qui lui semblent interminables. Un regard d'Ève égarée en bottes de cow-boy. Le genre de nana qu'il rencontre habituellement dans des bars « country », sauf qu'elle n'a pas l'air en toc. Peu de bijoux, quasiment pas de maquillage. À vue de nez, une « *low maintenance* » qui ne nécessite pas beaucoup d'efforts à séduire et à garder. Exactement le type de pépée que ses finances lui permettent.

– Jolie soirée, n'est-ce pas ? Comment allez-vous, aujourd'hui ? lui demande Paul, pour qui vendre ses fringues à côté de sa voiture emboutie semble parfaitement normal.

– Je vais bien et vous ? lui répond la Walkyrie, pour qui la finesse d'une entrée en matière n'est vraisemblablement pas un critère de sélection.

Elle ajoute, avec un charmant accent du Midwest :

– Vous n'auriez pas besoin d'un petit quelque chose par hasard ? Je dois me séparer de certaines de mes affaires…

Paul grimace un sourire gêné, incapable d'articuler. Elle lui a mangé la langue et commence tout juste à lui grignoter le cœur. Sonné, le gars, comme un boxeur qui se serait pris deux maxi-uppercuts.

– Des bijoux pour votre épouse, peut-être ? Ou pour un cadeau ?

La désespérée essaie vainement de lui refiler sa camelote. En baissant les yeux sur ses cartons, Paul aperçoit son entre-seins. Un verger de promesses dans son décolleté. Des pommes à la chair ferme au goût acidulé. De quoi pousser n'importe qui à la cueillette.

Il retire sa casquette pour se gratter la tête.

– Je ne veux pas me mêler de ce qui ne me regarde pas, mais c'est à cause de votre pick-up ? Les frais de réparation ?

La jeune femme pique du nez, faisant disparaître ses yeux tristes derrière une paire de lunettes noires. Pour cacher le trop-plein d'émotions.

– Je suis désolé. Je ne me suis pas présenté. Moi, c'est Paul. Paul Carter. Je ne veux surtout pas vous importuner avec mes questions.

Il lui tend une main ferme et chaude pour la rassurer. Elle déplie son corps pour être à sa hauteur :

– Moi, c'est Julia. Julia Davis. Vous ne m'importunez pas. C'est juste que… enfin, je suis dans une situation difficile.

Quel grand malheur a pu frapper cette mystérieuse, digne et belle inconnue ? Paul se baisse pour masquer son émoi et se met à fouiller dans les deux cartons. Cherchant désespérément quelque chose à acheter pour lui venir en aide.

– Combien pour le tout ? Enfin, je veux dire…

Il regrette immédiatement ses paroles. Que va-t-elle imaginer ?

– Ne vous inquiétez pas, j'allais partir de toute façon. Demain est un autre jour comme on dit, n'est-ce pas !

Le soleil vient de se noyer dans une mer de pins ponderosa. La fraîcheur de l'air charrie des odeurs de caramel et de vanille en provenance de la forêt. Julia frissonne. Elle commence à remballer sa camelote.

Paul, à court d'idées, fouille dans son portefeuille.

– Prenez déjà ça.

Et il sort cinq billets de cent dollars – la moitié du montant à payer en liquide pour la livraison de carburant pour la draisine.

– Oh non, je suis tellement gênée.

– Prenez, prenez, vous en avez plus besoin que moi.

Il lui attrape un bras pour lui glisser les billets dans la main. Il imagine déjà ses mains douces courir sur ses fesses.

Il fait mine de partir et revient avec des munitions. Le ciel au-dessus de leurs têtes va bientôt se transformer en planétarium. La nuit, comme un gardien de phare, y allumera peu à peu les étoiles. Plus romanesque comme décor dans le coin, il n'y a pas.

– Est-ce que je peux vous offrir une bière ? J'ai réservé la meilleure table.

Julia accepte en souriant devant les trois tubes de Pringles qu'il a glissés sous son biceps.

Assis sur un banc en bois qui fait face au précipice, ils échangent toute la soirée. Surtout Paul, qui lui sort son numéro sur les constellations. Le pack de Heineken y passe au complet. Les chips aussi.

Quand Paul regagne le camping sous une voûte constellée d'étoiles, il est comme sous l'emprise d'un gaz hallucinogène, la route semble s'envoler dans la stratosphère. Il voudrait conduire toute la nuit, avec les phares de Julia dans son rétroviseur. Il existe pour quelqu'un. Elle lui a d'abord laissé son numéro, puis au dernier moment a choisi de le suivre jusque chez lui.

Petit arrêt poli dans le coin salon en cuir blanc design et sa table basse en bois pétrifié qui fait toujours son effet, puis direction la chambre d'amis. Paul disparaît un instant et revient avec des serviettes propres. Elle le débarrasse pour mieux l'attirer vers elle en lui prenant les mains avec tendresse. Lui caresse les poignets, s'attarde sur sa montre, lui pose la main sur la joue. Elle le fixe avec intensité puis niche son visage dans son cou, le serre très fort. Paul se laisse faire, bouleversé par cette histoire sans paroles. Ce petit animal blessé qui cherche l'affection, la chaleur d'un autre. C'est divin.

Ses mains, ardentes de désir, explorent les courbes de ce corps inconnu. Il hume l'odeur de sa crinière, éprouve la douceur de son épiderme, la chaleur de ses seins contre son torse. S'ensuit un embrasement, une réaction nucléaire – Hiroshima dans son corps. Mais Paul parvient à contrôler ses circuits de refroidissement. Il pense « volupté, volupté, volupté » et cherche sa bouche timidement. Il comprend qu'elle ne la lui donnera pas.

Elle lui glisse un chaste « bonne nuit, Paul, je suis épuisée » dans l'oreille et se dégage de son étreinte.

Paul se couche, radioactif. Le cœur en flammes. Prêt à se damner pour la posséder. Son ange occupe sa tête et son corps. Julia n'a rien fait pour le séduire et c'est exactement ce qu'il a apprécié.

Comme un ado de quinze ans, il cherche son nom dans la liste de ses contacts. Julia Davis : émoticône cœur transpercé d'une flèche. Effacer. Émoticône cœur sans flèche. Effacer. Émoticône visage de chat éperdu d'amour. Effacer. Émoticône bague. La bague, à défaut d'avoir trouvé un lasso.

Ce soir-là, le plafond de sa caravane se pare de tons rouges et or. Une fresque, pareille à la voûte d'un édifice religieux, représente Julia à moitié dénudée, culotte de coton blanc et bottes en cuir de vachette, dans des positions de domination. Il s'endort sur le dos, en étoile de mer, son téléphone à la main. Dans sa chapelle Sextine, il la désire en pensée. Trop imbibé pour se toucher.

Le lendemain, Paul crève d'envie de rester là, pour la

regarder dormir, et plus si affinités. Au lieu de ça, il lui laisse un mot sur la table et sort sans faire de bruit.

« Mon chantier n'attend pas. Désolé. Hâte de te revoir. Il y a du poulet dans le frigo. Je te laisse ma montre, une partie de moi… Paul xxx. »

Ma très chère Stéphanie,

Je me suis permis de demander votre adresse à votre maman. J'espère que ma lettre ne vous paraîtra pas déplacée. Loin de moi l'idée de jeter un voile de contrariété sur votre, sans doute extraordinaire, expérience à l'étranger.

Avec Marceline nous parlons souvent de vous. Parfois, elle se souvient de cette jeune femme qui lisait si bien à voix haute. En mettant le ton et les intonations. Sa maladie progresse à petits pas, comme la mort dans cette maison. Mais je ne me plains pas. « J'ai fait mon temps. La mort ne surprend pas le sage, il est toujours prêt à partir », comme disait Jean de La Fontaine.

Ma fille aînée s'est mis en tête de trouver la perle rare capable de vous remplacer. Je n'y tiens pas vraiment. Il me semble difficile de tomber à nouveau sur un joyau qui s'ignore. Prendre plaisir à le voir se polir, l'écouter se transformer. Une gemme qui touche le cœur des vieux hommes.

Pour le moment, nous accueillons Jacqueline. Une amie hypocondriaque de ma fille, qui passe la semaine dans les salles d'attente de professionnels du corps médical et les samedis et dimanches après-midi chez nous. Jacqueline est une inconditionnelle du magazine Gala *et adoratrice des émissions de Jacques Martin du dimanche après-midi. Elle me serine avec des imbécillités ordinaires que l'on réserve aux petits enfants : « Vous allez prendre froid, vous allez vous faire mal, vous allez vous fatiguer… » M'emballe comme un œuf de Pâques pour chaque sortie. En clair, elle me casse les pieds, mais son caquetage incessant dissuade Marceline de décrocher le combiné. Mes filles ont donc pour le moment la paix.*

Avant Jacqueline, nous avons rencontré Manuel, le fils de notre femme de ménage. Un gentil garçon, bon lecteur, mais qui trépignait en regardant la pendule de la salle à manger à chaque nouvelle page. Il n'est pas revenu. « L'odeur, la chaleur… c'est triste pour un jeune, chez vous, monsieur Méliès. Mon fils, il a du mal. »

Voilà les nouvelles du 47 de la rue Clemenceau. La ville se vide en cette fin juillet. Je parviens à marcher jusqu'au quatrième platane, désormais. Vos joyeux encouragements me portent encore.

Je me disais que peut-être, si vous avez un court moment à vous pendant les vacances de Noël, vous pourriez nous rendre visite. Je me doute que votre emploi du temps sera très chargé. D'autant que vous n'avez pas « le bon bac » pour la filière et qu'il vous faudra certainement vous remettre à niveau. Vous me l'avez assez répété.

Cette volonté de réussir, vous l'avez. La rage est un moteur. Attention à ne pas la laisser vous dévorer.

Affectueusement,
Marcel

Post-scriptum : Ces timbres de Coupe du monde sont affreux, mais nous en sommes inondés.

17. L'histoire de Julia

Sur Santa Monica, un homme-sandwich barbu à l'air désabusé tentait d'amadouer des touristes : un dollar la blague, deux si vous en rigolez. Devant une boutique de lingerie, une jolie fille tortillait de l'arrière-train dans son costume de lapin rose. Julia, au look particulier, passa inaperçue sur le trottoir. Ils étaient des milliers à courir les castings au milieu du bruit et de la pollution. À tenter de se faire remarquer pour basculer de l'autre côté du miroir. Miroir qui piège les alouettes en mal de paillettes et de célébrité. Un pied dans la réalité avec un job alimentaire, l'autre sur un barreau d'échelle pour décrocher la lune.

Elle renonça à passer chez Phil's, son repaire préféré après chaque essai. Pas question d'entendre ses : « Bah alors, ma chérie ! On ne te voit plus ? Qu'est-ce que tu deviens ? » Elle ne devenait plus grand-chose. Même si des rôles secondaires lui avaient conféré une microscopique célébrité. Passé la quarantaine, elle avait entamé une nouvelle carrière : celle d'un yaourt périmé. Date limite de fraîcheur dépassée. Plus personne n'en voulait. Quand, ô miracle, un rôle se présentait, il avait le charisme du petit-suisse sans son enveloppe en papier. Elle avait déjà trafiqué le compteur depuis quelques années. *Forever 42*. Mais en réalité, la cinquantaine lui pendait aux seins. Refaits, mais tout de même.

En sortant des bureaux de la production, elle balança dans son coffre ses bottes de cow-boy achetées pour l'occasion, retira sa chemise à carreaux et se tartina les lèvres et les ongles de gloss et paillettes. Débardeur noir et bas du jean roulé au niveau des chevilles, talons hauts. En piste. Prête pour son autre métier, celui d'agent immobilier à temps partiel. Métier pour lequel ses talents de comédienne n'étaient plus à démontrer.

Le soir même, elle reçut un appel du réalisateur en personne. Son agent l'avait prévenue, mais elle n'y croyait pas. Elle avait décroché le rôle principal. Un drame passionnel avec Russell Crowe. Un genre de *Sur la route de Madison* avec des rôles inversés. Le personnage féminin fuyait son passé à bord d'une voiture cabossée. Sur une aire d'autoroute, elle faisait la connaissance de l'acteur, en surpoids et dépressif pour ce rôle. Une histoire d'amour qui partait en sucette en raison des addictions respectives des protagonistes.

Julia aurait tourné n'importe quel navet avec lui. Même un remake de *Y a-t-il un pilote dans l'avion ?* La grande et pourtant méconnue Julia Williams allait enfin crever l'écran. Elle prenait des poses devant son miroir en prévision du shooting photo pour l'affiche. Russell Crowe semblait adorable. Chez le coiffeur de sa mère, dans l'Indiana, on racontait déjà qu'elle toucherait plus que lui.

Seulement, avant de finaliser et de rendre public le tournage, l'un des producteurs s'était mis à transpirer à grosses gouttes. Il doutait. Le comédien en surpoids serait-il encore *bankable* ? Surtout face à une Julia Williams tout juste sortie de son placard et abonnée aux personnages de second plan. Alors qu'au bras d'une Scarlett Johansson aux trente-cinq printemps, tous les espoirs étaient permis. Le réalisateur n'avait pas eu d'autre choix que de renoncer à « la sincérité » du jeu de Julia et à sa « forte personnalité ».

Le yaourt passait par la fenêtre. Même pas incorporé à la préparation, puisque c'était la belle-mère du scénariste qui avait décroché le second rôle féminin.

En raccrochant le téléphone, elle était tombée en arrière sur son divan. L'impression de basculer dans un monde en noir et blanc. Le soleil perpétuel de L.A. n'allait plus suffire à colorer sa vie. Parce que mine de rien, elle espérait toujours. On venait de lui arracher l'Oscar des mains. La machine hollywoodienne recrachait les rides et les ménopausées. Persister pour quoi faire, y croire encore combien de temps ? Le père Noël n'existait pas et la mère Noël ne serait jamais en tête d'affiche. Ça, c'était la réalité.

Qu'aurait fait Bette Davis, son idole ? Un scandale, assurément. Elle aurait hurlé au sexisme, se serait battue pour ce rôle principal féministe. Un rôle fort, sans maquillage, le deuxième sexe qui prend le pouvoir. Pas un trophée, pas un sex-symbol. Plus âgée que le personnage masculin. Un plaidoyer contre les stéréotypes.

À la place, Julia avait descendu plusieurs pots de crème glacée. N'est pas Bette Davis qui veut. Ensuite elle avait pris de la hauteur, en regardant en bas de chez elle, depuis son balcon au quinzième étage. Tentation de sauter. La blessure narcissique était profonde. Elle risquait bien de s'y noyer.

Dans la piscine de la résidence, des enfants se chamaillaient. Des vieux sirotaient des cocktails, des plus jeunes nageaient. Le plus beau rôle de sa carrière, elle pouvait encore l'obtenir. En bas, dans la vraie vie. Il suffisait de s'arranger un peu avec la réalité. Elle serait Julia Davis, en hommage à Bette et Geena.

Elle troqua son SUV contre un pick-up. Demanda à un ami accessoiriste et cariste de lui emboutir la portière. Dieu seul savait ce qui l'attendait au bout du chemin. Mais avant d'y arriver, elle avait décidé de leur faire payer, aux hommes. Au sens propre comme au figuré.

Avec l'inertie d'une boule lancée à pleine vitesse dans un jeu de quilles, Julia Davis comptait enchaîner les *strikes*.

Elle était comme Paul. En apparence tout allait bien. Mais elle savait l'énergie que ça demandait au quotidien de sourire, de se tenir droite pour faire bonne figure, de faire semblant malgré les problèmes d'argent. La solitude existentielle et le corps qui commence à trahir.

Jus de tomate, yaourt et rock'n'roll.

En liberté derrière son volant, loin de l'hypocrisie ambiante dans le milieu du show-biz, elle avait adopté la même vision binaire du monde que son premier mari, pilote de ligne : « La vie, ma chérie, c'est comme dans une compagnie aérienne, il y a les rampants et les volants. Faut s'arranger pour être dans la bonne catégorie. » Elle avait choisi son camp sans états d'âme. Et depuis, c'était du napalm dans les cœurs qu'elle balançait depuis son pick-up volant.

Le coup de la dame en détresse fonctionnait plutôt bien. Petite chose fragile et sans défense. Elle en était à sa quatrième descente dans un magasin de vêtements d'occasion pour refaire son stock. La générosité de certaines personnes l'agaçait souvent. Trop faciles à plumer. Pas assez de défi, de manipulations psychologiques.

Son plus grand plaisir consistait à pister sa proie. Ce moment singulier, presque animal, où elle la repérait, la collait au plafond. Lorsque, tous ses sens en alerte, elle devinait l'attirance charnelle. Le jeu de la séduction pouvait commencer. Son discours s'adaptait au client. Toujours profil bas, une attitude inoffensive et maladroite pour ne pas éveiller les soupçons. Un peu chétive, assise, puis grave et digne une fois debout. Il ne s'agissait pas de charité. Le panneau « *Help* » au coin d'un feu de signalisation ne marchait plus depuis longtemps. Beaucoup trop rentre-dedans. Presque agressif et culpabilisant pour l'inconscient. Si tu donnes, ce n'est pas assez. Si tu ne donnes pas, tu es un salaud. Avec sa technique, elle réinventait le scénario. Il s'agissait de créer du lien. D'être en connexion avec un être humain.

Elle y mettait du cœur et du corps à l'ouvrage, mais, *ô God*, que c'était jouissif ! Une prédatrice qui inversait les rôles : je te séduis, je te jette et tu t'en souviendras.

Avant Paul, il y avait eu Douglas. Sur une place de stationnement de supermarché, Doug, pourtant accompagné de sa régulière, l'avait abordée. Une heure plus tard, il était revenu, seul. Planté devant son petit bazar à vendre. « Coup de foudre », avait-il dit. « Il faut qu'on se revoie absolument. » Il allait payer pour les autres. Entre les biceps de Doug, la brebis avait trouvé refuge et dédommagements. Après quelques jours, elle s'était métamorphosée en loup. Avant de quitter la ville, elle avait posté une enveloppe. Des photos de son amant adressées à sa petite famille. Des cendres, des larmes, des regrets. Une vraie dérouillée. Ça sentait le gazole et l'herbe brûlée après son passage.

Paul et son histoire de vie l'avaient touchée. Elle avait joué au psy toute la soirée. Très autocentré, le garçon, mais généreux. Un oreiller sur lequel elle aurait pu, un temps, endormir sa vendetta. Elle avait préféré n'être qu'une lame froide. Une Jézabel coupable, qui savait que le désir inassouvi et l'humiliation allaient le marquer au fer rouge.

« Je suis une belle salope », s'était-elle dit chez Paul en croisant son reflet dans une porte-miroir le lendemain matin. Et elle avait souri, car ça la rendait belle. Selfie (egoportrait) pour immortaliser le moment. Avec bouche en cul de poule, une hanche balancée en avant. Le malheur des autres lui rendait la frivolité et l'insouciance de ses vingt ans. Elle pensa à Paul. Debout sur sa draisine ; il se serait trouvé sublime face à son image. Cette histoire de pont lui montait à la tête, gonflait son ego à l'hélium. Sa « responsabilité à l'égard de la communauté ».

Chacun son scénario. « *Sorry, baby*. Pas de rôle principal masculin dans le mien. »

Elle avait tourné la clé de son pick-up. À son poignet, la rose des vents de Paul reflétait la lumière comme un kaléidoscope. Un courant d'air chargé de musc l'emporterait vers l'est. « Arizona, me voilà ! » Un dollar la blague, deux si vous en rigolez. Elle allait en avoir, des histoires drôles à raconter.

Feuille de route numéro 16

Cher Monsieur Marcel,

Merci mille fois pour votre lettre, quel bonheur d'avoir de vos nouvelles ! Je ne pensais pas incarner pour vous la « référence » en matière de dame de compagnie. J'ai adoré tromper ma solitude dans votre bibliothèque, d'autant plus que j'avais le choix du roman. J'avoue avoir volontairement renoncé aux Mémoires d'outre-tombe *après le premier tome. Être payée pour caresser des couvertures rigides, lire ou écouter vos anecdotes qui commençaient par « dites-moi si je radote » alors qu'en vérité, malgré vos soixante-treize printemps, vous ne radotiez pas tant que cela, non, vraiment, j'ai adoré. Pourtant Dieu sait combien j'ai été impressionnée le premier jour de découvrir autant de livres chez un particulier. Je me souviens de votre boutade pour me mettre à l'aise : « Je ne suis qu'un modeste collectionneur. »*

Je me suis empressée de vous répondre par courrier ce matin, il m'est impossible de résumer ce que je vis en une lettre, mais j'espère bien trouver du temps pour vous rendre visite, au moins pour vous remettre ce carnet. J'ai pris goût à cet exercice littéraire et pour tout vous dire, depuis notre rencontre, je consigne déjà dans un cahier, que j'ai baptisé pompeusement

« Cahier de culture », pour partie votre érudition et pour une autre mes états d'âme, à relire plus tard, afin de me souvenir de qui j'étais vraiment cet été 1998. L'année où j'ai décidé de poursuivre des études supérieures, c'est-à-dire de « péter plus haut que son cul », comme dirait mon beau-père. Vous riez, j'en suis sûre, en entendant cela et j'aimerais être une petite souris pour voir la tête de votre dame de compagnie.

Pour en revenir à ma vie de couple (aux grandes émotions, les grands mots), Tim et moi ne nous quittons quasiment pas. Les journées nous astiquons ensemble robinets et baignoires, ce qui nous rend doublement productifs, et les nuits, sa voiture nous sert de refuge. Au volant de sa familiale, Tim a l'air d'un adolescent en fugue avec son duvet au menton. Il serait faux de prétendre que je ne l'avais pas remarqué, il dénotait par son calme, sa coupe de cheveux d'enfant sage, son allure un peu guindée comme s'il sortait d'un film des années trente. Avec sa peau très claire et ses joues rouges, je l'avais classé dans la catégorie « fils à maman », une sorte de Heidi élevée au grand air de la montagne, trop souriant pour être intelligent, trop sportif pour s'intéresser à autre chose qu'à un chronomètre. À première vue, la rencontre était impossible et de toute façon inintéressante, d'autant plus qu'il était membre de la bande dissidente partie explorer le Grand Canyon et, pire, il semblait beaucoup apprécier Sharon, il faut bien le dire d'ailleurs, comme tous les garçons.

C'était sans compter sur son sens de l'humour, son clignement d'œil intempestif que je trouve charmant. Les apparences sont parfois trompeuses : Tim n'est pas le capitaine de l'équipe de foot de lycée que j'imaginais : avec un ballon au pied, il est tout aussi maladroit que moi.

Mais alors ? Vous trépignez d'impatience, enfin je l'espère, d'apprendre comment nos destins se sont télescopés, car il s'agit bien de cela. Sans Tim, je serais peut-être encore coincée dans cette gigantesque panière. Comme je vous l'ai déjà raconté, tous les jours en fin de journée, je dépose à la lingerie un ballot de serviettes et de draps sales… Ce soir-là, Sharon, encore elle, fêtait son anniversaire. Le lieu résonnait de musique et de chahut, et chaque nouveau visiteur se retrouvait happé par des dizaines de mains pour être balancé dans un immense bac de linge. Très drôle, je dois l'avouer, jusqu'au moment où toute cette fine équipe a décidé de lever le camp, me laissant me débattre dans une purée de tissus. Mes deux avant-bras en appui sur le bord, musclés comme des barbes à papa, étaient incapables de me sortir de ce pétrin. Mes « wait for me » (attendez-moi) n'ayant aucun effet, je dus me résoudre à un autre genre d'incantation. J'en étais à mon troisième « help me » (aidez-moi) quand Tim est apparu devant moi.

La suite au prochain épisode, car malheureusement je n'ai plus trop de temps maintenant.

18. Demande, et tu recevras

Pendant que Paul, enamouré, perché sur un nuage rose, se pense invincible, J-B échafaude des plans.

Il suffirait d'une barre à mine pour causer des dommages sur la voie. Pénétrer chaque nuit sur le chantier pour faire un carnage. Convaincre de réticents rochers de lui donner un coup de main. Réparer ce vieux pont à coups de masse. Des frappes bien senties ici ou là. Pour évacuer rancœur et colère dans la transpiration. Comme lorsque, enfant, il imaginait casser la gueule à sa grand-mère, en caillassant des bouteilles dans la décharge derrière chez lui.

L'idée paraît simple, mais sa mise en pratique beaucoup moins. Le principal problème concerne l'accessibilité. À pied, il faut marcher pendant des heures en suivant la voie à partir du côté est. Pas pratique avec des outils. En voiture, seules deux routes primitives y conduisent. Cinq miles minimum à se faire secouer sur un chemin de sable, bosses et trous jusqu'à une gorge inhospitalière. Cinq miles à croiser d'autres chemins tout aussi accueillants. Sans aucun panneau ni point de repère. Alors qu'un cactus peut en cacher un autre. Seuls les véhicules quatre roues motrices s'y risquent parfois. Et quelques doux rêveurs un peu naïfs. Comme J-B et sa Jo qui s'étaient obstinés à s'enfoncer sur le chemin avec leur modeste voiture blanche. Le bas de caisse s'était enlisé. Pour corser la situation, le thermomètre affichait 40 °C à l'ombre. La collecte de pierres pour se désensabler leur avait pris deux heures. Rouge pivoine et en sueur, le retour sur le macadam brûlant avait été un soulagement. Ils en avaient rigolé sous la tente, mais n'avaient jamais réitéré l'expérience.

Le vieux clou d'Annie ne passera pas non plus. De plus, rien ne permet de penser que Paul changera d'idée, même en cas de dégradations sur son chantier. Il doit frapper plus fort encore. Le toucher lui, personnellement. Le placer devant ses responsabilités.

Paul s'est trahi en évoquant le corps momifié. Si Stéphanie elle-même réclame justice, si l'affaire menace de provoquer un scandale médiatique, il sera disposé à écouter. Du peu qu'en a découvert J-B, Internet peut être un précieux allié.

Pour cela, il a besoin d'aide. Une aide extérieure. En prendre conscience, c'est bien. Encore faut-il qu'il trouve le courage de la demander, cette aide. « Mais demande ! Les gens adorent rendre service », lui disait souvent Jo. Elle avait fréquemment raison.

« Elle n'avait qu'à mourir dans son pays, ta Stéphanie ! » La brutalité de cette phrase lui donne de la volonté. J-B empoigne son téléphone pour joindre la jeune Gabriela. Pas de veine, le numéro n'est plus attribué. Reste Andy, son père. J-B zigzague entre carcasses de motos désossées, bidons d'huile, outils éparpillés et une bâche crasseuse qui attend la prochaine pluie. Derrière ce garage à ciel ouvert se tient le mobil-home de son voisin, où des cadavres de canettes de bière balisent l'entrée.

J-B s'annonce avant de frapper à la porte. Celle-ci s'ouvre sur une forte odeur de cendres froides et sur Andy. Jean et chemise noire, gilet en cuir, il cultive son look de biker. Officiellement mécano, même si jamais rien ne ressort en état de marche de son capharnaüm. Il y a de quoi s'interroger sur les vies antérieures de ce petit bonhomme rond qui deale du fentanyl. Peut-être a-t-il été fleuriste tant il vénère les roses tatouées sur sa poitrine. Sur son avant-bras, un « Mommy » se noie dans un paysage champêtre. Le O symbolise le soleil couchant et le Y une mouette délicate. Sa voix, aiguë, ne colle pas non plus avec le personnage.

– Et qu'est-ce que tu lui veux, à ma fille ?

C'est dans ces moments-là qu'il faut bien s'entendre avec ses voisins, songe J-B. Or ils ne se sont plus adressé la parole depuis la « *graduation* » de sa fille quatre ans plus tôt. Mis à part des bonjours-bonsoirs diplomatiques. Un panneau CONGRATS CLASS 2016 pourrit dans un coin. Elle a tellement bien fait de se tirer de là, Gabriela.

– Je voulais prendre de ses nouvelles.

– Elle continue ses études et travaille à Los Angeles dans un supermarché. Elle est très occupée.

Le tatoué rentre dans son mobil-home. J-B l'entend fouiller dans le frigo.

– Elle est douée, ma gosse. Tu veux une bière ? Tiens.

Il lui tend d'office une Budweiser et disparaît à nouveau.

– Heu, le matin, je suis plutôt café, lui crie J-B.

– Viens t'asseoir, on va causer tous les deux.

Il lui balance un plaid crasseux, s'affale sur un des deux larges fauteuils Adirondack au plastique décoloré qui trônent devant sa porte.

– Je vais t'en donner, moi, de ses nouvelles !

Son sourire narquois lui signifie que la pause bière sera le prix à payer pour obtenir ce foutu numéro.

Yeux mi-clos et voix geignarde, il lui déballe ses malheurs. Pourtant tout le monde sait pour Andy : ses combines et sa pile de cash. Le fait est qu'il crève de solitude depuis le départ de sa dernière copine pour la Cité des Anges. Leurs genoux se touchent presque. Cette promiscuité crée de plus en plus de gêne chez J-B qui ramasse ses deux jambes à l'opposé de son interlocuteur. Après un monologue d'une bonne vingtaine de minutes, Andy lui lâche enfin une information utile :

– Plus personne ne répond au téléphone maintenant, surtout les jeunes. Balance-lui un email, ça lui fera plaisir. Elle t'aime bien, tu sais. Il était super, son film de fin d'année. Elle n'aurait pas eu toutes ces idées sans toi.

– Elle aurait pensé à autre chose, j'en suis sûr. Et donc, je lui écris comment ?

– Elle est chez Gmail. Gabrieladotsanchezatgmaildotcom.

Pour ne pas passer pour un lapin de six semaines, J-B ne relève pas. Cette formule incantatoire comprend prénom, nom et jmel ou gmel. Miss Rosa résoudra le mystère, à n'en pas douter.

Trois heures plus tard, il se crée une adresse mail, couvé du regard ému et maternel de la bibliothécaire. Il va lui falloir impérativement un smartphone pour consulter ses réponses. Pas question pour autant d'en acheter un neuf. Miss Rosa, préposée à la culture de Morena et un peu assistante sociale sur les bords, essaye de lui refiler un de ces Obama Phone. Le genre « déclare tes revenus et signe là pour obtenir un téléphone et un abonnement gratuit ». Même s'il correspond aux critères d'admissibilité, J-B préfère échapper à toute vigilance étatique. Même si la moitié du camping en a un dans les mains – l'autre moitié c'est un verre.

Il refuse toute béquille. À bout d'arguments, elle lui dégotte un téléphone d'occasion sur eBay, à moins de quarante-cinq minutes de voiture.

Il a droit à un coaching du préposé de la poste lorsque celui-ci lui installe la puce de sa carte prépayée. Voilà, « *easy peasy !* » lui annonce-t-il. J-B sort de ses poches son bon vieux téléphone à clapet.

– Ah d'accord, je comprends... Pas si fastoche que ça.

– Avec ce genre d'appareil, je peux prendre des photos, il paraît ?

Sourire enfantin sur les lèvres, son interlocuteur, enthousiaste, passe de l'autre côté du comptoir. Comme il est son seul client, J-B a droit à une formation plus approfondie. Lunettes sans prescription sur le bout du nez, il tente de mémoriser ce qui va lui être le plus utile dans les heures à venir, comme envoyer des photos dans un courriel, par exemple.

Après de nombreux « putain », les doigts de J-B parviennent enfin à dompter la bête et s'adaptent avec patience à sa sensibilité tactile.

Bientôt, sa messagerie téléphonique se remplit de bonjours de bienvenue et de toutes sortes d'offres dont il n'a que faire. Comment trouver la fonction « allez tous vous faire foutre » ? Existe-t-elle vraiment d'ailleurs ?

Et si Gabriela ne lui répondait pas ? Le message lui a bien été délivré. Miss Rosa le lui confirme. La jeune étudiante cumule heures de cours dans un Community College et mi-temps dans un Walmart, elle a autre chose à faire que lui répondre. Il va devoir être patient. Elle seule saura convaincre Paul de changer d'attitude.

Sa radio interne fonctionne de nouveau à plein tube. Aspirant toute son énergie physique. Plus de patinage, plus d'endorphine, plus de céramique ni de méditation, plus de dopamine. Immobile, son mental ne fait que le torturer. Son corps à l'arrêt devient rhumatisant. Il en a conscience, mais est incapable de retrouver cet état de flot de sa vie d'avant.

En fin de soirée, il consulte fébrile son nouveau doudou dans l'espoir d'une réponse.

Pendant que Paul se croit au septième ciel, J-B se roule dans la fange du progrès, sautant à pieds joints dans le 21e siècle. Tout ça pour les beaux mots d'une inconnue.

Feuille de route numéro 17

Cher Monsieur Marcel,

Promis, je ne compte pas vous rebattre les oreilles avec ma « love story », mais pour terminer sur ma rencontre avec Tim, disons que son arrivée dans la lingerie a été l'élément déclencheur. J'ai découvert que « Heidi descendue des montagnes » se souciait du reste du monde et qu'il avait de l'humour. « Tu peux sortir, on ne t'a pas trouvée. C'est toi qui as gagné ! » m'a-t-il dit, le plus sérieusement du monde. Quand ses yeux rieurs se sont penchés au-dessus de moi, honte et colère avaient disparu. Je me suis bien gardée de le montrer, mais une digue avait cédé, j'avoue avoir imaginé poser mes lèvres sur les siennes, mais la réalité m'a très vite rattrapée ; en France, je suis abonnée aux lourdauds, eux seuls espèrent quelque chose d'une costaude. Or, le soir d'après, dans la salle commune, je me suis retrouvée dans ses bras pour danser un slow. Ce n'était pas mon premier slow avec un garçon, je vous rassure, mais dans le cas présent nous étions seuls au monde, nos pieds ne touchaient plus terre. Cyndi Lauper (que vous ne connaissez sûrement pas) chantait dans la langue de l'amour, celle que je comprends parfaitement maintenant et c'était frémissant… mais ça, vous connaissez !

Tim est un véritable gentleman, ses : « Je peux t'embrasser ? Je peux prendre ta main ? Je peux toucher tes cheveux ? » m'ont tout de même interpellée. Me voyait-il comme une gorgone qui risquait de le pétrifier du regard ? Apparemment, oui. Ma technique répulsive a fait ses preuves et d'ordinaire elle est imparable contre les béotiens, mais là, en l'occurrence, elle a failli – sûrement une histoire de phéromones.

Tim est un raconteur d'histoires-né. Dans sa famille, les fruits de l'arbre généalogique se transmettent dans l'oralité. Son père, architecte, a dessiné les plans de leur propriété, il se passionne pour le fonctionnel, chaque objet est caché derrière une porte blanche ; sa mère, institutrice, travaille le chant lyrique dans son studio et elle est très impliquée dans la paroisse locale ; ses deux petites sœurs jumelles se chamaillent en klingon ; le ranch des grands-parents dans l'Idaho sent le crottin de cheval, un portrait de l'arrière-grand-oncle scalpé par des Shoshones est accroché dans l'escalier ; la grand-mère veuve de Miami le laisse boire de la bière et fait cuisiner ses petits-enfants, le grand-père n'a pas survécu au débarquement en Normandie, l'arrière-grand-mère sèche au soleil de Floride dans un complexe sécurisé, elle a connu la Prohibition, ou alors c'est sa grand-tante.

Bref, à côté de lui, j'ai l'impression que mon histoire familiale est une frise chronologique rédigée au crayon de papier par un ivrogne ; je ne sais rien ou pas grand-chose. On meurt jeune chez les Bertillot, pour qui la devise pourrait être « travail, ripaille, funérailles » ! Avec un grand-père maternel qui se pend, une grand-mère paternelle qui se jette sous un train, je pourrais me prendre pour Victor Hugo et sortir les violons : j'ai préféré la jouer à la Boris Vian. Ma mère est donc gardienne de zoo, ce qui n'est pas tout à fait faux (à Versailles, parce que Vincennes, ce n'est pas connu ici), mon père catcheur profes-

sionnel, je ne le vois qu'entre deux avions (de là-haut, ça doit bien le faire sourire vu la carrure de son enveloppe terrestre). Un de mes frères dresse des escargots (et pas des baguettes de pain dans un fournil), un autre dirige une compagnie de vélo-taxis sur la Seine (il dit toujours que ça circulerait mieux) et le troisième s'illustre dans le test de matelas à la Samaritaine (un vrai tombeur, mon troisième frère). Je peux lui raconter n'importe quoi, car l'amour donne des ailes à ma folie. J'avoue que je redoute l'atterrissage d'urgence dans la réalité. Le compte à rebours a commencé, certains hôtels ferment après la fête du Travail début septembre, ici l'activité va se réduire, la fin est proche. J'ai besoin de ma dose quotidienne de Tim, ma tête sur sa poitrine chaude, ce petit hoquet tellement craquant dans sa respiration, le son de sa voix qui vrille parfois dans les aigus comme sorti de l'enfance et ses fossettes lorsqu'il s'applique à prononcer le a *de mon prénom à la française.*

Tim va retourner à l'université au Texas, moi je devrai sortir du pays à moins de passer dans l'illégalité ; je nous invente une fin à la Bonnie and Clyde, *mais il est trop bien élevé pour cela et moi bien trop froussarde.*

Je vais rentrer en France le cœur mélancolique et les poches pleines d'angoisses. C'est moche.

Toujours est-il que je refuse de quitter le sol américain sans avoir découvert ce fichu Grand Canyon, un objectif que je partage avec Isaurinda et les autres Français. Nous rêvons d'une grande boucle en voiture qui nous conduirait de Big Bear au Grand Canyon en passant par la vallée de la Mort, le parc de Yosemite, la forêt de séquoias, le parc national de Yellowstone… La liste de tous les incontournables de ce pays est longue ! Il va falloir faire un choix – le territoire est immense – et, accessoirement, convaincre Philippe et Bruno de nous emmener avec eux, si jamais ils se décident à faire quelque chose de leur carte routière qu'ils ont l'air d'apprendre par cœur.

19. La voleuse de nuit

Journée bleue. Une de ces journées où l'on se réveille enthousiaste et pétri de gratitude pour la vie.

Une journée bleue pour l'amour.

Paul sifflote l'air de *The Bridge on the River Kwai*, un classique qu'il trouve de circonstance – sauf la scène finale. Au volant de la draisine, tout est limpide dans sa tête. Providence Canyon, le bien nommé, va lui apporter un coussin financier sur lequel s'allonger en compagnie de sa douce. Il n'est pas près de signer l'armistice. La paix du slip, il verra ça plus tard, bien plus tard. Bon Dieu, comme il se sent vivant ! Libre et sauvage comme un pur-sang.

Puisqu'un garçon amoureux en vaut deux, il va redoubler d'efforts pour accomplir sa tâche. Et obtenir le déblocage des fonds relatifs à la deuxième tranche.

La priorité consiste à sécuriser le pont. Pour y balader le lendemain un autobus de Chinois.

– Les gars, demain nous avons de la visite. Une équipe de télé chinoise veut des images du pont, en exclusivité. Mais dans un premier temps, ce pont, il est rien qu'à nous ! Les Chinois, c'est pour plus tard…

– *Yes !*

Sur le coin d'une plateforme de wagon, il déplie pour la

première fois devant ses gars la carte au trésor : un plan du pont en coupe longitudinale. Raoul se gratte le menton en la découvrant. Des zones vertes, rouges et orange sont censées leur mâcher le travail. Mais au premier coup d'œil, tout paraît très compliqué. Wiki y voit un tableau de Mondrian, Raoul un gribouillis de sa fille, Paul, lui, ne se laisse pas impressionner. Il sait toujours séquencer le travail pour aboutir au résultat final.

– Tout le bastingage doit être repris, mais pour aujourd'hui, la priorité c'est la structure. Ce soir on le traverse avec la draisine et y a intérêt à ce qu'il résiste. La dernière fois qu'un train lui est passé dessus, c'était il y a plus de vingt ans, et avec tout ce qu'avale Raoul, on risque d'être en surpoids. Bon, on ne joue pas les touristes, vous prenez vos outils et on y va pour un premier repérage à pied.

Providence Canyon. Ils le découvrent enfin. Une gorge aux parois abruptes. Plus de deux cents mètres de vide entre les deux rives. Ça demande un sacré ouvrage pour les franchir, aux formes courbes pour résister à la force des vents.

Wiki ouvre la marche. Il frissonne lorsque ses doigts touchent les nervures de la main-courante en bois. Se penche pour observer la prouesse technique. Imagine l'agitation du chantier pendant sa construction. Les charpentiers au pied du pont assemblant les sections de support en trapèze. Puis les câbles pendus dans le vide pour les hisser et les mettre en place. La pose du tablier. Épique et épuisant, par des températures atteignant les 50 °C l'été. D'autant que le chantier très en retard s'était prolongé. Deux ans pour parvenir à traverser ces gorges. Deux ans à dormir dans des baraquements au fil de l'avancée des travaux. Sans chauffage en hiver. Sans climatisation l'été. Sans congés payés. Sans congés tout court. Le droit du travail a du bon, pense-t-il.

Les gars regardent tout sauf le pont, tant le point de vue est majestueux. Une petite brise accentue l'impression de voler. Raoul, qui n'aime pas trop le silence, s'est rapproché de l'expert.

– La vache, c'est haut, c'est quoi la hauteur déjà ?

– Soixante mètres, l'équivalent d'un immeuble de vingt étages. Et pas un seul clou ni ferronnerie pour les fixations. Que des chevilles de bois.

Sifflement d'admiration.

Dans le fond du canyon, Luis a repéré quelque chose.

– Regardez les gars, ce serait pas une oasis en bas ?

Wiki confirme grâce à ses jumelles.

– Oui. On dirait qu'il y a une rivière. Une rivière providentielle. Ça doit venir de là, le nom.

Les pieds du pont créent un carré d'ombre. Les arbustes y paraissent moins chétifs. Comme ailleurs, les parois du canyon sont en majorité rocailleuses avec, dispersés ici et là, petits cactus, agaves et buissons : des petits soldats verts de gris, comme passés par le soleil, qui résistent à la touffeur.

Un point rouge sur la voie, de l'autre côté, attire l'attention de Wiki.

– *Hay un tipo en el carril. Lleva un sombrero rojo, viene hacia nosotros.*

– Y a un type sur la voie en face. Il porte un bob rouge, il vient vers nous. Qui c'est, ce guignol ? Y a des panneaux d'interdiction de marcher sur les voies partout. J'appelle le shérif, Boss ?

– Pas la peine, je le connais. Continuez sans moi, je vais à sa rencontre.

Le pied sûr, J-B avance sans accorder d'intérêt au précipice qu'on aperçoit entre les lambourdes. Ce pont lui rappelle cet été dans le Gard, un centre d'accueil de vacances au pied du fameux aqueduc. Même longueur, peut-être un peu plus haut ; même sensation de flotter au vent lorsqu'il marchait sur les dalles de pierre de l'étage supérieur.

De l'autre côté, Paul avance d'un pas moins décidé, comme s'il avait du plomb sous les semelles. S'essuyant le front avec sa casquette, il imagine les scénarios possibles. Face à lui, une silhouette allumette, jean clair et crâne rouge. Est-ce un signe subliminal pour annoncer que la guerre est déclarée ? En tout cas, le J-B doit marcher sur les voies depuis bien huit miles – l'accès le plus proche des rails en voiture. Tout laisse à penser que cette histoire de cadavre l'obsède toujours.

Quand il se trouve assez proche de son interlocuteur, J-B lance les hostilités. Voix posée, déterminée, mais visage blanc, comme vidé de son sang. Paul le trouve de plus en plus infréquentable. Jusque-là insensible aux attitudes apotropaïques, il se demande si ces rencontres ne sont pas synonymes de malchance, de mauvais sort. Et puis il repense à Julia et ses inquiétudes s'envolent. Il va gérer comme toujours, pour plus vite la retrouver.

– Je viens de t'envoyer un SMS avec un lien vers une vidéo. Tu regarderas quand tu auras une connexion Internet. Si d'ici trois jours, je n'ai pas obtenu satisfaction, elle devient virale. J'ai une amie qui va l'envoyer à des journaux français et américains. Tu sais combien les gens raffolent de faits divers macabres. Quand en plus ça concerne une jeune fille disparue sans explication… Je te laisse à ton fameux chantier.

J-B insiste sur le mot « fameux » et lui tourne le dos pour regagner la terre ferme.

Paul le regarde, interloqué, comme si J-B l'abandonnait dans une barque en pleine mer en emportant les rames, puis il se rebelle :

– Tu ne peux pas faire ça…

– Oh si je peux, je n'ai rien à perdre, moi, contrairement à toi.

J-B a haussé la voix en tournant la tête pour se faire bien comprendre, sans pour autant ralentir son allure, tandis que Paul galope derrière lui :

– Attends. Qu'est-ce qui te fait croire que je ne me suis pas débarrassé du corps ?

– Une intuition. Je pense que tu n'as pas eu le courage de le faire disparaître. Tu as dû le planquer. C'est certainement moins risqué pour toi de savoir où il est.

La brise s'est intensifiée. La silhouette de rugbyman de Paul lutte en pleine prise au vent.

– Attends, bon sang ! Qu'est-ce que tu vas en faire ?

J-B continue de marcher, imperturbable. Cette fois, il a l'avantage. Il le sait.

– D'accord, c'est bon. Je l'ai planqué dans une mine abandonnée, lui lance Paul deux mètres derrière.

J-B se laisse rattraper.

– Six heures demain matin chez moi. Prends une lampe de poche, faudra marcher.

Son gilet jaune bat au vent. Il en profite pour attacher les velcros.

– OK.

– Tu verras, c'est l'endroit parfait pour abriter notre petit secret. Ça va rester notre petit secret, pas vrai ?

J-B s'éloigne en pensant à cette complicité sournoise qui maintenant les unit. Ce type a un portefeuille à la place du cœur. Un petit secret… Il imagine Stéphanie sur ce pont. Hésitante, les mains au vent, sautillant d'une lambourde à une autre. Putain, c'est haut, j'ai la trouille. On est sûr qu'il ne va pas s'écrouler, ce pont ? Elle sourit, mais n'en mène pas large. Il lui avait pris la main…

C'est la voix de Jo qu'il entend à nouveau. Il n'y a personne. C'est complètement fou, Babou ! Tu es complètement fou, Babou ! Il se parle à lui-même et Stéphanie occupe à nouveau ses pensées. Comme lui, elle a croisé un passeur de mystère. Comme lui, elle a rêvé de ce canyon dantesque. Et comme lui, elle a décidé de marcher sur ses rails. Mourir si jeune. À dix-neuf ans pour Stéphanie, vingt-neuf ans pour sa Jo.

C'est la première fois qu'il revient ici sans elle. Trottiner, pour chasser son fantôme. Mettre de la distance. Il est fort pour ça. Vivre au bord du monde pour ne pas y basculer à nouveau. Il se sent suinter. Se frotte les yeux puis essuie ses mains moites sur son pull, comme si elles étaient recouvertes de sang. Cette putain de culpabilité qui lui vrille le ventre. Courir. Plus vite pour ne pas se laisser rattraper par son passé.

Appuyé sur le reste d'un garde-corps, Paul le regarde disparaître en reprenant son souffle. Il marmonne un « que des feux verts » inaudible, puis rejoint ses gars.

– On en est où, les gars ? Dis donc, ça souffle de l'autre côté. Il va presque nous falloir un parachute…

Il a retrouvé une certaine légèreté et rit de bon cœur à sa propre blague.

Paul consulte son téléphone à plusieurs reprises pour avoir l'heure. Pas de SMS de sa dulcinée. Juste la déclaration de guerre de l'autre toqué.

Longue, très longue journée. La nuit tombe comme un rideau de théâtre. Ils descendent de la montagne à la lumière des phares de la draisine. Une fois seul dans son pick-up, Paul s'obstine à chercher dans sa playlist une chanson à faire écouter à sa Julia. Son nouveau soleil. *Here Comes the Sun*, une version de Nina Simone.

En s'approchant de la caravane silencieuse, il y croit

encore. Elle a dû s'absenter. Lorsqu'il s'aperçoit que sa montre a disparu, il sourit en pensant qu'elle a éprouvé le besoin d'emporter un peu de lui sur son bras.

Après manger, n'y tenant plus et sans réponse à son dernier SMS, il tente de l'appeler. Sa voix, juste entendre le son de sa voix… Le numéro de téléphone n'est pas attribué.

Il comprend enfin. Son ange s'est envolé. Avec en gage de son amour, sa Breitling à quinze mille dollars…

La vidéo de J-B ajoute un étage supplémentaire à son mal-être. Sans Julia dans sa vie, Paul a l'impression de peser une demi-tonne.

Le dos rond, il inspecte une nouvelle fois sa réserve d'alcool au frigo et récupère ses dernières bières. Il se traîne jusqu'à l'emplacement dédié au feu de camp et, machinalement, craque une allumette sur une bûche arrosée de pétrole. Il se laisse captiver par les flammes, elles consument sa colère.

Soirée noire. Une de celles où l'on ne trouve pas le sommeil, dévoré par l'amertume qui ravine les tripes et le cerveau.

Feuille de route numéro 18

Cher Monsieur Marcel,

Septembre… Sharon a largué les amarres : elle est partie hier avec ses parents et son jeune frère, venus depuis l'autre bout du pays pour récupérer leur princesse. Au moment du départ, elle m'est tombée dans les bras comme si nous étions les plus grandes amies du monde. Sa mère et elle m'ont rebattu les oreilles avec Paris, le charme des Parisiennes… J'ai eu une nouvelle fois l'impression d'être une importation de mauvaise qualité. Sharon a promis de venir me voir parce qu'elle en a la certitude, « Paris is so romantic ! » Ses profondes convictions risquent d'être mises à mal devant les RER tagués et ma barre HLM, d'autant plus que pour satisfaire son côté girly « moi je vais me marier sur une île », son obsession pour les bagues de fiançailles, les paillettes, le rose… je serai ravie de lui montrer les strass, les talons hauts, les jupes fendues qui pullulent du côté de Barbès et de Pigalle.

Non, je ne suis pas mauvaise, juste triste de voir l'échéance du départ se rapprocher. Quand je repense à ma première semaine au Ranch… Chaque passage d'avion dans le ciel me rendait nostalgique et je comptais les jours jusqu'à la délivrance. Pour me donner du courage, je songeais à tous ces pionniers, puis à tous ces migrants arrivés sur Ellis Island. Quelle détermination il leur a fallu pour tout laisser derrière eux, famille, amis, culture, et débarquer dans un monde nouveau avec leur vie tenant dans une valise. Je ne suis pas sûre d'avoir ce cran-là pour creuser mon propre sillon dans cette terre américaine. Les allers simples sans retour possible me semblent terrifiants. J'ai besoin de choisir sans devoir renoncer, donc de faire le choix de ne pas choisir. Je suis certaine que nous aurions eu, à ce sujet, une conversation intéressante.

Sharon m'a offert une carte du Grand Canyon avec cette citation de Mark Twain que j'ai notée dans mon cahier de culture : « Dans vingt ans, vous serez plus déçu par les choses que vous n'avez pas faites que par celles que vous avez faites. Alors, sortez des sentiers battus. Naviguez loin du port. Attrapez les alizés dans vos voiles. Explorez. Rêvez. Découvrez. »

Je me suis sentie obligée de lui laisser un souvenir. Comme je n'ai pas grand-chose, je lui ai offert ma croix du Sud, une pacotille que m'avait donnée un grand-oncle, mécanicien sur des navires marchands. « Au fait, tu as déjà vu un billet d'avion ? Et un passeport ? Tu as déjà vu un passeport ? Tiens, regarde ! » Je ne l'avais jamais rencontré, il était venu faire le glorieux devant ma mère à l'occasion d'une fête de famille, j'avais dix-sept ans, zéro perspective d'avenir et il m'avait prise pour une cruche, agitant sous mon nez les résidus de ses exploits dans le monde. Symboliquement, j'ai dit adieu à cette Stéphanie-là, bon débarras.

Sinon les nuits sont fraîches avec l'été qui se termine et Pastor Rick nous a quittés. Old Will a pris sa place autour du feu et enchaîne les anecdotes de voyage. À croire qu'il a parcouru le pays en tous sens depuis des années, un véritable Jack

Kerouac expert en chemins singuliers ignorés des touristes, autrement plus passionnant que les sornettes d'un homme de Dieu. Il prêche des convertis, c'est précisément cette Amérique-là que nous voulons découvrir, pas celle du guide Michelin.

20. « Une amertume infinie, un arrière-goût de néant que rien n'efface »

J-B grelotte. Comme si l'humidité des hivers dijonnais le pénétrait de nouveau jusqu'aux os. La tête encore sous les couvertures, il sent ses joues mouillées. Des larmes ont coulé. D'une main, il cherche à tâtons son pantalon. Sans conviction.

Il redoute maintenant ce moment de vérité. Celui où il va être confronté à ce qu'il reste de Stéphanie.

Nuit noire dans le mobil-home, mis à part le discret témoin lumineux du chauffage.

Il enfile un pull. Son vieux radiateur bain d'huile fonctionne comme à l'accoutumée. Il doit faire dans les seize degrés, soit l'équivalent des tropiques pour J-B.

Double dose dans la cafetière à piston. Enroulé dans un couvre-lit, il fixe pensif les flammes bleues du gaz sous la bouilloire. « Est-ce que vous comprenez ce que je vous dis, Jean-Baptiste ? » La voix de sa belle-mère persiste dans son esprit. Le cauchemar se prolonge. « Pompes funèbres… rendez-vous… choix… cercueil… inhumation. » « Jean-Baptiste, vous m'écoutez ? » Son visage blanc comme un lac gelé, son crâne si doux, son corps décharné sur le lit d'hôpital en ce dimanche de novembre. Il revoit la chambre et son immense fenêtre qui donnait sur un chêne. Respire les odeurs de désinfectant, de javel, de compote, de purée industrielle, de pisse. Une feuille d'automne qui tombe et annonce l'hiver. Une bougie qui s'éteint. Impossible de lâcher sa main. « Joséphine nous a quittés, maintenant, vous devez l'accepter… » Sa belle-famille l'avait déposé dans leur dernier appartement.

Quand la maladie avait progressé, Jo avait voulu rentrer en France, près de sa famille, à Dijon. Les parents de Jo s'étaient occupés de tout. Location d'un lumineux appartement meublé qui donnait sur la place Darcy. Rendez-vous avec de grands pontes de la médecine. Mais la rancœur à l'encontre de leur gendre s'était à peine atténuée. « Si seulement vous ne l'aviez pas emmenée là-bas. » Une litanie de reproches dans leurs yeux.

« Vous devez l'accepter. » À peine une larme, toujours digne et autoritaire, la belle-mère. Mais comment faisait-elle pour accepter l'inacceptable ? Que croyait-elle, qu'il tournerait la page comme celle d'un livre ? Que savait-elle de leur couple, une forteresse imprenable de tendresse, de complicité, d'amour, d'admiration ? De ces jours gris où ils s'étaient sentis immigrés, sans repère, seuls au milieu des autres et de cette culture différente ? De leurs petites et grandes victoires pour s'intégrer, pour parvenir à s'entourer, à rire autour d'une fondue de caoutchouc ? Des débriefings jusque tard dans la nuit sur le thème « ils ne sont pas comme nous ». De leur remède à la mélancolie, une bouteille de Vosne-Romanée ? Elle avait lu Platon. Il était sa moitié. Son unique. Lui l'avait tout de suite su. Il respirait pour elle. En perdant son amour, il s'était fait voler son destin, son futur. La femme de sa vie. Son oxygène. Impossible. Injuste. Pourquoi elle ? Pourquoi lui ?

Quatre jours de colère, de veille forcée, ses yeux refusant obstinément de se fermer. Cette ville. Les souvenirs avaient rejailli. La source originelle sur les bords du lac Kir. Leur premier baiser à pleine bouche. Leur première fois dans sa piaule à lui sur un matelas au sol. Les cartes routières sur les murs qui l'avaient fait sourire. « Dis donc ! Tu fomentes un coup d'État ou une opération spéciale depuis ta base secrète ? » Les battements de cœur à l'idée de se voir. Cet été à se goûter, se frotter et cette sensation voluptueuse de disparaître en elle. La regarder dormir, la regarder rire. Sa peau claire qui la rendait lunaire. Cet été où « tout avait dérapé », comme disaient ses parents. Elle avait changé de trajectoire. Comme un avion de ligne qui perd de sa portance, qui décroche sans raison. Plus envie de se conformer, de faire plaisir, d'être une bonne fille bien élevée. « Je leur dis merde ! Merde aux contraintes sociétales. Merde aux habitudes familiales. Merde à la kommandantur ! Tu ne sais pas ce que c'est d'être obligée de marcher dans les pas de quelqu'un qui te précède. Honorer son nom. Reproduction sociale imposée. Tu seras chercheuse, ma fille, comme ton père et ta mère. Leurs manies d'universitaires, leurs postures de "sachants", grands bourgeois méprisant tout le monde sans en avoir l'air. » Les doigts dans une prise électrique. « J'ouvre mon champ des possibles », avait-elle dit. Aucune limite. J-B et son ambition d'entreprendre ailleurs avaient ouvert sa cage. Jo, folle amoureuse, voulait s'envoler plus haut. Respirer plus loin.

« Tu me fais rêver en cinémascope ! Épousez-moi, ta carte verte et toi ! Viens, on part ensemble ! »

Pieds nus dans le Pacifique, direct après l'atterrissage à Los Angeles. Les valises à traîner dans le sable. C'était n'importe quoi. Ils étaient libres de faire n'importe quoi sans aucun plan. Une hérésie pour la famille de Jo. Un caprice d'enfant gâtée.

Quatre jours et trois nuits à se morfondre et à refaire l'histoire. « Et si je n'avais pas gagné cette putain de carte verte, est-ce qu'elle serait encore en vie ? » Trois nuits d'ivresse, de délire à vagabonder dans les rues de cette ville devenue étrangère. Plus aucune notion du temps, comme un automate. La douleur, ce coup de poignard dans le ventre, qui s'estompe un peu sous l'effet de l'alcool. Nausées, perte des mots, tremblements, céphalées. Mourir pour la retrouver. En finir parce que l'amour tue, on ne s'en remet pas. Il aurait dû être papa cette année-là. Mari et père… perd… Un passant avait appelé le SAMU. J-B était adossé au mur de l'église Notre-Dame. Il divaguait. Pantin désarticulé, les bras en croix, les mains en sang. Au-dessus de lui, taillée dans la pierre, la chouette, immuable emblème porte-bonheur de la ville, qu'ils avaient si souvent caressée durant leur premier été, portait la couleur de son désespoir. On l'avait collé en psychiatrie. Interné sur les recommandations de la belle-famille. « Il faut vous reprendre, Jean-Baptiste ! Jean-Baptiste, vous m'entendez ? »

Sifflement de bouilloire.

J-B reprend pied dans la réalité. Sa réalité de vieux veuf parti étouffer les ruminations de sa petite voix dans ce trou paumé. L'odeur du café réchauffe l'atmosphère. Il prend le temps de s'asseoir pour engouffrer plusieurs tranches de pain de mie recouvertes de beurre de cacahuète.

Son regard s'attarde sur ses patins abandonnés près de la porte. Un modèle quad avec basket monté sur deux rangées de roues. Amortisseur de gomme à l'avant. Il en était à sa quatrième paire. Ses patins samaritains qui lui avaient sauvé la vie. Sa drogue quotidienne qui le garde en mouvement, le fait voler de plaisir.

Il s'y était remis des mois après son retour de France. Comme un pélican aux ailes cassées. Une heure par-ci, une heure par-là quand son emploi du temps le lui permettait. Son regard de chien battu ne le quittait plus. Les larmes n'étaient jamais loin. « *Get your shit together* », lui avait dit son boss. La compassion, ça va bien cinq minutes. « Je t'ai repris dans la brigade parce que tu es doué. Prends sur toi, mon gars et tu remontes au front ! » Après de longs mois, les rapports s'étaient inversés. Il s'était fait virer. « Comme ça tu auras tout ton temps pour patiner. »

Décor paradisiaque. Iode, embruns, goélands. Trottoirs de bord de mer à Pacific Beach, dans un sens puis dans l'autre. S'envelopper de bleu, la couleur du blues. Il n'était bien que sur ses patins. Au ralenti, dansant avec le vent, avec son ombre à elle qui lui manquait tant.

Les amis s'étaient éloignés de peur de choper sa déveine. C'était surtout ses amis à elle de toute façon. Le cœur complètement sec, il s'était laissé apprivoiser. Convaincu qu'il n'avait rien à donner en retour. Shayane, une collègue de travail d'origine argentine, l'avait hébergé, lui avait retrouvé un emploi dans une gargote près de la plage. Il donnait le change et c'était usant. Faire semblant d'aller bien, de faire confiance à la vie, d'oser rêver à de nouveaux projets. Passer à autre chose malgré « des schèmes d'attachement insécurisé ». « Le peu de liens tissés avec votre mère et l'instabilité de votre enfance vous ont fragilisé. » Une mère suicidée. Le prénom d'un père, engagé volontaire dans la Légion étrangère pour éviter la taule. Un commencement dans du sable mouvant, sur pilotis. Voué à l'écroulement.

Il fallait « être résilient », lui avait dit le psy en France.

Mais comment faire ?

« Je veux un enfant de toi, mon Johnny ! » lui avait annoncé un jour Shayane, solennelle. « J'ai bientôt quarante ans ! » Pour J-B, donner la vie, c'était donner la mort. Il n'y avait plus rien de léger en lui. Il était bouffé par la peur. Terrorisé à l'idée que le destin lui arrache à nouveau son bonheur.

Un matin, sur le ponton de Pacific Beach, des pêcheurs à la peau basanée faisaient leurs courses dans l'océan. Glacières, postes de radio, sièges pliables. Une demi-douzaine de cannes à pêche patientaient en attendant que ça morde. Un pêcheur avait décroché un flétan de sa ligne. À la vue du poisson sur le sol qui luttait encore contre son sort, ouvrant la gueule de manière saccadée, les yeux globuleux exorbités, il s'était effondré. Assis par terre à se prendre la tête dans les mains pour tenter de se contrôler. Quel piètre père allait-il faire avec cette sensibilité exacerbée.

Après, il avait vraiment déconné. Debout sur le parapet du pont de Coronado, une voiture sortie de nulle part s'était garée pour le raisonner. Pas moyen de sauter en toute tranquillité !

Encore un rendez-vous manqué avec la grande Faucheuse. Enfant, les freins de son vélo avaient lâché dans une descente vertigineuse. L'eau d'un abreuvoir à vaches avait amorti sa chute. Adolescent, une pièce métallique projetée par une tondeuse à gazon avait manqué son cuir chevelu de quelques centimètres. Adulte, la balle d'un chasseur était venue se loger dans un arbre juste devant lui.

Puisque la mort ne voulait pas de lui, il allait fuir la vie. Retrouver d'autres inadaptés comme lui. Il n'avait pas le choix. C'était l'hôpital psychiatrique ou le désert.

« Je t'attends ! Qu'est-ce que tu fabriques ? » Paul, par SMS, le somme d'accélérer la cadence.

Il attrape une pomme, prend son sac à dos qu'il a préparé la veille. Il ouvre la porte sur une nuit qui l'agresse. Des odeurs de feuilles mortes mouillées. Ses souvenirs qui lui jouent des tours. Aucune humidité dans l'air dans son présent. La guirlande de Noël de son voisin de gauche balise le chemin. Son chien, un vieux bâtard débonnaire à poil court, vient à sa rencontre. Langue pendante, queue en essuie-glace. Il n'aboie qu'en cas de danger. Dressé à détecter les serpents à sonnette ou les scorpions.

– Tu es un peu comme moi, lui glisse J-B à l'oreille. Tu ne gueules pas souvent, mais quand tu le fais, on t'écoute !

Timide sourire au coin des lèvres. Il allonge le pas. Frissonne, enroulé dans son couvre-lit.

Feuille de route numéro 19

Cher Monsieur Marcel,

Naïve, crédule, niaise… La liste serait plus longue si j'avais un dictionnaire des synonymes à ma disposition. J'en apprends tous les jours un peu plus sur les mœurs de ce pays et hier, j'ai découvert le sens du mot « exclusive » dans une relation de couple. Tim fricotait avec une Thaïlandaise depuis plusieurs semaines déjà, j'avais la priorité ces dernières semaines, mais il semblerait que cette heureuse période pour moi soit révolue, il y aurait eu surinvestissement de ma part dans notre histoire, Tim en est désolé. Et moi donc !

Bonne nouvelle, heureusement : nous sommes parvenues à convaincre les garçons de louer une voiture, ce qui va nous permettre de partir en vadrouille en partageant les frais à quatre. Je suis la seule à ne pas avoir le permis, mais je sais lire une carte, enfin je crois, et dans une semaine nous entamons notre circuit.

Tim nous accompagne pour la première partie de notre voyage jusqu'au Grand Canyon, ensuite il devra rouler vers le sud pour regagner le Texas. Je sais très bien ce que vous pensez, je m'attache de manière inconsidérée, j'en ai bien conscience. Si l'on m'avait dit que je pourrais devenir une de ces jouvencelles qui tolèrent le polyamour… Croyez-moi, je ne me reconnais pas. Mais sa sincérité m'a touchée. « Ce n'est pas contre toi, je suis bien avec toi, mais c'est culturel », m'a-t-il bien précisé, mais trop tard. J'aurais préféré connaître ce pan de la culture américaine avant de tomber dans le puits sans fond de la passion…

Vous serez heureux d'apprendre que moi aussi, si je le souhaite, je peux rencontrer, flirter, m'accoupler avec la terre entière, car la réciprocité du processus est ici parfaitement admise : il semblerait que cette question d'exclusivité dans une relation de couple ne se pose qu'après plusieurs mois.

Je me raisonne comme je peux : il passera tout de même la fin de ses vacances avec moi et de toute façon, notre relation était vouée à l'échec puisqu'elle ne pouvait pas connaître de lendemain. Nous nous écrirons, enfin je lui écrirai pendant un temps puis il oubliera jusqu'à mon prénom, alors qu'en ce qui me concerne, il figurera dans mon panthéon. Georges Feydeau en aurait fait un vaudeville, moi j'avoue manquer d'humour cette fois.

La séparation devrait être plus douce grâce à l'amitié sincère que je ressens pour Isaurinda et me voilà qui m'impatiente maintenant de vivre ces derniers moments en terre américaine. Il y a de quoi lorsque l'on connaît notre itinéraire, jugez plutôt :

Jour 1 : la vallée de la Mort.
Jour 2 : Las Vegas.
Jour 3 et 4 : le Grand Canyon.
Jour 5 : Monument Valley.
Jour 6 : Phoenix.
Jours 7 et 8 : San Diego.
Jours 9 et 10 : Los Angeles et retour en France pour moi.

PROVIDENCE CANYON

Une boucle d'on ne sait pas trop combien de kilomètres, mais qui ne relie que des majuscules ! Je suis surexcitée à l'idée de découvrir ces destinations mythiques. Rien n'est encore définitif et il se peut que nous fassions des détours pour choisir l'impromptu des endroits totalement ignorés des touristes. Will nous recommande de vivre des expériences hors des sentiers battus. Nous verrons bien où le vent nous portera.

21. Hashtag Stéphanie

L'air contrit, J-B, emberlificoté dans son couvre-lit, prend place à l'avant du pick-up. Paul, lui, fulmine sans rien laisser paraître devant ce saint déguenillé. Un grattement de tempe, qu'il espère faire passer pour naturel, lui monopolise la main droite. La nuit discute avec le jour. Le noir va bientôt laisser gagner le blanc : prémices de la partie d'échecs qui s'annonce.

Paul accélère vers le nord. Dans l'axe du parc d'Anza-Borrego.

Il se repasse en boucle la vidéo sur YouTube et son titre à deux balles, racoleur à souhait. Pour le moment sur un compte privé. Encore heureux !

Il manipule sa boîte de vitesse, histoire de contrôler quelque chose. Opte pour une conduite manuelle.

« Justice pour Stéphanie ». Une fois rendue publique, cette connerie va déclencher une onde de choc. Si en plus le Truman-quelque-chose cité dans la vidéo relaie ça sur Twitter, il est fichu. La planète va réclamer des explications. Une perte de temps. Une perte d'argent. Pour quoi faire, en fait ? Répondre à une vidéo, plutôt bien faite, qui humanise la disparue grâce à des images de joyeux campeurs. Une voix féminine qui lit en français des extraits du carnet, une traduction qui lui fait écho en anglais. Et puis cette question qui revient en boucle : et si c'était votre fille ? Il doit y avoir moyen de contester la véracité du propos. Tout repose sur une photo de classe d'une adolescente boutonneuse. Et d'ailleurs, où a-t-il trouvé ça ?

Plutôt que de le culpabiliser, cette vidéo l'a conforté dans son choix. Il assume pleinement ses actes et ne les regrette en rien. Oui, Stéphanie a été fille de, sœur de, amie de, tante de, petite amie de… *So what ?* Elle est morte connement en raison d'un feu de camp qui a mal tourné. Il s'agit d'une mort accidentelle. Probablement due à une simple étincelle à l'entrée du tunnel. Le bois de soutènement de la charpente, sec et toujours recouvert de charbon, s'est embrasé comme un fétu de paille. Des roches à l'entrée ont glissé, emprisonnant la victime. Point barre. On ne va pas en faire un roman non plus.

Il s'imagine répondant aux journalistes. NBC News en direct depuis Providence Canyon. « Monsieur Paul Carter, vous qui êtes un expert, probablement le plus qualifié en la matière, pouvez-vous nous apporter des réponses ? »

Paul redresserait le buste et donnerait sa version des faits. Le ton neutre du professionnel qui connaît son sujet : la cathédrale Notre-Dame à Paris, vous avez vu la vitesse à laquelle le feu s'y est propagé ? Ces vieilles charpentes sont des poudrières. C'est la raison pour laquelle les tunnels sont interdits au public. La ligne de chemin de fer en elle-même est interdite d'accès. Cette femme se trouvait sur une propriété privée. Toute intrusion sur un terrain ferroviaire est passible de poursuites. *Trespassing is a Federal Crime.* Les nombreux panneaux sont écrits en anglais, que je sache. Ils s'adressent aux humains, pas aux Bighorns. Les lois sont faites pour être respectées. Il en aurait même plaisanté : quitte à faire un feu dans un tunnel, choisissez-en un qui a une sortie à ses deux extrémités.

« Et pourquoi ne pas avoir prévenu la police ? » Cette question, tout ce qu'il y a de légitime pour un journaliste, ne l'amuse plus. Plutôt que de préparer sa défense, Paul préfère se tourner vers son passager. Il repense à sa silhouette quand il patine. Pile sur la ligne jaune au centre de la route. Pour éviter les aspérités. Si le ridicule de cette discipline était une épreuve olympique, il pourrait être champion. Jésus, son passager, ne porte pas de bob rouge ce matin. Il fixe la route sans dire un mot.

– C'est quoi la croix que tu portes ? Elle doit être sacrément lourde pour que tu te claquemures ici.

J-B se contente de détourner la tête vers la fenêtre. Toujours cette odeur d'after-shave, et de jonc de mer peut-être aussi.

Paul persiste. Persuadé d'avoir frappé juste.

– Tu as fait de la prison, c'est ça ? Tu fuis quelque chose. Ou quelqu'un… Tu ne vas pas me dire que tu es heureux de vivre parmi ces déchets. Pourquoi tu végètes ici devant ton mobil-home ? C'est ta béquille, c'est ça ? Tu n'as pas de rêves ? Tu n'as pas l'air complètement con. C'est toi qui l'as montée, cette vidéo ? En plus tu es bilingue, tu pourrais en faire des choses. Dans le tourisme, je ne sais pas moi…

– Non, tu ne sais pas.

Paul comprend qu'il n'obtiendra aucune réponse, mais persévère dans son monologue expiatoire.

– En fait, on ne connaît jamais vraiment une personne. Pas plus tard qu'hier…

Il s'interrompt brutalement, sourcils froncés, mâchoire crispée, il déglutit avec peine. La silhouette de Julia semble danser dans le blanc des phares. Il tente de maîtriser son trouble en reprenant. « Pas plus tard qu'hier… » Mais aucun son ne parvient à sortir de sa bouche.

Pas d'effraction, pas de vol. Une escroquerie, vraiment ?

Quel était son vrai nom ? Le numéro d'immatriculation de son pick-up ? Pourquoi s'en prendre à lui ? Était-ce un simple test, un châtiment pour lui faire payer ses mensonges ? Il ne s'abaissera pas devant un policier. Pas question de partager son humiliation. Il appuie sur le bouton de la radio pour retrouver une contenance.

La voix sensuelle de Chrissie Hynde des Pretenders et son interprétation magistrale de *Have Yourself a Merry Little Christmas* résonne dans l'habitacle. J-B, surpris, lance un coup d'œil déconcerté en direction du chauffeur. Ce dernier, la mâchoire détendue, émerge de sa rêverie à la première publicité. La radio Santa 100 se vante de diffuser des chants de Noël toute l'année. Une faiblesse inavouée. Son moment hors du temps aux effluves de guimauve et de chocolat chaud. Un petit coup de « magie de Noël » et la vie de Paul s'éclaire. Moins cher qu'un psy et zéro calorie.

L'espace d'un instant, J-B éprouve de l'empathie pour cette grande gueule de Paul. Si Noël durait trois cent soixante-cinq jours, il n'y aurait plus de guerre, pense-t-il.

Paul se hâte de changer de station. Pour masquer sa honte, il accélère. Enchaîne avec un sujet sur lequel sa virilité n'est plus à démontrer.

– Tu as vu ça, elle en a sous le capot, ma petite merveille ! Huit cylindres, 425 chevaux.

Yeux lubriques, comme s'il tournait un porno. Il colle son passager au fond du siège sur un mile. Freine avec énergie devant l'accès à une piste en direction de l'est. Sept miles sur un sentier chaotique qui contourne une colline abrupte. Puis Paul coupe le moteur devant une cascade de dos de chameau qui descend vers un canyon. Une véritable râpe à châssis, même en 4x4.

– Le reste, c'est à pied, annonce-t-il. Je peux t'assurer qu'elle est bien planquée. La prospection de ce côté a vite été abandonnée. Y a rien dans le coin. Dans les montagnes de Jacinto, par contre… On y exploitait encore la calcite pendant la guerre. Tu vas te traîner ta loque ?

J-B qui ne semble pas écouter lui emboîte le pas. Toujours emberlificoté dans sa couverture.

L'horizon poudroie. Paul accélère la cadence en pensant aux tâches qu'il lui reste à accomplir. Le terrain en pente raide et rocailleuse est parsemé de cactus. La démarche lourde, peu habitué à la randonnée, il manque de s'empaler sur les feuilles pointues d'un yucca. Une fois au fond, il bifurque pour suivre le lit asséché d'une rivière creusé dans la roche du canyon. Les parois se font moins hautes. Au pied d'un rocher en forme d'œuf trois fois plus gros que les autres, il quitte le lit de la rivière pour suivre un sentier sablonneux puis caillouteux.

– Merde ! Tu as une pince à épiler ?

Ils font une pause pour permettre à Paul de se débarrasser de plusieurs épines acérées. Une boule de cholla lui colle au mollet.

– Quelle saloperie !

Des projectiles utilisés par les Amérindiens pour combattre et blesser l'envahisseur blanc. Une saloperie redoutable, pense J-B. D'autant plus qu'au contact de l'humidité de l'épiderme, les pointes des aiguilles se recourbent sur elles-mêmes, ce qui les rend encore plus douloureuses et difficiles à retirer. Il ne verbalise qu'un « ouais », puis ils reprennent leur course à travers l'infini inhospitalier.

J-B a inspecté plusieurs de ces mines d'or abandonnées. Celle-ci lui est inconnue.

Paul soliloque :

– Je venais ici avec mon grand-père, il y a longtemps. C'est dans ce coin-là que j'ai appris à tirer. C'est un endroit idéal pour faire disparaître son pire ennemi ou son ex-femme. La prochaine fois peut-être…

J-B se concentre sur le chant animé d'une colombe, heureuse de réveiller son monde. La végétation change sans transition pour des ocotillos, une autre variété de cactus. Un enchevêtrement de tiges épineuses que l'on pourrait croire mortes. Après un hiver un peu pluvieux, l'ocotillo brode des fleurs en bout de tige. Comme les fanions rouge clair d'une fête champêtre. À l'instar de Stéphanie, J-B s'est interrogé sur ces changements drastiques. Pourquoi l'ocotillo ne supporte pas le cholla, pourquoi des Joshua trees ici plutôt que là, alors qu'en apparence le sol paraît identique ?

– Voilà, on y est. Elle doit être à vingt ou trente pieds. Dans une espèce de grotte.

Paul se tient devant un puits creusé dans de la roche à même le sol. Pas de barrière interdisant l'accès, pas de panneau de mise en garde.

– Tu vois, l'endroit n'est pas fréquenté, claironne-t-il, fier comme un agent immobilier devant une piscine à débordement avec vue sur l'océan. Je veux dire qu'elle sera tranquille, ajoute-t-il devant la mine crépusculaire de J-B. Je te préviens, ce n'est pas beau à voir. Je l'ai réinstallée comme je l'ai trouvée.

Mal à l'aise soudainement, il retire sa casquette pour la triturer.

J-B est livide. Avant même d'avoir vu le cadavre. La mâchoire serrée, il balance à l'intérieur du puits la loque qui lui sert de couvre-lit, son sac à dos, et s'introduit dans le trou en se retenant aux planches de soutènement. Une fois en bas, accroché à sa lampe de poche comme à une bouée de sauvetage, il presse le pas. Pour mettre de la distance entre lui et cet autre qu'il ne cerne pas. De là-haut, Paul le rappelle à l'ordre :

– On est bien d'accord. Tout cela doit rester confidentiel. Oh ? Je te parle… Ça doit rester entre nous !

L'écho d'un « ouais » contrarié résonne jusqu'à ses oreilles.

– Moi je dois y aller. Pour rentrer à pied, c'est certainement plus direct en gravissant la colline après le canyon. De l'autre côté, on y aperçoit la route au loin. Ce n'est pas à côté, mais tu as l'habitude.

Pas de réponse. Paul déguerpit sans demander son reste, laissant J-B disparaître dans les profondeurs de la galerie.

Le conduit descend en pente douce et débouche sur une salle creusée dans la roche. Deux autres tunnels continuent plus au fond. Il l'aperçoit immédiatement. Dans cet énorme trou à rats, sombre et sec. Sa lampe de poche balaie le sol. Il lève un coin de la couverture, le corps momifié est couché sur le côté en position fœtale. Il se force à détailler le visage qui lui fait face. La peau tirée comme un tambour, les mains recroquevillées sur la poitrine. Il regarde la mort en face. Celle qu'il n'a pas été capable d'affronter.

Debout près de la dépouille, il se sent cerné par le désespoir. Le vide. Que veut-il maintenant ? Lui rendre hommage ? Libérer son âme en brûlant son corps comme l'auraient fait les natifs de la région ? En acceptant de ne pas diffuser la vidéo, il a renoncé à lui rendre justice. Qui est-il pour confronter les autres, lui qui ne se tolère qu'en mouvement ?

Son chagrin immense, depuis toujours étouffé, éclate soudain. Il tombe à genoux, emporté par une rivière de larmes. La plaie s'est rouverte. Couteau qui tranche dans la chair. Cette culpabilité. Tous les péchés du monde à porter sur le dos. Sa lâcheté, son égoïsme, ses faiblesses.

Il lui semble reconnaître son parfum. Celui de sa Jo. *Anaïs Anaïs*, le petit diffuseur blanc couvert de roses délicates.

Tout lui revient de cette année 98 enfouie sous les strates du temps. Sa Swatch si grande sur son poignet si frêle.

Leur dernier décollage, lui en patins, elle sur un fauteuil roulant sur la promenade au bord du lac. Il l'avait kidnappée, enlevée à l'hôpital.

– Plus vite, Babou, plus vite !

Les reproches de la belle-famille. « Mais vous êtes complètement irresponsable, Jean-Baptiste. Vous êtes inconscient. »

Elle voulait choisir sa fin comme elle avait choisi sa vie. S'endormir pour toujours en Suisse, dans la dignité. Porter son jean préféré, partir patiner sur Sirius, l'étoile la plus brillante du ciel. Promets-moi que tu le feras. Il lui avait dit oui. Oui, ma California Girl, je t'aime. Je t'aimerai toute ma vie. En cela, il n'avait pas menti. Il l'avait remerciée d'y avoir cru. D'avoir été là pour lui.

Ses beaux-parents s'y étaient fermement opposés. « Vous nous l'avez déjà prise une fois, c'est déjà bien assez. », « La science a ses mystères, elle peut la sauver. » Ça l'arrangeait d'y croire, de garder espoir. Plus le soleil de sa vie s'éteignait, plus il dépérissait. Il s'était retrouvé vide de toute énergie. De tout courage. La maladie ne lui avait pas laissé le temps. Joséphine s'était rapidement éloignée vers le pays des opiacés.

La mémoire traumatique de J-B n'a pas évolué. Il se revoit K.-O., hébété. Prisonnier du passé, il entend les « Vous êtes dépressif. Il faut vous soigner ». Ce qu'il aurait fallu faire, il n'avait pas été en état de l'accomplir. Pas même capable de caresser le couvercle du cercueil. Toucher, sentir la dernière terre qui allait l'envelopper. Il ne se l'était jamais pardonné. En continuant à vivre, il l'avait trahie un peu plus.

À quoi bon mener une vie en perpétuelle convalescence ?

Il retire de son sac à dos les patins à roulettes de sa Jo. Ils affronteront la nuit ensemble sans jamais se quitter. Il a essayé d'oublier, de guérir, de passer à autre chose. La vérité, c'est que Paul a raison. Sa vie de coléoptère n'a aucun sens.

Comment font les gens pour continuer à vivre malgré tout ? Pourquoi, lui, ressent-il cette proximité avec la mort, cette porosité au monde ? Pas câblé pareil. Inadapté. Comment ce crétin de Paul peut-il encore se regarder dans un miroir ? Personne ne mérite de finir les yeux ouverts dans le noir, seul sous la terre.

J-B étale son couvre-lit sur le sol et s'allonge. « Je suis avec toi, mon amour. Ma Jo, tu m'as tellement manqué. Je savais que je te retrouverais. » Des flots de paroles après des années de silence. Le temps n'a plus aucune prise. N'aura plus jamais aucune prise.

Feuille de route numéro 20

Cher Monsieur Marcel,

Nous avons quitté le ranch ce matin très tôt. J'ai troqué mon badge et mon tee-shirt rouge contre dix jours d'aventures, de liberté sans condition, sans surveillance. Notre voiture ouvre la marche. J'éprouve beaucoup de plaisir à faire découvrir ma musique à Tim dans son radiocassette. Toutes fenêtres ouvertes nous hurlons dans l'habitacle. Je crois que je n'ai jamais autant chanté de mon existence aussi fort, aussi faux. Je hurle à tue-tête. Je me sens tellement en vie.

La première étape consistait, sur les chaudes recommandations de Will, à localiser le fameux arbre en photo sur la pochette d'un des albums de nos idoles à tous : le groupe U2.

La localité de Darwin, dans le désert du Mojave, porte bien son nom et nous n'y avons fait qu'un court arrêt, mais suffisamment long pour ressentir notre insignifiance et notre vulnérabilité, perdus dans ce royaume brûlant et aride. La chaleur irrespirable fait partie du spectacle, il nous a fallu tripler notre réserve d'eau, s'adapter ou mourir, car chaque année des inconscients perdent la vie en tentant le sort. La stérilité de cette terre, Monsieur Marcel, je n'avais jamais rien vu de tel, de la beauté dans la désolation. Et les effets d'optique : l'air chaud semble trembler, l'asphalte est comme recouvert d'une flaque d'eau ; les mirages d'un pays imaginaire.

J'aimerais comprendre pourquoi, à pluviométrie identique, quelques arbustes épars résistent, puis brutalement rendent les armes, pour laisser place quelques miles plus loin à des arbres de Josué. Une rencontre étonnante, ces arbres : le tronc est fibreux comme un yucca géant et ses branches épaisses et erratiques se terminent par des étoiles d'épines. J'ai tenté de dessiner leurs tentacules héroïques qui font la nique au soleil, le travail à l'aquarelle d'Isaurinda est bien plus réussi. Grâce à Will, nous connaissons l'origine de leur nom : quand les mormons les ont découverts pour la première fois au XIXe *siècle, il leur a semblé que Josué leur désignait la Terre promise.*

Impossible de marcher sur les traces de U2, l'air était bien trop chaud, le paysage trop vaste… Nous avons filé vers la vallée de la Mort en chantant I Still Haven't Found What I Am Looking for *(je n'ai toujours pas trouvé ce que je cherche) de notre groupe préféré puis, compte tenu de la température extérieure qui ne cessait de grimper, nous avons décidé d'opter pour la vallée de la Vie.*

Après des kilomètres sur de l'asphalte gris ligné d'une bande jaune, Las Vegas, comme sortie de nulle part au milieu du désert, s'est dressée dans toute son extravagance devant nos yeux. Nous avons exploré ses avenues aux néons hypnotiques avec le même enthousiasme qu'un enfant de cinq ans un matin de Noël.

Bien sûr, j'y ai laissé quelques dollars. Je voulais vérifier si la fortune sourit vraiment aux audacieux ! Le fait est que cette ville incite aux péchés, des machines à sous sont à disposition jusque dans les stations-service, et il est difficile de ne pas succomber à l'appel du jeu. Le hasard faisant bien les choses, c'est précisément dans un casino, un de ces palais excentriques conçus pour faire oublier l'extérieur et sa réalité, que Bruno, notre compagnon de voyage plutôt conciliant, a décidé d'abattre ses cartes. Il n'en peut plus d'être surnommé Nono par son meilleur ami Philippe, et ce que l'on pourrait prendre pour des gamineries a ses répercussions : nos deux acolytes se disputent désormais en permanence, ce qui me fait douter de la viabilité de notre équipage.

Isaurinda, pourtant de nature solitaire, n'est pas en reste lorsqu'il s'agit d'étudier la psyché de ses semblables et, selon elle, Bruno refoule son homosexualité. Elle juge la relation des deux compères bancale, Philippe profiterait de son charisme pour rabaisser son meilleur ami, et leur voiture, sous l'effet de la chaleur et de la cohabitation forcée, est un bouillon de culture d'où le pire comme le meilleur peuvent sortir.

Bruno homosexuel ? Je ne sais pas, mais plus sensible que Philippe, très certainement. Je me rends compte que je ne connais pas grand-chose de la personnalité de chacun, mon expérience avec Tim ne fait que le confirmer : j'ai bien du mal à cerner le caractère des gens. Isaurinda, qui maîtrise l'art et la manière de faire parler les autres sans jamais se dévoiler, est parvenue à apaiser les tensions. Bruno passera la nuit dans la voiture de Tim ; ainsi, nos deux lurons étant séparés, les discordes devraient s'atténuer pour un certain temps. Mais qu'en sera-t-il ensuite ?

22. Vices et vicissitudes

Paul passe sa langue sur ses lèvres sèches. Il anticipe la coupe de champagne bien fraîche dans le bureau d'Huntington. Les célébrations de fin de chantier. Ce n'est plus qu'une question de semaines. Car de l'autre côté du pont, tout va s'accélérer. Ses gaziers seront hébergés dans des Algeco, avec l'équipe de construction du belvédère. Il les aura trois heures supplémentaires par jour sous la main plutôt que de les payer à regarder le paysage depuis la plateforme de la draisine.

Le plus dur est passé. Plus que six tunnels et vingt et un ponts, une cinquantaine de miles avant de compléter la troisième tranche du chantier. Jackpot assuré. Fin avril, il sortira son bateau de l'hivernage pour profiter de la brise saline. Pas mécontent de changer de spectacle. San Diego, ses mojitos de bord de plage. Repos du guerrier pendant un mois avant d'attaquer un projet d'éolien offshore. Comme lui répète son père : « Quand on est un meneur d'hommes, on peut les conduire vers toutes les guerres. »

Sur la route principale, dans le monde connecté, le téléphone de Paul vibre à plusieurs reprises. Quatre messages vocaux de la part de Raoul, un de l'attachée de presse, un autre de Karen.

Inutile d'être devin pour prédire les emmerdes. Il bloque le volant avec ses deux genoux et de ses mains libres il fourrage dans la portière et dans le vide-poches à la recherche d'une barre de céréales. La radio Santa ne va pas suffire à la détente.

À sa grande surprise, l'attachée de presse lui ôte une épine du pied :

– Bonjour, Paul. Tu m'avais demandé de reporter la visite des journalistes chinois. C'est chose faite. Vu la conjoncture, ils sont rentrés dans leur pays.

Bon débarras ! se dit Paul.

Karen demande qu'il la rappelle pour discuter contrat. La situation devient évolutive. Que veut-elle dire par là ?

Il choisit de contacter d'abord son fidèle Raoul, qui semble en état de panique. – La draisine n'avance plus, la draisine n'avance plus…

– Le livreur de carburant est bien passé ?

– Non justement. Il veut être payé d'abord, Boss ! Cinq cents dollars en cash, il m'a dit de vous dire.

– Paie-le, vas-y ! Je te rembourserai.

– Je peux pas, Boss. J'ai pas cinq cents dollars sur mon compte. J'ai bien une carte de crédit qui pourrait passer, mais il veut du liquide. Prix spécial, condition spéciale, il m'a répété.

– Je lui ai déjà versé mille cinq cents à cet enfoiré !

– Bah, il manque cinq cents.

– Je devais passer ce matin. Bloquer un chantier de cette importance pour cinq cents dollars, c'est une plaisanterie. Je vais l'appeler. Il devrait pouvoir au moins nous livrer les trois quarts.

– Y a un autre problème, Boss…

– Comment ça ?

– La draisine est tombée en panne un peu après le tunnel 2. On s'est fait siphonner le réservoir. J'ai vérifié la veille, tout était en ordre.

– On s'est fait sipho… Mais bordel ! On leur apporte le progrès à tous ces culs-terreux et ils trouvent le moyen de nous voler !

Paul a l'impression d'être Mère Teresa se faisant dépouiller à Calcutta.

– Wiki a pensé à une solution pour apporter des bidons de secours. Faut juste qu'on ait du diesel, pour le moment.

Paul fonce à la station-service. Il va devoir jouer la carte officielle, balancer quelques noms de personnalités pour influencer le pompiste. Tout le contraire de sa première approche, qui a consisté à passer sous les radars en promettant un pot-de-vin grâce à des surfacturations. Paul gonfle ses dépenses, le pompiste touche une partie de la différence en liquide.

Ce matin-là, Paul se trouve minable et brillant à la fois ! Il ne peut pas s'en empêcher. Il faut qu'il gagne sur tous les tableaux. Secrètement, il aime ça. La décharge d'adrénaline provoquée par le stress, à dompter en permanence son dragon intérieur adepte du « ça passe ou ça casse ».

Grâce à ses talents d'orateur et à ses effets de manche à rendre jaloux un ténor du barreau, il rallie l'humain de peu de foi à sa cause.

Peu après, il retrouve ses gars sur la voie de garage à la sortie de Morena. Sol pierreux qui blanchit en un instant les godasses. Ils sont affairés à ressusciter un vieux clou rouillé supposé être une draisine à bras.

– C'est Wiki qui l'a trouvée. Derrière l'ancienne gare, y a un local verrouillé avec tout un tas de bordel. On a dû exploser le cadenas pour y entrer, personne n'avait la clé. On s'est fait prêter un poste à souder.

Paul salue leur esprit d'initiative. Gerbe d'étincelles. À coups de soudure à l'arc, Wiki, l'homme qui parle également aux métaux, fixe le bras du balancier récalcitrant.

Raoul meuble, histoire de rester l'interlocuteur privilégié du Boss, à défaut d'être le solutionneur :

– À pied on a mis plus de deux heures pour revenir ici. Ça devrait aller vite, sauf que ça monte. Enfin on verra.

Wiki retire son casque de protection, ses gants, s'éponge le front et exprime clairement ses exigences. Cette fois on le respecte.

– Il nous faut de l'huile ou de la graisse, du dégrippant…

– Il parle anglais en plus ?

– On dirait, répond Raoul, de plus en plus mal à l'aise.

Paul reste dubitatif :

– Deux bidons de dix gallons, ça va suffire ?

– Une loco diesel consomme un peu plus d'un gallon par mile. On est bon. Je pense qu'on est tombés en panne à dix miles d'ici. Y retourner en 4×4 n'est pas possible. Rouler sur les rails sur terrain plat pourquoi pas, mais la traversée du premier pont me paraît hasardeuse en marche avant, impossible en marche arrière, lui répond Wiki.

Ce type l'impressionne de plus en plus. Il va lui payer une bière, c'est sûr.

Raoul reprend le contrôle des opérations. Il décide de monter lui-même les bidons jusqu'à la locomotive. Hector est désigné volontaire pour l'aider à actionner le balancier.

Paul les regarde partir. Un couinement de rouille accompagne le frêle équipage. Ils ne sont pas près d'arriver, mais ils n'ont pas d'autre choix. Une journée de fichue. Il en profite pour rappeler Karen. Heureusement qu'elle n'assiste pas à ce spectacle d'amateurs. Splendeur et décadence d'un chantier à quatre-vingts millions de dollars.

– Vous vouliez me parler ?

– Oui ! J'ai une bonne et une moins bonne nouvelle pour vous.

Décidément, c'est la journée, pense Paul.

– Je vous écoute.

– J'ai été contactée par le service juridique. Rassurez-vous, rien de grave, mais ils m'ont chargée de vous dire…

Là, Paul n'en mène pas large. Il ne lui connaît pas cette voix de médecin de famille. Sa Karen à lui, il la verrait plutôt thanatopractrice en chef dans un salon funéraire. Si elle prend des pincettes, c'est que les gratte-papiers de la West Ocean Railway ne vont pas le louper. Karen est leur porte-parole.

– Le paiement de la deuxième tranche ne sera pas impacté par votre léger retard dans le planning.

– Mais ?

– Mais pour la troisième tranche, vous n'avez plus l'exclusivité de la réalisation des travaux.

– Nous y voilà ! Et qui va me remplacer ?

– Il ne s'agit pas de vous remplacer, Paul, mais de vous épauler.

– C'est ça, bien sûr. C'est l'équipe d'Arizona qui pousse à la roue ?

– L'équipe en Arizona, en effet, semble avancer beaucoup plus rapidement…

– Évidemment ! Le gros du chantier c'est moi qui le réalise. Dix-sept tunnels, trente-six ponts… Pendant que je gère les zigzags, eux avancent en ligne droite !

Paul tourne sur lui-même de colère, s'enveloppant de poussière blanche.

– Je sais, Paul. Calmez-vous.

– Mais je suis calme. Ils n'ont pas le droit de toute façon. J'ai signé un contrat de quatre-vingt-dix pages.

– Contrat qui stipule qu'en cas de force majeure, le maître d'ouvrage a le droit d'organiser comme bon lui semble la continuité de l'activité.

– Et elle est où la force majeure à la fin ?

– J'y arrive, Paul. Vous suivez les actualités ? Le Covid-19, ça vous dit quelque chose ? M. Huntington veut s'assurer à tout prix de n'avoir…

– Oui, je sais… que des feux verts !

– Enfin, pour le moment vous êtes tranquille. Mais en cas d'état d'urgence.

– État d'urgence ? Pour une simple grippe ? Mais vous plaisantez !

– Je ne plaisante jamais avec mon travail.

– J'avais remarqué !

– Vous voilà prévenu. Je passerai dans trois jours pour vérifier si vous avez réparé les malfaçons.

– Les malfaçons…

– Bonne fin de journée, monsieur Carter.

Karen raccroche pour couper court à tout marchandage. Paul, désorienté, le téléphone toujours dans la main, piétine sans parvenir à se déplacer.

Elle le prend clairement pour un con. D'ailleurs, elle a haussé le ton à la fin de la conversation, comme avec un patient sénile. Le champagne n'est pas pour tout de suite. Bière avec l'équipe, tout au plus.

Feuille de route numéro 21

Cher Monsieur Marcel,

Quelle joie d'être véritablement en mouvement, à l'affût de l'extraordinaire, de l'Ouest américain dans son entièreté ! Le grandiose est partout autour de nous. Nous éprouvons une telle sensation de liberté, comme des oiseaux fous. Il nous faut juste penser à faire le plein d'essence et nous ravitailler.

Nous avons dormi le premier soir tout près de la rive sud du Grand Canyon, la nuit fut courte, car fraîche, les vieilles couvertures du Ranch que Will nous a gracieusement distribuées s'avèrent être peu adaptées à un climat de montagne. Nous faisons à tour de rôle ce que l'on appelle ici du « Cowboy camping », c'est-à-dire du camping à la belle étoile, et le feu de camp du matin est un vrai réconfort. Spartiate mais économique comme organisation, nous conservons le frais dans une glacière en polystyrène, des sacs de glace sont disponibles dans chaque station-service, à croire que dans ce pays on ne voyage pas sans ses glaçons.

Cette large fracture dans l'écorce terrestre nous a réconciliés. Plantés au bord du précipice, nous sommes restés bouche bée, impossible pour les garçons de se laisser gagner par la mauvaise humeur devant un tel spectacle. C'était presque une question de respect devant le sublime, le gigantesque, il n'y a pas de mot pour décrire cette majesté. J'en ai oublié de frissonner de froid et mon souffle s'est coupé devant l'emblème du Far West.

Ce fut un moment fort pour nous tous, même pour Tim qui l'avait déjà vu enfant, mais ne s'en souvenait pas. Pour moi il symbolise le Nirvana, ce sentiment de se sentir au bon endroit au bon moment, parfaitement serein et heureux. Il me confirme que j'ai eu raison de céder à l'appel du bout du monde.

Pour vous en faire une idée, par endroits, vingt-neuf kilomètres séparent une rive de l'autre – d'après Philippe et Bruno, c'est plus large que la distance Paris-Versailles en ligne droite. Il est difficile de prendre conscience de sa profondeur avant d'en entamer la descente, descente qui est euphorique. Le spectacle des strates de roches sédimentées retrace l'histoire de la planète (le canyon serait vieux de 55 millions d'années), le filet d'eau qui serpente dans sa gorge agit comme un aimant. La faune, plus que la végétation (j'y ai aperçu mon premier serpent à sonnette, rose comme les roches qui lui servaient de cachette), m'a profondément impressionnée. Après trois heures à descendre des marches hautes (je me demande bien qui a eu cette mauvaise idée de façonner des marches sur les sentiers), mes genoux m'ont rappelée à l'ordre. Enfin, disons que j'ai commencé à les écouter. Je peinais de plus en plus. Il faut dire que je promène toute ma vie dans mon sac à dos. Isaurinda, comme moi, était à la traîne et galérait aussi à porter ses affaires.

Nous avons dû, nous les filles, faire d'abord une longue pause puis, comme une armée en déroute, renoncer au doux rêve de toucher du doigt la rivière Colorado, et finalement, après quatre heures d'effort, le plateau était en vue. Les Park Rangers, qui ont tendance à décourager les randonneurs, ne mentaient pas : effectuer l'aller-retour dans la journée demande une certaine capacité physique. Capacité physique que je n'ai pas, en ma qualité de grande prêtresse de l'abstinence sportive, régulièrement excusée en cours de sport.

Les garçons ne sont toujours pas remontés, ils ne devraient pas tarder, mais j'imaginais autrement notre dernière nuit passée ensemble avec Tim. Précisément, au bord de cet abysse, je prends conscience qu'un fossé culturel nous sépare, et cela me permet d'accepter son départ avec philosophie.

23. La vérité sur Wiki, aka « El Magnifico »

Des montagnes russes émotionnelles, ce chantier. Jamais Paul n'aurait imaginé devoir affronter un tel arsenal de sentiments. D'ordinaire il endosse son costume de super solutionneur ; bien caché derrière son physique de rugbyman, rien ne l'atteint personnellement. Le fait est qu'il se ramollit. Est-ce à cause de ses cheveux qui grisonnent ? De son bide qui se transforme en beurre mou ? Karen la tique lui pompe le sang, Julia lui a cambriolé le cœur, et voilà qu'il s'intéresse à un de ces Mexicains dont, généralement, il se contrefout.

Pour fêter le sauvetage de la draisine, Paul a fait le plein de bières. Ils s'en descendent quelques-unes devant le motel, pour bien terminer la journée.

– Dis donc, comment tu connais tout ça, toi ?

Raoul regarde avec suspicion les échanges entre son patron et le héros du jour. Il masse ses muscles endoloris plutôt que de trinquer.

– Je vais prendre une douche bien chaude, moi.

Ça plaisante sur le parking. Personne ne fait attention à lui.

– C'est pas Wikipédia qu'il faut t'appeler, c'est MacGyver !

Raoul observe son patron. Ce rire particulier, c'est avec lui qu'il le partage d'habitude. Il s'éloigne en bougonnant.

MacGyver, devant les patrouilles de police de l'Immigration, il ferait moins le fier. S'il avait su qu'il s'exprimait si bien en anglais, jamais il ne l'aurait recruté. Il s'est fait rouler dans la farine. Il commence à se poser de plus en plus de questions sur celui qui, jusque-là, lui paraissait un peu trop intello, certes, mais inoffensif. Par où est-il entré dans le pays, d'ailleurs ? Wiki ne s'est jamais épanché sur sa traversée de la frontière. Les parents de Raoul, eux, avaient dû marcher une semaine dans le désert. Bouteilles d'eau peintes en noires pour ne pas faire de reflets et risquer de se faire repérer. À l'époque, les mailles du filet laissaient passer plus de miraculés. Un cousin les avait récupérés, épuisés, déshydratés. Quelques années plus tard, ils avaient pu profiter d'une régularisation de sans-papiers. Sous le gouvernement Reagan, une bonne fée s'était penchée sur le berceau de Raoul en lui apportant la citoyenneté américaine.

Pour Wiki, l'entrée illégale dans le pays avait été beaucoup plus rocambolesque. Rocambolesque, mais efficace. À tel point qu'à Tijuana, la ville depuis laquelle il avait eu l'audace de risquer le tout pour le tout, il avait fait des émules. De nombreux désespérés avaient essayé de copier la technique de « El Magnifico », celui qui avait osé débarquer en plein jour sur une plage de San Diego, planche de surf sous le bras, combinaison en néoprène et démarche assurée. Il avait même pris le temps de plaisanter avec d'autres surfeurs avant d'enfiler une cape d'invisibilité et de disparaître dans le sud de la ville.

C'est en prison qu'il avait eu la révélation. Sous ses tatouages de caïd, une témérité folle. Celle d'espérer un autre chemin. Il allait s'évader de ce pays où son avenir était déjà écrit sur sa peau. Il s'était mis à potasser sur toutes sortes de sujets – les courants marins, les énergies renouvelables, le corps humain… Cette curiosité, il l'avait toujours eue, il ne lui manquait que l'imagination pour en faire quelque chose. Une fois sorti de taule, il avait replongé, mais dans la mer cette fois, plus jamais dans la merde, il se l'était promis.

Son évasion, il l'avait échafaudée en deux ans. Deux ans à travailler dans un garage pour financer l'opération. À développer ses capacités physiques et mentales les jours de repos. Nager, se muscler, repousser ses limites sans eau potable. Imaginer une parade pour contrer les détecteurs thermiques, une technique pour faire avancer sa planche, une autre pour transporter un GPS étanche, étudier aux jumelles les patrouilles côtières. Puis économiser pour une combinaison de plongée. La recouvrir de morceaux de couverture de survie. Économiser encore pour une deuxième combinaison, plus large, celle-là. Se fabriquer une cagoule intégrale avec ces trois épaisseurs. Peindre son surf en noir, y découper un compartiment pour loger un GPS et de l'eau sucrée, y installer des batteries de vélo électrique et les relier à une petite hélice.

Un soir, à minuit, il avait pris la mer dans le plus grand secret. Cap sur les îles Coronado, au large de Tijuana. Normalement, cinq heures de nage dans des eaux à quinze degrés. Une promenade de santé avec un surf motorisé. Seize heures à se cacher dans les rochers et attendre la nuit suivante avant de s'élancer vers les plages de la liberté. Celle de La Jolla n'était pas la plus proche, mais la plus directe grâce aux courants remontant la côte. Cinq heures à se laisser porter bien au large puis deux heures vers le continent. Seul sur cette mer parfaitement noire, il avait frôlé la catastrophe avant d'être confondu avec un phoque par les garde-côtes. Son instinct l'avait guidé, son sang-froid et sa bonne étoile l'avaient sauvé.

– Je porte un toast à… c'est quoi ton vrai prénom, au fait ?

– Je m'appelle Angelo.

– À Angelo qui fait des miracles ! Wiki, ce n'est pas très flatteur, non ? Dernière nuit à l'hôtel, les gars ! Profitez-en ! Demain on transporte l'équipe du belvédère et leur matos. Les Algeco arrivent en hélico. Grosse journée. Allez, à demain.

Paul regagne le camping pour casser la fatigue, nerveuse plus que physique. En longeant le bar, il aperçoit des flashs bleus et rouges inhabituels dans la pièce. Ce n'est pas vrai ! Elle a remis ça, pense-t-il.

Il décide de rendre une petite visite de courtoisie à son amie Annie, qui se fera un plaisir de lui payer un verre. Il est accueilli par les bribes d'un reportage télé. Tous les regards sont tournés vers le mur du restaurant. Même Annie ne réagit pas à son arrivée.

– Qu'est-ce qui se passe ? Je croyais qu'à cause de la réélection d'Obama, tu avais définitivement renoncé à la télévision. Un nid d'embrouilles, tu disais.

– D'ici aux prochaines élections, j'ai neuf mois pour changer d'avis.

Annie retire ses lunettes noires pour prendre des notes. Avec son chemisier fleuri en lin, elle a l'air d'une touriste à la Barbade.

– Sympas tes lunettes de star. Tu nous rédiges quoi, là ? Une recette de cocktail ?

– Chut, grommelle Dan.

Regards courroucés de tous les habitués, captivés par l'écran.

– C'est mes lunettes pour conduire et voir de loin. Je n'en ai pas d'autres, lui répond-elle à voix basse. Je prends des notes parce que ça m'intéresse. Je vais faire des recherches sur Internet.

Un jingle d'édition spéciale annonce le retour du programme après la publicité.

– En attendant, tu as vu ce qui se passe dans le monde ?

Annie se sert un whisky en même temps que pour lui.

– Cette histoire de grippe chinoise ? Tu ne vas pas te mettre à paniquer pour ça, toi aussi !

– Huit cas ont été détectés en Californie.

– Mais ce n'est rien, huit cas. Qu'est-ce qu'ils sont allés foutre à Wuhan ? Moi ça ne m'étonne qu'à moitié, ils sont dégueulasses, ces Chinois. Tu as vu à quoi ressemblent leurs marchés ? Ce n'est pas chez nous que ça arriverait…

– Je t'aime bien, *handsome*, mais tu dis parfois beaucoup de conneries. Tu connais le sens du mot « pandémie » ? Un virus n'a pas de passeport.

Paul souffle en secouant la tête. Il attrape son verre pour respirer le doux parfum ambré.

À la télé, un reportage montre un hôpital bâti en quelques jours. Le virus se répand de plus en plus vite dans la population. On y parle de situation préoccupante, de nombres d'infectés, de nombre de morts. Des cosmonautes démunis font du tri dans les malades. Ils sont combien de millions, les Chinois ? Un de plus, un de moins. Paul pousse des « aaaah » de satisfaction après chaque gorgée. Tout heureux de ne pas vivre sur la planète CNN. Ce petit virus, c'est du pain béni pour les journalistes. Annie et compagnie n'ont pas fini de voir défiler la misère du monde.

– Et sinon, le Frenchy, il est bien rentré ?

– Je ne sais pas. Je ne l'ai pas vu depuis plusieurs jours. Et puis, il ne patine plus du tout. C'est inquiétant.

– Mais non, ce n'est pas inquiétant.

Paul recommande un whisky. Puis un autre. Il se replie

sur lui-même, sur ses tristes pensées. Personne ne s'inquiète pour lui. Pas de bras qui le serrent, pas de main dans la sienne. Il n'est ni aimant ni aimable. Plus l'alcool enflamme son gosier, plus il repense à Julia. Ressasse ces moments non verbaux où il a clairement perçu des signes d'attirance. Elle l'a laissé pénétrer dans sa sphère personnelle en recherchant ce moment d'intimité dans la chambre d'ami. Il faut être complètement détraqué pour manipuler les gens de la sorte. Oubliant Annie et les autres clients autour de lui, il en vient à recracher le noyau amer du fruit de ses réflexions : « *bitches !* »

Le beau Paul – pour le moment plutôt malodorant et ratatiné sur son tabouret – s'est fait rembarrer.

– Toutes des chiennes…

Annie préfère ne pas relever. Pour lui éviter un autre épisode humiliant, elle refuse de le resservir.

– Allez, il est temps d'aller au lit, monsieur Carter.

– Monsieur Carter, tu parles, répète-t-il.

Deux gars le prennent sous les bras pour le reconduire dans son antre. Sa caravane le gratifie d'un « Bonsoir et bienvenue, monsieur Carter ». Tu parles… *Bitch ! All bitches !* D'un revers de la main, il balaye violemment le plan de travail de la cuisine puis va s'écrouler sur le premier canapé.

– Je n'ai pas compris votre demande, monsieur ! lui répond Betty.

Plus personne ne comprend ce pauvre monsieur Carter, même pas lui.

Feuille de route numéro 22

Cher Monsieur Marcel,

Ce matin, Tim s'en est allé de son côté. Il a prononcé avec douceur « I really, really, really like you » et ne s'est surtout pas engagé sur le chemin du « I love you ». J'aurais pu le dire, moi, « I love you », mais je me suis épargné cette humiliation-là.

Notre expédition continue donc à quatre, dans un premier temps en direction du nord. Comme nous sommes en majorité des Français, Isaurinda peut parfaire ses connaissances de la langue de Molière et elle en est ravie. Avec Philippe derrière le volant, le trajet jusqu'à Monument Valley a été créatif, nous avons survécu au chemin étroit et cabossé du fond de canyon et au passage sablonneux idéal pour s'enliser. Nous dormons ce soir dans le parc naturel qui fait partie de la réserve des Navajos. Je suis sûre que vous connaissez ce décor de western. Cette vallée des rocs, comme l'appellent les Amérindiens, nous laisse profiter de formations géologiques érodées par le vent et la pluie.

Monument Valley, Monsieur Marcel, c'est rêver éveillé devant des géants de pierre qui nous contemplent dans un silence immémorial. C'est comme être au centre de la Terre, avant l'Homme, hors du monde et du temps qui passe. J'aimerais tellement que vous puissiez voir tout ça, ressentir tout ça. Cette vallée, nous voulions l'apercevoir pour la première fois comme dans Forrest Gump, *le film de Robert Zemeckis avec Tom Hanks, qui nous a tant marqués tous les quatre.*

Will nous avait parlé d'un certain chemin de terre qui conduit à une réserve de chevaux sauvages, les fameux mustangs, ceux qu'on voit dans Les Misfits, *c'était de toute beauté. Il nous avait aussi recommandé d'aller découvrir des pétroglyphes, mais malheureusement les Blancs ne sont plus les bienvenus partout sur les terres amérindiennes. Nous avons marché sur le Wildcat Trail, « le sentier du chat sauvage », qui longe les formations les plus célèbres que l'on appelle des « buttes », une promenade de trois heures, mais qui restait balisée, avec interdiction de s'éloigner des marques tracées sur le sol.*

La couleur de la terre rend Isaurinda hystérique, elle veut tout conserver et rapporter un maximum de trésors : ici du sable rouge, carmin, ocre, orangé ; là du bois qui semble pétrifié ; des cactus fossilisés. Elle collectionne des traces de vie et moi les traces des mots. Elle a pris l'habitude de laisser une trace, nous sommes ses assistants, nous proposons et elle met en place une sorte de sculpture, même Philippe se prend au jeu du « laissons un message pour les suivants », elle appelle ça du land art.

Nous allons passer la nuit sous un ciel immense, sur cette terre habitée par les esprits de ses anciens habitants. Le soleil qui commence à tirer sa révérence fait rougir de plaisir les trois « buttes », témoins du temps qui passe. Décevant de ne pas profiter librement du lieu, mais les Navajos ont certainement raison de préserver ces « ruines sacrées » en les rendant inac-

cessibles au commun des mortels. Garder ce monde sauvage est ce qui peut lui arriver de mieux.

J'ai recopié dans mon cahier de culture cette citation qui figure sur le dépliant remis aux touristes : « Traitez bien la Terre, elle ne vous a pas été donnée par vos parents, elle vous a été prêtée par vos enfants. »

24. Apprendre à danser sous la pluie

J-B a somnolé pendant un bon moment, épuisé par l'émotion. Des crampes d'estomac le réveillent. Son corps implore, manifeste, mais il ne l'écoute pas. Il reste immobile, bien décidé à retrouver cette obscurité qu'il porte en lui. La langue sèche, la soif le taraude. Il pense à la pomme dans son sac. Combien de temps le maintiendrait-elle en vie ? Pas question de croquer ne serait-ce qu'une bouchée. Il faut que ça cesse le plus vite possible. Il en a la force. Se sent accompagné.

Il songe aux derniers moments de Stéphanie. La violence de la situation. Est-elle morte sur le coup ? Par asphyxie ? En combien de temps succombe-t-on à la déshydratation ? Dans le désert, le sort est un peu plus enviable. Le corps monte en température et ne transpire plus pour la réguler. Les premiers symptômes physiques de fatigue, les crampes, puis neurologiques, confusion et délire, arrivent assez vite. Mais dans un environnement tempéré et à l'ombre, la peur et l'agonie ont dû se prolonger. L'horreur.

Pourquoi cette terrible solitude ? Pourquoi personne ne l'a secourue ? Par peur des représailles, sans doute. Comment peuvent-ils vivre avec cette culpabilité, Philippe, Bruno, Isaurinda ? Comment ? Que sont-ils devenus ? Cette aventure a dû les marquer à jamais.

Il repense au carnet. À Monsieur Marcel, qui fait aussi partie de sa vie à lui, certainement mort depuis longtemps. Il aurait voulu la connaître, cette Stéphanie. Sa sœur de cœur, issue du même milieu populaire, qui voulait changer le sens des rivières. Il va lui rendre son carnet. C'est la moindre des choses.

J-B rallume sa lampe de poche et récupère le carnet dans son sac. Il le dépose près des mains du cadavre avec le sentiment du devoir accompli. Avant d'éteindre la lumière, il aperçoit ce qu'il prend pour une veste en cuir. Une sacoche, en fait, que Paul a déposée derrière le corps. Il décide d'en faire l'inventaire.

Dans la petite poche avant, un parfum, un morceau de grès bleu et, emballé dans un tee-shirt, un passeport européen, celui d'Isaurinda de Oliveira, née à Faro en 1978. Dans le compartiment principal, un autre passeport, celui de Stéphanie Bertillot, née à Vitry-sur-Seine en 1979, un déodorant, un tee-shirt, deux bouteilles d'eau vides, des papiers de bonbons froissés, des restes d'emballages alimentaires, une boîte d'allumettes, des cubes allume-feu, une lampe de poche. Il s'arrête un moment sur le stylo à bille bleu, celui qu'elle a dû utiliser pour écrire. Une carte postale publicitaire sur le Big Bear Ranch au dos de laquelle est écrit en caractères d'imprimerie : I STILL HAVEN'T FOUND WHAT I AM LOOKING FOR. Une petite clé de sol dessinée. Signé Tim. La chanson de U2, que J-B écoutait en boucle en 1987, résonne immédiatement dans sa tête. « Je n'ai toujours pas trouvé ce que je cherche… » Il imagine Stéphanie, hilare dans la voiture de Tim, chantant à tue-tête les paroles, toutes fenêtres ouvertes. Commençant à peine à chercher ce qu'elle était venue trouver ici. Et d'après ses écrits, son chemin semblait prometteur.

J-B reprend sa fouille méthodique, comme un dernier hommage à la dépouille. Sans affect. Il a accepté la fin de vie de Stéphanie et son adversité.

Au fond du sac, un cahier ligné d'écolier. Mêmes interlignes et marge qu'en France. Son « cahier de culture ». Celui qui devait l'aider à se hisser au niveau de la classe supérieure. Cette surprise du destin fait sourire J-B. En parcourant le cahier, il tombe sur une série de listes aux titres évocateurs : Expressions à retenir en anglais ; Citations préférées ; Trucs à faire et à voir avant de crever. La liste de ses futures envies le fait sourire tristement. Une photo d'une demi-page se trouve intercalée entre des feuilles. Le genre de cliché commercial pris devant une attraction. Ils posent tous les cinq devant un poster : une vue spectaculaire du « Grand Canyon 1998 », dit la légende.

Quel cadeau, cette photo ! On y distingue parfaitement à gauche deux garçons, deux filles au centre et un garçon sur la droite. La fine équipe pose fièrement. Tim, à peine plus grand, a passé son bras sur les épaules de Stéphanie. Les deux autres garçons dépassent de plus de deux têtes la petite Isaurinda, au milieu de la photo. L'un d'entre eux porte un appareil photo autour du cou. Bruno le photographe peut-être.

Te voilà, chère Stéphanie ! J-B passe son doigt sur leurs silhouettes comme pour mieux les connaître. Garçons en short, filles en pantalon. Puis un détail attire son attention. Une seule fille porte des Converses. Des Converses rouges. Il s'agit d'Isaurinda. Stéphanie, elle, porte des baskets blanches.

Il doute un moment puis la photo lui tombe des mains. La vérité lui explose au visage. Comme si un méchant clown à ressort avait jailli de sa boîte pour lui dire : Surprise !!!

– C'est pas possible !

Il tourne sa lampe de poche dans la direction des pieds du corps momifié. Des Converses rouges de petite taille. Du 36 maximum. Impossible pour les deux filles d'échanger leurs chaussures. Stéphanie, bien plus grande, devait chausser du

39/40. C'est donc Isaurinda qui est étendue là. Pas Stéphanie. Si les deux passeports se retrouvent dans ce sac, c'est que les deux filles avaient décidé de faire sac à dos commun. Que s'était-il passé ? L'avaient-ils laissée se reposer et, pendant leur absence, seule dans le tunnel, Isaurinda avait allumé un feu ? Ou bien au moment de l'incendie, Stéphanie et les deux garçons étaient parvenus à sauver leur peau et Isaurinda s'était retrouvée coincée par la fumée, un éboulis ? Mais alors, si les autres s'en sont sortis, pourquoi ne pas l'avoir secourue, elle, bordel ? Signaler sa disparition, putain, assumer.

Cœur qui cogne fort dans la cage thoracique. La découverte de ce secret a créé une explosion. Aspiré l'air ambiant. J-B sort en catastrophe de la mine pour retrouver son souffle. Touché par un éclair de vie. Il se hisse hors du trou pour aller s'affaler sur le sol. Ce putain d'instinct de survie. Celui qui l'a ramené près de la plage en 2002, qui l'a empêché de sauter du pont de Coronado en 2006.

Un flot de lumière lui brûle la rétine. Il porte sa main sur ses yeux plissés par les rayons du soleil. Une fois accoutumé à la luminosité, il se relève en titubant. Du jaune et de l'orange. Des fleurs de pavot, la fameuse California Poppy. En quelques heures, la vie a explosé partout autour de lui. Il a dû pleuvoir un peu. Suffisamment pour qu'avec les grosses pluies de l'automne, la magie opère. Quelque chose lui est dit, qui le concerne au plus profond. Un signe de sa Mère Terre qu'il prie tous les jours. Elle lui dit : « Ne donne pas toute la place au malheur, sors de cette tombe avant d'y être couché toi aussi. » Sa Jo est là aussi. Le nez penché sur une corolle, il la revoit s'émerveiller. « Promets-moi de vivre pour deux », elle lui avait demandé à la fin. Un autre serment consenti qu'il n'avait pas tenu.

Il tourne sur lui-même en souriant, comme il l'a déjà fait auparavant. Il y a bien longtemps. Les bras écartés, le nez au vent. Un concerto d'odeurs l'attend dehors. Le parfum de la terre encore un peu humide. Celui de sauge et de cannabis des fleurs. Il respire la vie. C'est comme si Rostropovitch et son violoncelle l'attendaient pour célébrer la chute de son mur d'enceinte émotionnel. Il se sent délesté. Il s'est pardonné. Épuisé, la tête à l'envers, il s'immobilise.

Et maintenant ?

Il pense au carnet. Au lien d'attachement qu'il a tissé avec sa propriétaire. À sa liste des « trucs à faire et voir avant de crever ». Les questions qu'elle se posait auxquelles il n'a pas les réponses lui-même : est-ce qu'un geyser crache ou murmure ? Et s'il réessayait lui aussi « d'exister plus intensément », comme disait Monsieur Marcel ? Et s'il franchissait à nouveau le seuil de la porte de la vie ?

Il retourne dans la mine et récupère passeports et cahiers.

La pomme lui a donné assez d'énergie pour regagner la route. Des touristes l'ont abreuvé et déposé devant le camping. Il n'a plus qu'une envie : prendre son destin en main.

Il dévore le contenu de son frigo, plonge ses doigts dans le pot de beurre de cacahuète. Retourne sa tanière à la recherche de ses papiers d'identité. En tombant sur son permis français, il repense avec émotion à la fête d'anniversaire de son dernier patron à Dijon. Quel âge peut-il avoir maintenant ? « Bonne nouvelle naissance », avait écrit J-B sur la carte pour rattraper in extremis la faute d'orthographe qu'il était sur le point de faire. Bon anniversaire – bonne nouvelle naissance. « C'est tout à fait ça ! » lui avait dit son patron les yeux brillants. « Tu verras, Jean-Baptiste. Ça file vite, les années. Cinquante ans. C'est le moment ou jamais de vivre ses rêves. »

Vivre ses rêves pour ne pas rêver sa vie. Une formule toute faite qui lui parle à nouveau. Il n'est plus un zombie. Il se sent prêt à se laisser porter ailleurs. Dans sa valise ouverte, une carte du Montana lui fait de l'œil. Il y glisse ses papiers, quelques vêtements, son smartphone qui traînait sur le lit, le cordon pour le recharger.

Reste Annie. Son affection sincère. Presque une mère de substitution. Il n'aura pas le courage de déployer ses ailes s'il la revoit. Elle comprendra qu'il s'est enfin réveillé.

Feuille de route numéro 23

Cher Monsieur Marcel,

D'un côté, j'ai hâte de retrouver le confort d'une chambre avec un lit, une salle de bain avec de l'eau chaude, du savon qui mousse, une serviette propre ; de l'autre, je prolongerais bien notre aventure humaine tellement je la trouve palpitante.

Nous avons repris la route en direction de Phoenix. Ici, cette expression prend tout son sens puisqu'il n'y en a qu'une, de route, qui mène vers le sud, unique langue de bitume qui traverse des étendues sauvages. Après avoir roulé dans ce qui peut se rapprocher d'une tempête de sable, la capitale de l'État de l'Arizona est apparue comme un miracle. Il fait toujours aussi chaud la journée, pas une goutte de pluie, ce qui nous permet de dormir où bon nous semble. Ce soir, nous passons la nuit dans un camping colonisé par une variété de cactus que l'on appelle ici les saguaros, des cactus à bras de géants, emblèmes de l'État qu'on retrouve sur les plaques d'immatriculation.

Nous n'avons fait que traverser la ville, qui n'a rien de bien exceptionnel. Nous sommes tous les quatre plutôt fascinés par cette végétation extraordinaire, ces monstres verts à épines peuvent mesurer jusqu'à quinze mètres de haut, grands comme les résidences de cinq étages qui poussent en bas de votre rue.

Grande nouvelle, Bruno a eu vingt et un ans, il est désormais assez âgé pour partir à la guerre et boire de l'alcool ici, mauvais vin rouge, bière. Nos couvertures tachées vont s'en souvenir, les garçons avaient besoin de festoyer au coin des flammes.

Avant d'arriver, Philippe nous a déstabilisés avec sa question de DRH : où vous voyez-vous dans dix ans ? Lui se projette déjà enseignant comme ses parents, professeur d'histoire-géographie en Haute-Savoie, sa région d'origine. Il aime développer des idées, argumenter, et il se verrait bien évangéliser des sauvageons dans un petit collège perdu au milieu des sapins. Un intellectuel sportif qui a besoin de reliefs, de ronces, de futaies. Les ruisseaux frais de sa « Yaute », comme il l'appelle, coulent dans son ADN.

Pour Bruno, rien n'est encore écrit, lui qui fréquente la même faculté que Philippe n'est pas très sûr. Il se verrait bien photographe professionnel, rêve de Paris, d'expositions de photos, d'ailleurs il immortalise à peu près tout depuis son arrivée. Son père est violoniste et sa mère informaticienne. Il a une relation privilégiée avec la technologie, attend avec impatience l'année 2000 où tout va peut-être bugguer, il parle cette autre langue qu'est l'informatique et les ordinateurs du campus sont de brillants amis.

Isaurinda se voit héritière du talent de Frida Kahlo, mais renonce à la succession concernant la partie « vie sentimentale » : elle s'imagine habiter New York ou Lisbonne et envisage de vivre de son art, à moins qu'elle ne se lance dans la vente de pasteis de nata. Qu'il soit coloré ou parfumé, son chemin, à n'en pas douter, sera créatif. Refusant de reprendre la conserverie de grand-papa et grand-maman comme l'ont fait papa et maman, elle est pour sa famille une rebelle qui refuse de rentrer dans le rang.

Je ne savais pas qu'Isaurinda portait des chaînes… L'asservissement volontaire dont vous me parliez, ça m'a beaucoup ébranlée. Au fond, Isaurinda a aussi fui la saumure. C'est vrai que je ne la vois pas du tout travailler dans la sardine, le poulpe, le thon ou les anchois.

Quoi qu'il en soit, en arrivant au Ranch, j'aurais répondu que pour ma part je ne savais pas ce que je voulais faire de ma vie. Vous vous souvenez, Monsieur Marcel, quand j'avais dit « J'ai l'impression d'être taillée dans un BN », vous aviez beaucoup rigolé ; Marceline, elle, avait continué à plonger ses gâteaux dans son bol. Vous vous souvenez ? J'avais peur d'avoir peur. Une marche à la fois. Je ne me projetais pas, je me serais trouvé des excuses potentielles pour douter, me préparer à l'échec, après tout, du fond de ma banlieue, j'ai plusieurs périphériques de retard.

Aujourd'hui, je suis une autre. Je veux devenir juge d'instruction, avocate ou assistante sociale. Je veux choisir en fonction de mes compétences intellectuelles, de mes goûts, de mes aptitudes à communiquer, car défendre la veuve et l'orphelin, conseiller, solutionner, aider, me motive plus que tout dans la vie.

C'est un proverbe navajo qui m'a soufflé cette idée d'articuler mes envies : « Choisis bien tes mots, car ce sont eux qui créent le monde qui t'entoure. »

Et vous savez : décider d'être moteur de sa destinée porte déjà ses fruits. J'y crois à cette réussite-là ; enfin j'entrevois des possibilités…

25. Justice for Stéphanie

De l'autre côté du pont, une partie de la montagne a été rasée à coups de dynamite par d'autres forçats du rail en 1920. Le dégagement forme un large belvédère. N'y subsistent que deux citernes à eau, en métal terni, vides depuis longtemps. Le système de canalisation prévu en cas d'incendie fonctionne encore. Dans un premier temps, les reliques ont été poussées sur le côté. Il s'agissait de faire place nette pour le futur centre d'accueil des visiteurs. Il est prévu d'y intégrer une des deux citernes dans le hall d'entrée, en hommage au passé. Dans un pays jeune, le moindre reliquat d'histoire est encensé.

Une petite ville en préfabriqué est sortie de terre. En fond sonore : un ballet d'hélicoptères. Matériaux, nourriture et personnel ont traversé les montagnes par les rails. La construction du centre peut commencer. En bois du sol au plafond, l'équipe de charpentiers a du pain sur la planche.

Paul reste concentré sur son objectif : commencer et poursuivre le plus longtemps possible l'avancement de la troisième tranche du chantier. La chaîne de montagnes se poursuit de l'autre côté. Vingt et un ponts, sept tunnels. La différence, maintenant, c'est que ses gars et lui sont sur place. Une petite communauté « entre couilles », comme il leur a dit le deuxième soir. Pas fâché de s'être débarrassé pour un moment de Karen. Madame est revenue pour constater que le cahier des charges avait bien été respecté, et leur a donné sa bénédiction avec un dernier conseil, comme une petite tape sur les doigts : « On ne refait pas les mêmes erreurs avec la suite du chantier. » Beaucoup plus aimable cette fois.

– Boss, le shérif veut vous parler.

– Il m'emmerde.

– Il m'a laissé quatre messages.

– À moi aussi. Je verrai ça vendredi.

Paul apprécie d'être coupé du monde pendant plusieurs jours. Son téléphone en liaison satellite tente de le faire redescendre sur terre. Ces appels répétés ne lui disent rien de bon. Mais pour le moment, dans ses montagnes, il n'est pas question de se laisser enquiquiner par qui que ce soit. Il mange bien – les haricots rouges accommodés de *carne asada*, finalement ce n'est pas si mauvais. Il apprécie l'immobilisme de la situation. Le « tout sur place » est très reposant. Le soir, Wiki enfile son costume de Park Ranger pour leur donner des détails sur la faune et la flore. Paul a ainsi appris et retenu que le condor pisse sur ses pattes en été pour se rafraîchir et qu'il peut se priver de nourriture pendant deux semaines.

– Bah, ce n'est pas toi qui ferais ça, Raoul !

On se charrie dans une ambiance bon enfant. Il ne manque qu'un ukulélé le soir autour du feu pour se croire dans un camp de vacances. Le matin, plus de lever de drapeau avec le traditionnel discours pour motiver les troupes. Paul a lâché les rênes et tout semble fonctionner.

Le vendredi soir, toute la troupe rassemble ses affaires. Il est temps pour nos pionniers de regagner leurs pénates.

Une voiture de police patiente à l'arrivée du train.

– Monsieur Carter, monsieur Carter !

On l'interpelle de toutes parts.

Paul, en apercevant la foule, sent les regards hostiles. On réclame sa tête. Il hésite à retirer son casque de chantier.

Gyrophare allumé, la voiture de police lui indique qu'il a dépassé les bornes. Mais la présence du shérif le rassure. Il ne finira pas lapidé en place publique.

Il se débarrasse de son gilet jaune et ajuste sa casquette sur la tête. Il pense à la maquette de train électrique dans le bureau d'Huntington. Des feux rouge cramoisi doivent s'y allumer.

À coups de sirène, le shérif se fraie un chemin au milieu d'une centaine de personnes, curieux et journalistes, et le fait monter à l'arrière du véhicule de police. Derrière une grille noire, il est en cage, mais protégé. La grappe humaine réclame des réponses. « Est-ce que c'est vrai, Carter ? », « Carter, qu'est-ce que tu en as fait ? »

Regard courroucé du dépositaire de l'ordre public dans le rétroviseur. Voix nerveuse :

– T'as bien déconné, Paul. Dissimulation de corps, profanation d'un cadavre, obstruction à la justice, douze ans de prison, vingt-cinq mille dollars d'amende.

La foule, toujours véhémente, s'écarte pour laisser passer le véhicule. Paul considère les protestataires qui s'éloignent. Ils scandent « *Justice for Stéphanie* » à l'unisson. Sûrement des écolos en colère, qui prendraient n'importe quel prétexte pour faire suspendre le chantier ! En parler pour le remettre en question, c'est tout ce qu'ils demandent. Et le caméraman de la chaîne 10 News-San Diego va bien les y aider.

Paul sent son cœur se décrocher comme en chute libre dans un ascenseur. Il s'enfonce sur la banquette pour retrouver son calme. Il a encore une carte à jouer. Tout va reposer sur la parole de cet enfoiré de J-B, qui s'est peut-être laissé crever. Il paraissait clairement au bout du rouleau lors de leur dernière sortie matinale. Après tout, pas de témoin, pas de corps, pas de dissimulation de corps, pas de profanation de cadavre, pas d'obstruction à la justice. Il s'approche de la grille, à nouveau plein d'espoir. Tout cela semble disproportionné.

– J'ai droit à un coup de fil ?

– Tu as le droit de fermer ta gueule surtout. Tu en as assez fait. Ou justement non, vu ta tête de coupable, tu en as trop fait. C'est pas des conneries alors, cette vidéo. Tu as vraiment découvert un cadavre ?

Le shérif est remonté comme une pendule. Une affaire non résolue par son prédécesseur dans SON comté, depuis toutes ces années.

Son attitude change lorsqu'il répond au téléphone. Les « oui, monsieur », « bien sûr, monsieur » sur un ton déférent confirment à Paul que rien n'est joué. Ce dernier préfère rester silencieux. Il en a la conviction, des ficelles, très haut, vont être tirées pour le sortir de ce mauvais pas. Il préfère faire profil bas.

Avant d'interférer avec le monde des hommes, le Tout-Puissant cherche à comprendre…

– Pour le moment, je ne sais pas grand-chose. D'après ce que j'ai lu, trois jeunes Français ont été arrêtés en 1998 par mon prédécesseur, dont Stéphanie Bertillot. La Border Patrol nous les a confiés. Ils avaient été aperçus sur les rails, puis interpellés dans la plaine avant d'atteindre la route. Puis plus rien. Soupçonnés de trafic de drogue. Violation de propriété. Amende avec reconduite immédiate à la frontière. Je sais, oui, ça ne peut pas être elle. J'ai un paquet de journalistes sur le dos, une chaîne de télé. De vrais charognards. Un grand bonze du barreau de New York m'a personnellement téléphoné. Oui. D'accord. Vous êtes sûr ? D'accord. Bien, monsieur. Je vous tiens au courant, monsieur. Au revoir, monsieur.

Contre toute attente, le shérif coupe le gyrophare. Le véhicule dépasse le poste de police et sort de la ville. En regardant s'éloigner le bâtiment officiel garant du droit, Paul hausse les sourcils. Commence à s'agiter sur son siège, soupçonneux. Il appuie nerveusement sur la commande de la vitre électrique. Bien évidemment, celle-ci ne fonctionne pas. Il a de plus en plus chaud. Ce qui se passe dans le désert reste dans le désert. Va-t-on lui appliquer la loi du talion ? L'espace d'un instant, il s'imagine enterré vivant et son cœur se serre. La sueur commence à perler sur son visage. Paul retire sa casquette pour s'éponger le front.

– C'est un malentendu…

– C'est sûrement ça, répond le shérif d'une voix résignée.

Puis il a la bonté de le rassurer.

– Tu vas rester planqué en attendant que ça se calme. Ordre du Tout-Puissant…

Lui aussi doit se soumettre aux diktats de la politique des feux verts.

– Mais avant, tu vas me raconter ce que tu as trouvé dans ce tunnel.

Regard noir dans le rétroviseur pour faire parler le coupable.

– On s'en fout. La Stéphanie est vivante, si j'ai bien compris. C'est pourtant son carnet que j'ai retrouvé…

– Comment ça, on s'en fout ? Il y avait quelqu'un dans ce tunnel, oui ou non ?

Absorbé par le paysage, Paul ne répond pas. Il constate qu'il ne connaît rien de ce petit mec aux yeux noirs, si ce n'est son patronyme qui fleure la pizza : Strozzi.

Pepperoni, bacon, gorgonzola, épinards… À quel moment

les ancêtres d'Aldo Strozzi ont-ils délaissé la cuillère en bois et le tablier blanc enfariné pour le Glock et la chemisette kaki à l'insigne étoilé ? Y aurait-il des mini-Strozzi, frisés comme papa, qui piaillent d'excitation à chaque retour du héros au bercail ? Des frères, des sœurs ? Une appétence pour les retrouvailles, les grandes tablées ? Du partage, un lien de solidarité familiale ? La « familiale », pour Paul, fils unique, c'est une taille de pizza. Pepperoni pour lui, bacon pour son fils, gorgonzola pour sa fille, épinards pour sa femme. Avec un supplément mozzarella. Les ingrédients sourire. Une époque révolue où il se sentait relié, et puis les fils de fromage fondu se sont de plus en plus distendus. Il n'a plus que des ayants droit. Loin des yeux, loin du cœur, lui rappelle régulièrement sa mère.

Cette disparue, il en est certain, est depuis longtemps oubliée.

Coup de freins brutal, voilà que le shérif a dans l'idée de secouer son passager. Il se gare sur le bas-côté et se tourne vers Paul.

– Qu'est-ce que tu as trouvé dans ce tunnel, bon sang ? Il s'est passé quoi là-dedans ?

– Mais rien. Enfin peu de chose. Je ne sais pas, moi. Je ne suis pas de la police scientifique.

Strozzi arme ses deux mitrailleuses. Son monosourcil se fronce de colère. Comme l'*Enola Gay* prêt à lâcher sa bombe.

Paul se décide à collaborer.

– Bon, d'accord. Je reconnais avoir été obligé de faire disparaître un corps. D'après moi, des gosses avaient prévu de camper. Il y avait plusieurs couvertures. Pour une raison que je ne m'explique pas, la fille était toute seule dans le tunnel. Peut-être qu'elle en avait ras le bol de marcher et qu'elle a décidé de les attendre. Ou alors ils se sont disputés. Mais l'autre aurait gardé son carnet. Bon, dans tous les cas, la fille allume un feu quand il commence à faire frisquet. À côté de la charpente. Ça, elle ne savait pas. Une petite étincelle et c'est trop tard. Les flammes courent jusqu'à l'entrée, attisées par l'air, et tout va très vite. Beaucoup de fumée, j'imagine. Un des jambages se fait bouffer et tout s'effondre. La fille recule de peur au lieu d'essayer de sortir, ou alors elle dort. Je pense qu'elle est morte asphyxiée, comme dans 80 % des cas lors d'un incendie. Son corps était, est intact.

– Son corps était intact, comment ça exactement ?

– Elle était comme endormie, enroulée dans des couvertures.

Le shérif, ébranlé et pensif, baisse les yeux. La détresse des parents de n'avoir jamais su. Paul se tait, pour respecter cette minute de silence solennelle, puis reprend de plus belle :

– Mais bon, on pourrait dire…

– On pourrait rien dire du tout. Tu viens toi-même d'avouer avoir trouvé et dissimulé un corps. Je ne sais pas comment ça va se terminer pour toi, mais il y a cet avocat, ce Truman quelque chose. Il a connu la fille, Stéphanie. Peut-être qu'il connaissait aussi la victime. Il veut des explications, même s'il n'y a pas de coupable, vraisemblablement. Sans parler de ce détective privé que mon prédécesseur n'a pas pris au sérieux. Il recherchait une autre fille européenne, du même âge. Ça fait beaucoup de coïncidences. Maintenant que la presse s'en est mêlée… Et c'est quoi, cette histoire de carnet ?

– Oh rien, je l'ai donné à un type qui fait du patin. On n'y comprend rien de toute façon, c'est écrit en français.

– Tu es en train de me dire qu'un type possède un élément de preuve qui te relie à la découverte du corps ?

Strozzi lève les yeux au ciel et s'emporte :

– Tu pouvais pas…

Il s'interrompt brutalement : « Arrête avec tes reproches, ça ne sert plus à rien, c'est des enfants… », lui dirait Donna Strozzi.

– Qu'est-ce qu'on fait maintenant ? demande Paul.

La question qui arrive après un carreau cassé, un chat repeint en bleu, des bonbons dans le lecteur DVD… Dans ce registre, il peut gérer.

– Bah, tu te démerdes tout seul. J'espère que tu connais un bon avocat. Si cela ne tenait qu'à moi, je te collerais derrière les barreaux.

Il redémarre pour aller le déposer comme un paquet de linge sale devant l'entrée du camping, et repart dans un crissement de pneus pour marquer sa désapprobation.

Avant de pousser la porte du bar, Paul essuie ses mains moites sur son pantalon et rajuste sa casquette.

– *Hey, handsome !* Comment ça va ?

Sans prendre la peine de répondre à Annie, Paul enchaîne sur une question qui lui taraude l'esprit.

– Il est là, J-B ?

– Non. Je suis très inquiète. Personne ne l'a vu depuis cinq jours.

– Tu as été voir dans son mobil-home ?

– Oui. Ses patins ont disparu aussi. Il ne serait pas parti sans dire au revoir quand même ?

La mâchoire de Paul se crispe. Il est revenu. L'enfoiré est toujours vivant. On ne prend pas ses patins pour se suicider.

– Un whisky, comme d'habitude le vendredi ?

Paul attrape son verre et fait tourner son contenu comme s'il pouvait y lire l'avenir. Il pressent que pour lui, ce sera tous les jours vendredi pendant un moment. Il va finir citerne à whisky.

Feuille de route numéro 24

Cher Monsieur Marcel,

Les dieux m'ont entendue, je vous écris depuis une chambre de motel située au centre du monde, tout près de la tour Eiffel. Rassurez-vous, je n'ai pas perdu la tête, nous sommes à Felicity, une ville qui se situe au milieu de nulle part ; son fondateur français, Jacques-André Istel, l'a décrétée officiellement comme telle.

Will nous avait prévenus, rien de bien intéressant à découvrir entre Phoenix et San Diego, mis à part ce symbole phallique visible depuis l'autoroute 8, une section d'escalier en colimaçon menant dans le vide, un morceau authentique de la tour Eiffel, avec, non loin de là, une pyramide de pierre et de verre qui marque l'emplacement exact du centre du monde.

Ce qui peut s'apparenter à une farce est pourtant bien réel et beaucoup de personnalités soutiennent le projet. Le centre du monde peut être établi n'importe où, il suffit de le matérialiser, et c'est précisément ce qu'a décidé de faire ce personnage audacieux, qui vous plairait sûrement. Il s'est également mis en tête de graver dans le granit, en français et en anglais, la mémoire collective de l'humanité, un cadeau aux générations futures, pour leur transmettre des vérités humaines fondamentales et des fragments de culture ; une robustesse de quatre mille ans, le granit !

Grâce à Philippe, notre facilitateur de rencontres passionné d'histoire, nous avons fait sa connaissance et ce charmant gentleman nous a offert l'hospitalité en échange de notre présence à sa table. Il incarne désormais pour moi le fameux dicton anglais « sky is the limit », autrement dit tout est possible – il a oublié de préciser : avec de l'argent !

Nous avons passé une excellente soirée en compagnie de notre hôte, ancien officier dans les United States Marine Corps pendant la guerre de Corée, puis parachutiste dans le civil, et de son épouse Felicia Lee, auparavant journaliste au magazine Sports Illustrated. *Le couple ne manque pas d'idées concernant le rayonnement futur de la ville. Pour le moment, Felicity (vous devinez l'origine du nom) fonctionne comme une petite commune de deux habitants, avec son bureau de poste et sa mairie, en plus des dalles de granit ; une colline artificielle de dix mètres de haut devrait accueillir une église.*

Passer la nuit sur ce point cardinal à la fois sérieux et loufoque est un vrai privilège, d'autant que dehors le vent du désert de Gila nous aurait certainement cassé les oreilles toute la nuit. Nous apprécions à sa juste valeur cette heureuse « félicité ».

La suite du voyage se déroule en pourparlers. Philippe souhaite regagner directement la ville côtière pour aller se baigner. Bruno semble déterminé à arpenter ce mystérieux pont en bois le plus long du monde qui franchit Providence Canyon. Il estime que ne pas s'y arrêter revient à passer à côté de la mythique Atlantide et renoncer à l'explorer. Il propose même de dormir dans un tunnel, pour être aux premières loges quand le soleil se lèvera…

Isaurinda, comme moi, a beaucoup de mal à réfléchir avec l'estomac plein, il nous est difficile de prendre parti. Jacques-

André nous ayant fait déguster un fantastique Mouton Rothschild, une certaine ivresse de mon âme et de mon corps m'empêche de penser à demain. Je n'ai plus qu'un souhait : prolonger l'instant présent. Je vais m'endormir en songeant à la beauté de ces vers de Baudelaire, gravés en français en plein milieu d'un désert californien :

« C'est grâce aux astres nonpareils,
qui tout au fond du ciel flamboient,
que mes yeux consumés ne voient
que des souvenirs de soleils. »

26. « Nul n'est censé ignorer ma loi »

Shérif de Morena et des bleds alentour, c'est plutôt tranquille comme fonction. Mais ce n'est pas une raison pour ne pas prendre au sérieux ses responsabilités. Surtout en période de réélection. Alors, tous les quatre ans, c'était un peu le même cinéma avec Jeffrey Van Dyke, son prédécesseur. Ses babines de rottweiler placardées partout sur les murs avec le même slogan : La loi et l'ordre avec Jeff Van Dyke. Tout devait filer droit, une tolérance zéro pour les déchets trop imbibés, le non-respect de l'obligation d'obéissance, pourtant non obligatoire, il savait embrouiller ; les presque sorties de zone de surveillance des délinquants sexuels, il pouvait pinailler… De quoi gonfler les statistiques d'interventions. Et grâce à la Border Patrol, il ratissait plus large encore. Les candidats au massacre lui étaient servis tout chauds, sur un plateau.

Shérif de Morena et des bleds alentour, c'est une fin en soi pour Aldo Strozzi.

Une famille enracinée loin des oliviers, qui cherche de l'or dans la région depuis des générations. D'abord dans des mines, puis dans des restaurants, puis dans des administrations. Des parents, des oncles et des tantes retraités, une sœur qui noyaute la bibliothèque, des cousins la caserne de pompiers, la compagnie des eaux… Après l'école de police à San Diego, Aldo avait souhaité rentrer au pays. En 2017, le père de trois enfants n'avait eu aucune difficulté à se faire élire à la tête du comté. Du sang neuf sur la photo, *good looking* avec sa tête de communiant. La population s'était retrouvée derrière cette formule concise et innovante : Prévention et protection avec Al Strozzi. Jeff Van Dyke passait le flambeau à son adjoint, personne n'allait le regretter, sauf Annie. Son John Wayne venait parfois se faire payer un café.

« Évite la presse, on n'est jamais trop prudent. » Un conseil reçu de son prédécesseur. Sur le chemin du retour, Strozzi s'interroge. Ses gros doigts tapotent le volant. Impatient de continuer son enquête, il accélère.

Qu'est-ce qui différencie cette affaire de celle de ce trentenaire disparu l'année dernière et retrouvé mort de soif à des miles de son véhicule abandonné ? Une famille à quelques heures de route qui donne l'alerte. Une procédure judiciaire engagée pour disparition inquiétante. Une forte médiatisation. Un téléphone portable géolocalisé. Des posts rédigés par le jeune homme sur Facebook évoquant une quête spirituelle dans le désert. Une évolution dans les techniques d'investigation. Pourquoi personne n'a recherché cette Isaurinda ? Aucune enquête officielle, juste un détective privé dont le nom est mentionné dans le dossier.

Crochet par son domicile, une boîte en carton-pâte, couleur terre de Sienne. Une vraie passoire énergétique, comme son bureau. Des arrêts tout à fait justifiés pour un thé glacé en été, un café brûlant en hiver, un rapide coucou à la *dolce famiglia* si elle est présente, des embrassades, un réajustement de cravate par Donna Strozzi mère, toujours fidèle au poste. Le faible taux de criminalité dans le coin permet tout ça.

Le visage préoccupé, Aldo Strozzi attrape au vol une tasse de café et disparaît dans son bureau.

Van Dyke avait dû faire du zèle. Marquer le coup pour éviter que d'autres jeunes s'amusent à marcher sur ces rails. Désosser leur bagnole. Les trois mômes avaient dû se pisser dessus de trouille, convaincus de finir sur une chaise électrique. Pas étonnant qu'ils n'aient rien dit.

– Mamma, encore du café !

Il y passera le temps qu'il faudra, mais il ne lâchera pas. Il veut comprendre.

Dans le code de déontologie d'un bon privé, trois règles d'or : collaborer avec la police, ne jamais détruire un dossier, révéler ses sources le cas échéant. Après plusieurs coups de téléphone et mises en attente, un rapport classé *closed case* remonte des archives de l'enquêteur engagé par la famille De Olivera. Strozzi le reçoit par courriel une fois celui-ci numérisé.

Il passe d'abord au crible les photos fournies par la famille. La gamine brune, peau mate, ne sourit jamais. Pas très vendeur sur une affiche ; on cherche plus activement les blondes souriantes. C'est les statistiques.

Profil psychologique de la victime : personnalité renfermée, tournée vers les arts. Aînée d'une fratrie de trois filles. Proche d'une grand-mère décédée en 1996. Vie estudiantine normale à Lisbonne, contacts avec ses parents pour les vacances scolaires…

Dans la partie « témoignage de l'entourage », Aldo apprend qu'Isaurinda est en conflit avec son père, mais qu'il l'aime éperdument… que sa mère ne l'a pas vue grandir, que l'arrivée des petites sœurs a fait basculer leur relation…

Il découvre toutes les pistes suivies par l'enquêteur, le ranch à Big Bear, la voiture de location louée au nom de Philippe Prégent, les amis qui l'ont côtoyée. Toujours les mêmes questions posées : « Avait-elle prévu de rentrer dans son pays ? Avait-elle des ennemis ? Est-ce qu'il s'est passé quelque chose de particulier ? »

Photos des trois Français au regard de lapin pris dans des phares. Des Peaux-Rouges, surtout la fille. Depuis combien de temps tournaient-ils dans le désert avant de se faire serrer ? Il épluche à nouveau le procès-verbal de leur interpellation rédigé par Van Dyke. Il y est mentionné que la Border Patrol les avait repérés au niveau du tunnel 3, et comme ils se dirigeaient dans le prolongement des rails, le shérif avait été contacté. Mais personne à cueillir à l'arrivée, les jeunes s'étaient volatilisés. Louche comme comportement. Ils n'ont pas le profil, mais ça pouvait cacher du trafic de drogue.

Strozzi pousse un soupir de nostalgie. Il n'était pas le dernier à participer au désossage d'un véhicule suspect. Même son chien, ça l'amusait bien. Jusqu'à ce qu'en 2016 on leur coupe l'herbe sous le pied avec la légalisation de la marijuana. Restait l'héroïne, heureusement.

Il reprend : négociations avec l'ambassade de France pour gérer leur sortie du territoire. La fille n'a pas de document d'identité, donc pas de visa. Elle doit dégager fissa !

C'est vrai que des illégaux, on n'en veut pas, pense Strozzi.

Ah, il a dû s'amuser comme un fou, le collègue ; des clients européens, c'est pas courant. Pas de remise en question de juridiction ou de conflit sur l'étendue de ses pouvoirs, comme avec une affaire impliquant le FBI. Du sur-mesure pour Van Dyke, qui en 98 soignait sa réélection. En attendant, en les terrorisant, il était complètement passé à côté. Il est bien précisé dans le rapport que les jeunes étaient soit mutiques, soit en pleurs. Rien à en tirer.

Le détective, ayant eu accès au dossier, avait retrouvé la trace de Philippe Prégent. À peu près six mois après leur retour en France, ce dernier avait déclaré : « Isaurinda nous a quittés après notre arrêt à Yuma. Elle a décidé de partir au Mexique retrouver un cousin. On s'est séparés à la frontière. »

Bien évidemment, la piste mexicaine n'avait rien donné. Même si Isaurinda a bien un cousin. Pourquoi ce faux témoignage ? Peut-être que les gosses en constatant l'éboulis s'étaient entendus pour mentir. Pensant qu'il n'y avait plus rien à faire pour sauver leur copine.

Maintenant il en sait un peu plus. Classée en disparition volontaire, voilà pourquoi personne ne l'avait cherchée officiellement.

Que faire de ces informations ? C'est vrai que Paul Carter n'a pas complètement tort. Si plus personne ne la cherche, à quoi bon révéler la vérité… Toute cette affaire pourrait n'être qu'un mauvais canular. #Stephanieisalive. Voilà pour calmer les oiseaux de malheur qui martèlent : « Cette voie de chemin de fer est maudite. On y crève toujours. »

– Encore du café ?

La mamma passe la tête dans l'encadrement de porte de son bureau. Il pense à la future pizzeria Strozzi, il en a visité la cuisine, admiré le four à pain en briques. Des effluves de *quattro formaggi* parfumeront bientôt la rue principale. La salle de soixante-dix couverts sera pleine à craquer.

Il faudrait juste remettre la main sur le carnet. Ça ne devrait pas être compliqué. C'est bonhomme, Morena.

Feuille de route numéro 25

Cher Monsieur Marcel,

Les rouflaquettes de John Adams, immortalisé dans son plus bel habit sur une pièce de un dollar, ont décidé de notre itinéraire. Pile, nous filions directement vers San Diego, face, le deuxième président des États-Unis d'Amérique nous enjoignait de partir à la découverte du pont, une idée de Bruno, pour faciliter notre prise de décision.

Quel qu'eût été le résultat, j'étais déterminée ce matin à faire confiance au destin, accepter l'aventure, affranchie de toute crainte. « You are such a Nervous Nelly », me reprochait parfois Timothy en souriant, et c'est vrai que j'ai, j'avais, la fâcheuse habitude de soupeser, anticiper ; un rapport à la vie sur la pointe des pieds, une manière de freiner constamment au lieu de me laisser porter. Me voilà maintenant « Strong Stéphanie », l'expression n'existe pas mais j'en suis fière, une dose quotidienne de « Tranxène Timothy » a calmé mes angoisses – l'amour serait un anxiolytique ? –, ça vaudrait peut-être le coup de risquer sa peau.

Il y a quelque chose d'intrigant à déambuler comme des Sioux sur des voies désaffectées et interdites d'accès, elles conduisent forcément quelque part où tout n'est que silence et désolation. C'est sans aucun doute l'acmé de notre road trip, une conquête spatiotemporelle secrète que nous partageons juste à quatre – plutôt à cinq avec le soleil. Je n'ai jamais autant marché en une journée sans me lamenter. Parce qu'avant d'arriver au pont il y en a eu d'autres, des moins hauts pour s'habituer au vide sous nos pieds, parce que la moindre trace de vie est bouleversante, cette verticalité sur la lune coûte que coûte, et ces squelettes de cactus morts, un minutieux travail de dentellière. Isaurinda en a ramassé quelques-uns, les garçons sont en train d'en brûler.

Ce soir, nous sommes réunis dans un tunnel, quatre Robinson perdus volontairement. « Liberdade ao longo da vida ! » a commencé à graver Isaurinda sur un poteau en bois. Ça veut dire liberté à perpétuité. Elle a tenté de nous apprendre un poème de Fernando Pessoa, Philippe la dévorait du regard. Il me semble que son attrait pour la langue portugaise n'est pas sans rapport avec les grands yeux noirs de l'artiste.

Et alors, ce fameux pont ignoré par l'espèce humaine, à quoi ressemble-t-il, vous demandez-vous ? Eh bien, il rend volubile, beaucoup de « putain », de « la vache », de « dingue », pardonnez-moi, mais c'est le meilleur moyen de vous faire vivre l'événement, le moment où nous étions parfaitement suspendus entre le ciel et la terre. Bruno l'a mitraillé sous toutes les coutures. Isaurinda l'a croqué puis représenté sur un jambage dans le tunnel. Philippe s'est promis de fouiller le passé pour en connaître l'histoire. Sa forme incurvée fait l'effet d'une parenthèse à gauche, à la fois fragile et solide. On ne s'attend pas à un tel ouvrage d'art pour relier le rien à nulle part. La vue sur le canyon au lever du soleil doit être extraordinaire.

J'ai repensé au viaduc de Nogent-sur-Marne sous lequel je passais pour me rendre chez vous. Sans le savoir, je montais jusqu'au château d'If, car vous étiez mon abbé Faria et nous préparions mon évasion. « Nous avons tous les clés de notre cage », disiez-vous. J'avais du mal à comprendre, mais maintenant je l'ai intégré : je me sens armée pour traverser n'importe quel pont. Moi, je n'ai fait que « lézarder les murs » de votre chambre. Il a raison, Romain Gary, quand il dit que le temps est une belle ordure qui vous dépiaute encore vivant, comme les tueurs de bébés phoques ou quelque chose comme ça. J'ai de la peine en pensant à vous.

27. Cursed Canyon

Reclus dans le camping depuis cinq jours, Paul alterne cour de promenade et cellule, sans envisager le pire. En short, il longe à grandes enjambées les clôtures qui le séparent du no man's land. Il s'évade parfois en cogitant ferme. Imagine le J-B à sa merci au bout d'une longe, attaché solidement à l'arrière du pick-up et traîné dans son désert. Il lui ferait mordre la poussière.

En rentrant, ça va un peu mieux. Il prend une douche. Trente degrés dehors, c'est déjà plus l'hiver. Il aspire, range, classe, organise dans sa caravane. Tout pour rester occupé. Il a arrêté l'alcool, la *comfort food*, continue à se raser. Il est au taquet, d'attaque pour reprendre là où il en était.

Cette perte de liberté est temporaire. Il doit pouvoir trouver un terrain d'entente avec la compagnie. Négocier – c'est le maître mot – pour retomber tranquille sur ses coussinets. Le problème, c'est que personne ne lui répond.

Averti par courriel, comme un paria, il a pris connaissance du communiqué de presse :

« Déclaration officielle de la West Ocean Railway Corporation :

En accord avec le shérif du comté de Morena, le comité de direction de la WORC annonce suspendre l'avancée du chantier pour le temps nécessaire à l'enquête. La recherche de la vérité demeure au cœur des préoccupations de ses dirigeants.

Si les faits s'avèrent exacts, la compagnie assumera toutes les conséquences dans la limite de sa responsabilité. Cette situation regrettable ne remet pas en question l'avenir du projet.

M. Huntington, président-directeur général, remercie les partenaires, acteurs, investisseurs qui lui font confiance. Il compte sur un rapide retour à la normale, dans l'intérêt de tous et particulièrement celui de la communauté de Morena. »

Depuis, Paul attend. Vérifie quotidiennement son compte bancaire. Le paiement de la deuxième tranche n'est toujours pas rentré. Délicat d'envoyer une relance à la compta, alors il attend.

15 h 15 : il tente de joindre l'attachée de presse. Prêt cette fois à pourrir sa messagerie s'il le faut. Elle décroche à la quatrième sonnerie :

– Je ne devrais pas te parler, Paul.

Elle chuchote presque. Comme une gamine prise en faute.

– J'ai lu le communiqué de presse d'hier. (Voix de repenti, il baisse même la tête, comme un braconnier qui s'est fait gauler.) Comment ça se passe, là-haut ?

– On scrute le cours de la Bourse. Pour le moment, ça se maintient. Mais Huntington n'est pas content.

– Le mieux, c'est de tout nier. J'ai retourné tout ça dans

ma tête. Si la Stéphanie est vivante… C'est complètement faux !

– C'est la solution choisie. Tu le gardes pour toi, mais dans trois semaines, l'enquête va conclure à une campagne de désinformation. Le consulat de France nous a déjà confirmé la date et l'heure de sortie du territoire de la gamine française. On va faire en sorte de faire disparaître le carnet.

– Bon, bah voilà. On va pouvoir reprendre…

– Toi, ça m'étonnerait. Tu vas devoir nous quitter.

– Ah… Bon. Mais pas sans être payé.

Paul sifflote et referme la porte de sa caravane. Le printemps n'est pas loin. Ce bon gros soleil au plafond lui rappelle la citation préférée de son grand-père : « Tant qu'il y a de la vie, il y a de l'espoir. » Une petite balade pour parfaire son bronzage et il ira plus tard rassurer Annie.

En fin de compte, il devrait pouvoir s'en sortir. Encore un peu de patience et il sera en mesure de se tirer de là. Il pourra toujours vendre son bateau pour s'acquitter d'un prêt. Repartir plus léger, parce que c'est du stress tous les mois, toutes ces cartes de crédit à rembourser. Un autre boulot suivra.

En fin de journée, il s'approche du bar avec un peu d'appréhension. Sa cure de désintox n'est pas sans rapport avec un petit sentiment de culpabilité.

Les portes sont grandes ouvertes pour laisser entrer la fraîcheur du soir. Encore cette satanée télé allumée qui braille « Corona par-ci Corona par-là ». Lui, ça le fait saliver. Bien frais, c'est pas mauvais, une Corona.

La terrasse est nickel, Annie a dû balayer. Il est accueilli par une odeur de gras et c'est à peu près tout. Des frites surgelées ? Elle donne dans les French Fries, Annie ? Quand il découvre la faune, Paul comprend qu'en effet elle a dû faire au plus simple pour nourrir ses morts-vivants.

Ils sont tous devant. Du déambulateur, du masque à oxygène. Du troisième, du quatrième âge, l'endroit est devenu un funérarium, CNN en requiem. Une veillée mortuaire. Annie a les traits tirés. Vêtue de blanc, elle semble s'être drapée dans un suaire, tel le gourou d'une communauté de désespérés qui s'imaginent déjà seuls survivants sur terre.

– Tiens, *handsome*, tu as vu la situation ? On parle de plus en plus de confinement.

Dans un sens, ce catastrophisme l'arrange bien. Il se pose sur un tabouret resté libre car trop loin du téléviseur. Il commande un whisky pour ne pas envenimer la situation.

Personne ne le tient responsable de l'arrêt du chantier. Tout le monde se fout du pont. Exactement comme quand il est arrivé.

Tout le monde sauf Dan, qui traverse la salle de restaurant dans sa direction. En crabe, entre les pieds de chaise et les pieds de terrien. Un verre de thé glacé dans les mains. Ces derniers jours, Dan s'est rendu compte d'une chose qui bouleverse ses habitudes. Les plages horaires d'ouverture augmentent, sa présence sur les lieux aussi. Alterner bière et thé glacé repousse le stade fatidique, celui où il termine derrière le bâtiment, plié en deux, du dégueulis sur ses rangers. Comme la fin du monde est proche, Annie a cessé de compter. À titre personnel, il apprécie la tournure que prennent les événements. Il ne le sentait pas tant que ça, ce projet de pizzeria. Rebosser pour quoi faire, en fait ? Monter dans le train en marche plutôt que de rester sur le quai. Il a passé l'âge pour ses conneries. Il n'a plus rien à prouver. Il passe la main – mais pas le verre.

– C'est vrai ce qu'on raconte ? T'as planqué un cadavre ? Exprès pour pas ralentir la cadence ? À ta place, je sais pas ce que j'aurais fait, en vrai. M'est avis que tu dois passer pour un sacré salaud. Moi, je vois ça comme un dommage collatéral. On ne fait pas d'omelette sans casser des œufs. Ta tactique…

Le crustacé agite ses pinces, ouvre sa mandibule… Paul bat en retraite, agressé par l'haleine. Dan est le premier à se mettre à sa place, mais ce n'est pas une raison pour discuter manœuvre militaire avec un poivrot.

– Fous-moi la paix, tu veux. C'est des conneries tout ça.

– T'as pas de bol, en fait. T'aurais pas lavé ta casquette par hasard ? En Irak, personne ne serait sorti avec toi en patrouille. Tu portes la poisse, mon gars ! lui lance encore le vétéran.

Comme les informations reprennent à la télévision, il repart latéralement en sens inverse et laisse tomber sa carapace sur sa chaise, au premier rang.

Paul se dirige vers le juke-box. Réflexe inconscient, il attrape sa casquette pour la malaxer. Cette fois, c'est Andy qui vient l'intercepter. Il lui agite son smartphone sous le nez :

– C'est quoi, cette histoire ? Qu'est-ce que tu as foutu du corps de cette gamine ?

– Quoi encore ?

Couvre-chef sur la tête. Derechef.

– C'est partout sur Twitter, Instagram, Facebook… Le hashtag Canyon Maudit. Regarde.

Paul se saisit du téléphone et fait défiler les comptes : @Morena Leaks, @The Shadow of Truth, @Behind the Lies, @Gossip, @Truth Corner, @The Eye of Tomorrow, @The Big Picture, @See Clearly, @Revelator, @Gaby is Watching You… Ils relaient tous les mêmes photos. Un dessin de pont gravé dans le bois, les prénoms : Philippe, Bruno, Stéphanie et Isaurinda. Et une inscription en portugais : *liberdade ao longo da vida.*

Du bout des doigts, Paul élargit les images. Elles sont

belles, ces photos de ce putain de tunnel numéro 17. Le rayon lumineux d'un flash éclaire pile l'inscription. Il fallait savoir où chercher. Avec ses gars, ils l'ont traversé en pleins phares sans rien remarquer. Il faut dire qu'ils ne faisaient pas dans la chasse à la peinture rupestre et qu'ils étaient à la bourre…

– C'est des preuves que le fameux carnet dit la vérité ! Elle me l'avait dit, ma gosse, mais j'y croyais pas.

Andy lui arrache brutalement le téléphone des mains, du dégoût dans le regard.

– Hé, Annie, regarde ça…

La poche de Paul se met à vibrer, il décroche :

– Huntington est furieux. Il veut te faire poncer tous les poteaux de soutènement avec la langue. Il veut ta peau…

Paul imagine déjà le futur communiqué de presse de la compagnie :

> « À la lumière des derniers éléments de l'enquête, la compagnie présente ses excuses et ses sincères condoléances à la famille de la victime. Elle dénonce le comportement inqualifiable de son chef de chantier, qui devra assumer seul la responsabilité pénale de ses actes… »

La catastrophe est annoncée.

Quand il raccroche, il sait que la compagnie va le couvrir d'opprobre. Impossible de se dérober.

Annie, immobile derrière le comptoir, le condamne du regard. Elle lui accordait jusque-là le bénéfice du doute. Il sent qu'il l'a trahie, qu'il ne sera plus jamais apprécié, fêté comme avant. L'information se propage comme un vent fort sur un feu de forêt. Elle attise les flammes. On coupe la télé, on se lève pour en discuter. « Cursed Canyon » est sur toutes les lèvres, leur canyon providentiel est damné. Plus personne ne va en rêver, de ce pont le plus long du monde.

Le noir complet l'attend à l'extérieur. De discrets reflets bleus au sol indiquent que le panneau Dry River Café & Resort est allumé. Paul soulève sa casquette pour se gratter la tête. Ça crame à l'intérieur, il n'a plus rien à faire ici. Mais là-bas, on l'attend avec un code pénal et une armée d'avocats. Il comprend qu'il va la regretter, sa prison dorée.

Liste des trucs à faire avant de crever

Passer une nuit au fond du Grand Canyon
Voir Guernica *et la* Vénus de Milo *en vrai*
Écouter le murmure des geysers de Yellowstone (à moins qu'ils ne crachent ?)
Samarcande ? C'est où ? C'est comment ?
Goûter du caviar et des truffes, de la truffe ?
Dîner dans un château avec de vrais chandeliers sur la table
Voir des bisons, des bélugas, des éléphants en liberté
Apprendre à jouer du piano, du tennis
Se saouler au champagne
Avoir ses propres clés d'appart, de voiture, de bureau
Découvrir le loch Ness avec une Land Rover
Prendre un abonnement aux théâtres et musées
Enlacer un séquoia
Plonger dans une mer turquoise
La mer Morte, c'est comment sur la peau ?
Tenir un registre des plus beaux couchers de soleil
Être témoin d'une aurore boréale
Faire l'amour dans des draps de soie
Déambuler dans les rues de Lisbonne
Goûter à la bacalhau seco et aux pasteis de nata ?

Porter une robe et des talons, pour voir
Écrire pour ne pas oublier
Planter des trucs dans la terre et les regarder pousser

Épilogue

Devant l'ampleur de la pandémie, le gouverneur de Californie décréta un confinement mi-mars. Tous les chantiers jugés non essentiels furent suspendus.

Huntington enchaînait les réunions de crise par écrans interposés. Son souffre-douleur, Paul Carter, allait trinquer au civil et au pénal, crouler sous les courriers officiels, couler sous les créances.

Son chat persan sur les genoux, il s'était installé, contemplatif, sur la terrasse de sa villa de La Jolla. Vue sur la mer, mouettes qui ricanent. Plus d'avions dans le ciel. Plus de bruit de moteur de voiture dans sa rue, de tondeuse sur sa pelouse. Plus de cuisinière ni de bonne à tout faire. Son épouse se chargeait de leur survie. Décontamination intégrale après chaque livraison de denrées, recherches approfondies sur le fonctionnement du four, de la plaque à induction et du micro-ondes flambant neufs, jamais utilisés. Aboulique, le cousu d'or se tenait loin des courbes de cotation. Monsieur « on ne lâche rien » implorait un miracle, il recevait des défécations à foison.

Magie de la sérendipité, c'était dans une fiente d'oiseau que lui était apparue la solution pour sauver son projet. Une matière organique jaunâtre en forme de banane. Il avait devant lui une œuvre d'art contemporain, ne manquait que la démarche de l'artiste. Cette quête de sens qui rend le message universel. Que cherchait-elle, au fond, la gamine morte dans son tunnel ? Il s'en contrefoutait. Mais une stèle avec son nom, du *bullshit-telling* sur cette liberté à perpétuité. Une cérémonie, en présence de sa famille. Le dessin du pont sur des mugs, et aussi un monument à la gloire des ouvriers morts pour avoir trop rêvé. Non : nos ouvriers… La petite histoire dans la grande. Il faudrait que ce soit touchant, mais pas larmoyant.

Il était redevenu lui-même. Celui qui aurait acheté le champ de bataille de Gettysburg pour en faire du pognon. Bientôt le monde guérirait. Bientôt le monde déferlerait dans son désert.

Avant de fermer son café, Annie s'était fait dévaliser son stock. Plus un seul rouleau de papier toilette, plus de briquets, boîtes de conserve et autres accessoires à vendre. L'insignifiant était devenu indispensable pour soulager sa fin du monde. Sous le porche, avec l'aide de Dan, elle avait commencé à exposer le travail de J-B. Par la suite, ils s'étaient lancés dans l'édification d'un château de pièces cassées très « *arty* », mi-sableux, mi-végétal, à côté du parking. Dan et son haleine masquée derrière un foulard de gangster restaient très optimistes : « Ils doivent serrer les fesses en ville avec ce virus. M'est avis que le désert va redevenir populaire… »

Bien plus tard, le facteur lui avait délivré une longue lettre provenant du parc national de Sequoia. Elle avait frémi en la lisant, surtout sa conclusion : « Merci, ma chère Annie, merci pour tout. *Your* J-B. »

En rechargeant son portable dans le premier café rencontré, J-B avait compris que la vidéo avait été diffusée.

Dix-huit messages de Gabriela qui s'inquiétait pour lui et lui promettait d'agir. Il avait aussi reçu une notification sur son compte Facebook : une certaine Stéphanie Bertillot le demandait en ami.

Plus personne sur les routes. Excepté un grand type de cinquante-quatre ans, perché sur ses patins, qui tirait une valise à roulettes.

Le scarabée s'était envolé.

À mes bêta-lecteurs, pour leurs premiers retours constructifs et encourageants :

Anh Luz, Géraldine Vergnet, Lucia Salazar, Chantal Eischen, Francis Bozzetto, Christine Quétier, Nicolas Léonard, Hélène Boucher et Marianne Reiner (ma Fée Clochette). Ce livre n'existerait pas sans vous.

À Pascal, Romane et Guillaume Préat. Mes soleils et ma chance.

À mon éditeur, Gérard de Cortanze, pour avoir été le premier à marcher sur les rails de Providence Canyon et pour son regard avisé.

Aux Éditions Albin Michel pour m'avoir fait confiance et aux équipes d'Albin Michel pour le formidable travail d'accompagnement.

À Jacques-André Istel et son épouse Félicia, qui m'ont autorisée à imaginer une scène au centre du monde à Felicity, Californie.

À mes premiers lecteurs, pour avoir accepté mon invitation au voyage. Marie Flacassier, Danielle Garineau, et vous que je ne connais pas.

Merci à l'infini !

Retrouvez toute l'actualité des éditions Albin Michel
sur notre site albin-michel.fr
et suivez-nous sur les réseaux sociaux !
Instagram : editionsalbinmichel
Facebook : Éditions Albin Michel
Twitter : AlbinMichel

Composition : IGS-CP
Impression : Imprimerie Floch, janvier 2024
Éditions Albin Michel
22, rue Huyghens, 75014 Paris
www.albin-michel.fr
ISBN : 978-2-226-47441-4
N° d'édition 25007/01 – N° d'impression : 103921
Dépôt légal : février 2024
Imprimé en France